U0536996

魅力家园

"一带一路"上的美丽陇南（第二卷）

YIDAI YILU SHANGDE MEILI LONGNAN

张红霞 / 主编

敦煌文艺出版社

编辑委员会

顾 问

张柯兵 刘永革 杨邰 梁英

编委会主任

马 军 刘 诚

主 编

张红霞

副主编

刘满园

编辑委员会（以姓氏笔划为序）

尹玉会 刘满园 李如国 张红霞 赵 芳

特邀编辑

《历史的回响》尹玉会 编 《魅力家园》李如国 编 《古韵新风》赵芳 编

编 务

魏娅娅 夏 霜 杨雅妮 赵立琼

封面题字

《历史的回响》 王青彦
《魅力家园》 王林宝
《古韵新风》 王小静

序

2013年，习近平总书记提出共建"一带一路"重大倡议，为我们开放发展赋予了重大历史机遇；2019年8月，习近平总书记视察甘肃时强调，甘肃最大的机遇在于"一带一路"，为我们准确认识发展历史方位、时空背景和时代坐标指明了着力方向、提供了根本遵循。地处西北内陆腹地的陇南，是甘肃这柄"玉如意"最美的一角。全市上下认真贯彻落实习近平总书记重要指示精神，深度融入国家"一带一路"建设规划，不断扩大对外开放交流，陇南这一"宝贝的复杂地带"被世人更为广泛地认知。

在漫长的历史进程中，在陇南这方热土上形成了祁山道、陈仓道、阴平道等外联内通的陇蜀古道，是衔接南北丝绸之路的桥梁和纽带，也是茶马古道的重要组成部分，在政治、军事、经贸交流等方面发挥了巨大的作用，茶与马、战争与和平、交流与互惠、合作与对抗，演绎了无尽的精彩故事，散发着独特的魅力，呈现着别样的美丽。

陇南之美，美在深厚的文化底蕴

陇南是中华文明的发源地之一，早在7000多年前的新石器时期，就有人类文明的足迹，仰韶文化、马家窑文化、齐家文化、寺洼文化在西汉水流域、白龙江流域多有遗存。人文始祖伏羲在这里诞生，大秦帝国在这里发祥。这里是古羌文化发源地，是藏文化原始的活态聚集区，魏晋南北朝时期，氐羌民族在这里曾建立仇池国、武都国、宕昌国、阴平国、武兴国等地方政权，在历史上产生重要影响。三国时期，诸葛亮六出祁山伐魏，演绎了千百年来广泛流传、脍炙人口的西城弄险、挥泪斩马谡、木牛流马运粮草、姜维大战铁笼山等动人故事。李白、杜甫途经陇南，发出了"青泥何盘盘,百步九折萦岩峦""朝行青泥上，暮在青泥中"的感叹，留下了许多伟大诗篇。乞巧节、池哥昼、高山戏等国家级非物质文化遗产在这里传承千年。同时，这里也是一片红色的热土，习近平总书记指出："陇南是红军长征途经地域最广的地区之一,红一、二、四方面军和红二十五军都在这里留下了战斗足迹。"习仲勋等老一辈无产阶级革命家领导的"两当兵变"，打响了甘肃武装革命的第一枪；毛泽东主席在宕昌哈达铺作出了"到陕北去"的重大决策，成为中国革命的转折点。氐羌遗韵、先秦雄风、西汉水畔乞巧女儿的歌声、三国古战场鏖战的回音、千年马帮不息的铃声、遍布全境的红色革命足迹，都在诉说着这块古老的大地上的兴衰变迁，谱写着陇南连结南北通道的不朽乐章。

陇南之美，美在良好的生态环境

陇南地处青藏高原、秦巴山区、黄土高原三大地形交汇区域，古为"秦陇锁钥、巴蜀咽喉"之要地，今有"陇上江南"之美誉，既是北方人眼中的南方、温婉而秀丽，又是南方人眼中的北方、粗犷而豪放，孕育了南北兼具的独特气候条件，造就了宕昌官鹅沟、武都万象洞、文县天池、康县阳坝、两当云屏等众多自然景观，构成了一幅翠绿植被、清澈溪水、清新空气、蔚蓝天空的原生态"山水画卷"，成为陇原大地的一颗绿色明珠，全市有5A级景区1个，4A级景区17个，2100多个美丽乡村，镶嵌在青山绿水之间，呈现出美美与共、和谐共生的秀美画卷，是诗人们的向往和游人们的远方。

陇南之美，美在昂扬的精神风貌

历史上，陇南既是各种政治军事力量激烈争夺的战场，又是中原政权与西北少数民族接触交往的前哨阵地，秦人开疆拓土的勇猛、刘秀得陇望蜀的雄心、繁忙的嘉陵江漕运，无不为陇南人打上了心怀天下、交融八方的开放心态。另外，受特殊的地理环境和气候因素等影响，陇南地震、洪涝、滑坡等自然灾害多发频发，在长期与自然灾害对抗中，形成了陇南人民不畏艰难、自立自强的精神品质。在新时代重大改革发展历史任务面前，开放包容、自强不息的陇南人在一次次的重大考验中努力拼搏、奋勇赶超，谱写着更加壮美的时代华章。

近年来，我们借助"一带一路"的东风，高质量完成脱贫攻坚历史任务后，及时将工作重心聚焦到推动高质量发展上来，确立了"三城五地"目标定位，即：建设甘肃绿色发展的典范城市、甘陕川结合部的魅力城市、"一带一路"和西部陆海新通道的节点城市，打造绿色发展高地、文旅康养胜地、交通物流要地、投资创业洼地、美好生活福地。以高质量发展为统揽、以改革创新为动力、以满足人民美好生活需要为目标，坚定不移走生态优先、绿色发展之路，落实落细大抓项目、大抓产业、大抓招商，推动特色山地农业提质增效、传统优势工业提级转型、文旅康养产业提档升级、新兴数字产业提速崛起的"三抓四提"重点措施，着力构建现代产业体系，大力夯实发展基础，接续推进乡村振兴，全面深化改革开放，持续保障和改善民生，不断提升社会治理水平，推动经济社会进入高质量发展新时代，一个如诗如画、充满活力、昂扬向上的社会主义现代化幸福美好新陇南正在阔步前行。

千里白龙江，清波流诗章。陇南市文联编辑这套丛书，立足于"一带一路"的连接地和过渡段、长江经济带和西部陆海新通道等重大战略交汇点的区位优势和地理特点，用近年文学创作的成果，描绘我市古往今来的山川形胜、人文历史、民俗风物，展现陇南深厚的文化底蕴、鲜明的地域特色和宝贵的精神财富；反映历史之美、山水之美、生态之美、人文之美，反映新时代陇南新气象，讲述我市跟随时代步伐发展变化的生动故事。这套丛书精选了全市作家、诗人热情讴歌家乡的优秀作品，通过这些文学作品，让我们走进一个独具魅力、绚丽多彩的美丽陇南。希望通过这套丛书的刊发，进一步加深外界对我市的全面了解，增强人民的文化自信，为建设特色文化大市增添厚重的人文内涵，为建设社会主义现代化幸福美好新陇南增添更加强劲的动力。

张柯兵

二〇二三年三月

（作者系中共陇南市委书记）

目录 Contents

辑一 秦山汉水

003　文丕谟　　岷江山峡的吟唱

011　夏　青　　情溢白龙江

015　王东祥　　成县山水与神话世界

025　焦红原　　走访鹿仁村

031　李如国　　南北过渡带，康养陇之南

036　式　路　　西汉水和燕子河

039　王新瑛　　时光里的青泥古道

042　三　道　　香泉书幽

045　啸　鹰　　云华山

048　贺朝举　　暮行西狭

052　王　皓　　仇池札记

061　何　郑　　感受大堡子山

066　李春风　　山水碧口

070　杜富桂　　天池之约

075	澄　碧	把心魂留给三滩
078	陈彩霞	水灵灵的陇南
081	吕敏讷	大秦一抹胭脂红
088	祁新龙	八福沟游记

辑二　红色血脉

093	刘醒初	哈达铺轶事
101	李世仁	青山巍巍
108	刘彦林	大槐树作证
110	杨丽君	成县五龙山，一片英雄鲜血染红的山坡
114	雷爱红	诗意慢城，红色两当
117	张　杰	红色两当
122	袁举忠	红色热土对对山
125	郇志奎	黎明时分，枪声在郇家庄村头响起
133	吕慧芹	土窑洞

辑三　魅力家园

141	刘高潮	欢腾的白马山寨
148	赵文博	西汉水河畔女儿们的五彩梦
156	龙青山	到阳坝品茶
159	张红霞	巧乡观巧
163	刘满园	两当文学之夜
168	祁　云	武都的夏天

175	甘　宏	苍翠绚烂官鹅沟
180	袁兴荣	槐花十里不胜香
182	赵　殷	手擀面
187	武　诚	我想做一条幸福的小鱼
191	唐秀宁	小城七月
196	贾摄新	在那高高的山上
203	夏　霜	我的张坝梦
206	王彤辉	高山戏，翻开鱼龙冻土的犁铧
210	王有库	绿色陇南
214	赵立琼	走进花桥
217	杨艳辉	天人合一的最美卷轴
220	周二军	姚寨沟
223	肖　娴	满城绿色醉河池
226	王彦青	我眼中的云屏
230	王得虎	春到张坝

辑四　诗意画卷

235	秦　戎	秦仲与《车邻》（外一首）
238	毛树林	雷鼓山情思
243	蒲黎生	秦风在大地上吹拂（外一首）
247	小　米	在碧口古镇（外一首）
249	南山牛	年年乞与人间巧
252	波　眠	八峰崖参禅（外一首）

255　勇　康　　　在窑坪小镇漫步（外一首）

258　包　苞　　　红河湖的水面上，闪光的是那些古老的姓氏
　　　　　　　　（外一首）

261　樊　樊　　　在壬溪的两岸抒情（外一首）

264　陇上犁　　　走天池

266　赵　琳　　　晚安，阳坝（外一首）

268　郝　炜　　　陇之南（外一首）

271　续　默　　　天池情诗（外一首）

273　池　子　　　在秦皇湖（外一首）

275　张静雯　　　西秦岭深处（外一首）

277　蝈　蝈　　　白马关（外一首）

279　李　璇　　　我在六十万亩苹果花里看见我的祖国（外一首）

282　亮　子　　　陇南机场（外一首）

285　嘉阳拉姆　　在碧口想到家山（外一首）

287　金　勇　　　那些漂亮的云朵像极了月亮的眼睛（外一首）

289　饶　剑　　　在苜蓿坪，虚构一场爱情（外一首）

291　河苇鸿　　　盐茶关（外一首）

294　陈文宗　　　云屏（外一首）

296　王银霞　　　碧口的桃花（外一首）

298　赵君平　　　官鹅沟（外一首）

301　何书毅　　　取水（外一首）

304　张文军　　　百牧林的鸟（外一首）

306	邓文德	我的大美陇南
311	焦 杨	竹 园
313	李正志	邂逅桂花庄
315	阿 丑	舞动的狮子（外一首）
318	段 靖	蜕变：从"付坝"到"福坝"
320	赵马斌	一个人在白龙江边（外一首）
322	马跃军	在黄石崖
323	魏 旭	乞巧的河流
325	乔斌琪	哈达铺（外一首）
327	顾彼曦	陇南的春天（外一首）
330	李帅帅	祭祀（外一首）
332	王瑞玉	大红袍，武都的一枚书签
335	王海云	赵杨坪梯田印象（外一首）
337	王亚亚	鹅嫚天池（外一首）
339	李婷婷	在碧口，我想做一枚茶叶样清丽的女子
341	张晓娟	芦苇荡（外一首）
344	果 丰	春风十里，我在望子关等你
345	曹 戍	天池记
346	老 三	住在花桥的，都是神仙
348	刘楷强	寻秦，我们无限接近的文明
350	董治明	杜甫草堂（外一首）
352	田文海	盐井祠

354　张巧红　　金徽酒　古战场

356　王　娜　　大堡子山（外一首）

358　樊　斌　　西汉水

359　夏　沫　　在红河（外一首）

361　后记

辑一 秦山汉水

岷江山峡的吟唱

——走访当年邓艾穿越的岷江古道

文玉谟

蜀炎元年（263年）五月，魏大将军邓艾及子邓忠，率三万之众自祁山傍入岷江峡谷，穿越七百里无人之境，从摩天岭滚毡而下，成就了兴魏灭蜀的历史功业，因此名垂青史。

甘肃宕昌的岷江峡谷是邓艾入蜀的第一道峡谷，也是最艰险的峡谷，有"死亡之谷"之称。两山对峙，蜿蜒五十里，直插云霄，岷江夹在两山之间，推来搡去，只有一线天光伴人同行。邓艾弃通途而历险道，一路上遇山凿路，遇水架桥。仅五十里峡谷，保存下来的栈道就有十多处，名留千古的邓邓桥就是邓艾父子修建的。

我的家在岷江山峡的化马村，三四岁时我就随父母在悬崖古道上行走，不到十岁去官亭上学，距家20多里。记不清在古道上行走过多少次，甚至视古道为一道风景，一种情趣以为人间古道就是如此。

后来走的地方多了，才知道岷江山峡是人世间最险要的一道峡谷。急流险滩之上，多有飘逸在崖畔的石径栈道，或一二十米，或三五十米，或一二百米，如秋日的彩带，姿彩幻变，浮动在陡峭的崖壁上。那时的岷江栈道，人不能并行，货不能易肩，一步不慎就会掉进深渊，被江涛卷走。曾几何时，商贾行旅云集栈阁，你来我往。那些结队的马帮，挤挤攘攘，重荷在鞍，一旦登上栈道，就以铃铛为号，一串串铃铛响起来，震撼峡谷，以示对方缓行。这些栈道多为邓艾所凿，抑或由后人拓展加固，一直沿用近两千年，被称为人间奇迹。

我曾多次在岷江山峡考察，感慨颇多。我已是耄耋之年，近日重访古道，抑制不住内心的激动，旧时的记忆，也涌上心头。这是军旅古道，也是当地人的生命道。每条栈道都是一段厚重的历史，沉淀为多彩的栈道文化。我在古道上一边走访，一边吟唱，曾经的那些事，那些人，涌现在我的脑海，心潮为之澎湃。记之于此，也算是对邓艾开凿峡谷险道的一种追思，对家乡的一种怀念。

通北口是岷江古道之首，邓艾大军就是从这里入岷江峡谷的。明嘉靖二十四年（1545年），地方总甲黄世龙带领甲人开凿通北口尖佛嘴栈道。有摩崖刻石记之："大明岁次庚午年，岷州管辖临江里，地名洞冰后尖佛嘴，边踩人马难过。"康熙年间，尖佛嘴悬壁上刻有"龙吟虎啸"四个大字，苍劲古雅，极言古道山悬浪急，激越雄壮。康熙三十六年（1697年），康熙皇帝微服出游，路经尖佛嘴，毛驴被栈道挤落峡谷，被滔滔江水冲走。康熙长叹一声，在大石上挥毫写下两行诗句，曰："石径只为康庄道，山峡幽深熙人挤。"尖佛嘴栈道之险由此可知。邓艾大军入岷江峡谷时，击鼓鸣金，整鞍披甲，鱼贯前行，其恢宏壮观的场面，当地人仍口口相传。感慨之余，写下我的第一首吟唱《尖佛嘴》：

束马悬车过凌空，苍阴锁岭暗藏径。

阎王砭上阴平路，连阁烟云接苍冥。

龙吟虎啸钟千古，边踩人马仍匆匆。

康熙落马御迹处，犹听惊雷涛声声。

鲁班阁在甘江头与邓邓桥之间，南崖壁立江中，犹如天屏耸云；北崖向江中伸去，无岩可攀。从栈道走过，有虎吞龙绕、擦足挤肩之险，没有舍身之勇很难通过。三万大军要翻越如此险峻的山道，要与死神为伴。南宋绍兴二年（1132），鲁班阁摩崖诗刻立于急流奔涌之上，以叹其险："潜而勿用已沉残，起料阶州顾七持。从日初与云雨士，方纵或跃舍崖间。"惊叹之余，又吟诗一首《鲁班阁》：

>路转峰回过天堑，浪激江风欲惊天。
>
>两山空绝谁可越，一道铁蹄指青烟。
>
>崖隐断石绍兴诗，阁藏残页无字卷。
>
>是谁劈得青云路，天马一去永不还。

岷江栈道以邓邓桥名扬千古。邓邓桥峡谷长约一里许，宽10米多，水深浪急，风雷激越。当年邓艾父子修建邓邓桥，开凿石径栈道的故事犹在耳边。三万大军压境，要在顷刻间建起一座渡桥，绝非等闲之辈。邓邓桥为握臂式木桥，是邓艾、邓忠父子修建，后人称其为"邓邓桥"。栈道石孔是一个一个凿出来的，其孔高出江面10米，长80米，石孔方形，孔深0.18米，上下孔道平行延伸。走进峡谷，犹如坠入天井，深邃莫测。明崇祯九年，悬壁上刻有"邓桥摩崖"，曰："岷江泛滥，江水横溢，邓邓桥垮塌，车马难行，渡水之辛，苦不堪言。"闽中诗人陈如冈吟诗叹曰："束马悬车不易行，崎岖险道出阴平。当年人抗期期诏，此日桥留邓邓名。板屋数家喧虎迹，石崖千尺涌江声。前途听说明朝坦，稳卧篮舆梦不惊。"浮想联翩，感叹颇深，吟诗一首《邓邓桥》：

>苍茫古峡一线牵，天门深锁险复险。
>
>江峰劈开江还怒，崖仞峭立崖自寒。
>
>一桥飞架喧虎迹，数道断斫几钩连。
>
>千军万马从此过，犹见邓艾不下鞍。

邓邓桥峡谷出口，两崖收拢，几近合璧，古道自悬壁立栈而过。对面的崖石嘴像一头雄狮，扑入江中，张牙裂齿，状若壶口。后人炸开石嘴崖，岷江方才畅流。崖壁上有观音阁，悬空而立。此道人称"花石关"。花石关为历代要隘，重兵把守，花石关村的村民皆为当年守关将士后裔。后人夜宿观音阁，惊叹不已，在崖壁上题诗一首："山石狭口道通宽，随流过客欲惊天。失群孤雁鸣此过，算出甘边第一关。"站在花石关，回望邓邓桥，心潮澎湃。吟诗一首

《花石关》：

> 霜月尽染关不老，烟锁江峡峡更小。
>
> 极目天舒惊五岳，连台楼阁半空吊。
>
> 关上嘶马鸣千岭，阁台磬击入九霄。
>
> 悠然纵目霞光处，试凭斜阳望邓桥。

在官亭的山门上，有一道突兀伸出的山脊，很长，非栈道莫能过。当年邓艾大军过官亭栈道时，金戈蔽野，硝烟弥漫的场面是何等的惊心动魄。我在官亭上学时，栈道的痕迹还在，仍有些心惊胆战。官亭者，接官亭也。村口有一座廊桥，五间，雕梁画栋，上覆琉璃瓦，可容三匹马同时走过，是为阶州知州迎送省上高官而建。历史上的鲁班阁，曾在官亭栈道的石窟中，后移至花石关悬壁上。可喜的是，今天仍保存着当年栈道的拍照，可见江峡栈道之一斑。见图视物，格外亲切感人。吟诗赞之《官亭》：

> 曾闻蜀道折大鹏，又见山井蛙底鸣。
>
> 水会南北江更急，山通八盘岭千寻。
>
> 隔江犹听鸡犬叫，踏水还疑月迷津。
>
> 半是江流半是路，峭壁横门惊客心。

青林子，有握臂桥横卧在江上，一头连着青林子村，一头插在古道峭壁上。古道崖壁如大幕垂空，崖上凿孔设架。隔岸立庙塑像，只为保护行人，以求庇荫。当年栈道痕迹如在眼前。握壁桥皆为圆木垒成，排排巨木，层层递压，节节相衔，成握臂之势，是青林子栈道的一个点缀。据考，当年邓艾修建的邓邓桥，就是由排排巨木垒成的握臂桥。后来，岷江两岸皆仿照邓邓桥修建江上木桥，其数有七八座之多，成为岷江峡谷独有的风景。青林子握臂桥仍在。吟诗赞之。《青林子》：

> 江隔青林望村烟，山魂摇曳垂帷幔。
>
> 崖前悬阁戚戚路，江上飞虹握臂连。

  重重大木是谁垒？崖上苍苔几何年？

  牧歌归来山饮翠，夕阳万道霞满天。

  长条坝，顾名思义，是一条长长的峡谷险道。崖壁上凸出几道山的臂膀，横在那里。栈道像一条龙蛇，蜿蜒曲折向两边伸去，似飘逸的彩云。三万之众走在栈道上，首尾不能相顾，据传，将士们你推我挤，多有掉下江河者。如此长的栈道，平日里也容易出事，往往防不胜防。有个妇女正好赶着驮重的毛驴走在栈道上，突然暴雨倾盆而下，眼睁睁看着毛驴被山洪冲走。这条古道我曾反复走过，细想起来，仍触目惊心。吟诗记之。《长条坝》：

  一路江风一路霜，天屏耸云度八荒。

  龙姿蛇影绕脊过，残矸断石莓苔长。

  天地行踪天涯路，五里江峡非寻常。

  风雨潇潇雪潇潇，蓦然回首尽苍茫。

  到了秦峪的村口上，一抹悬壁擦江而过，留下栈道点点痕迹。走在这些栈道上，虽没有"舍身"之嫌，也绝非曲径回廊。江上筑有木桥，因栈道险峻，江水湍急，随建随塌，百姓只能绕道而行。邓艾大军至此，山更陡，江更急。军情传来，两河口阻击姜维的肉搏战已经打响。将士们群情激愤：姜维怎能抖到我们会涉此道而行？蜀汉必亡。秦峪的几个村都姓仇（qiu），据载是东汉末年被强行迁来的成县古羌人，为隐身而改姓仇字的读音为仇（qi）。二郎神是氐羌人的守护神，江边的二郎庙创始莫考，专为镇守古道而建。我姑妈家就在秦峪，也姓仇（qi），小时候经常走动，我对秦峪的情谊较深。吟诗记之《秦峪》：

  云蔽斜阳崖遮天，天路迢迢霜月寒。

  断桥难立江中柱，烽火连天不见天。

  三鼎归一应天数，群雄逐鹿谁能还。

  一片忠魂今何在，唯留二郎坐江边。

走过大峪，古道面目已全非。或悬于公路之上的凌空，或跌入公路之下的深谷，只留下断断续续的栈孔可寻。在大峪和化马的交界处，一排排四四方方的栈孔飘浮在江水中，与江水为伴的栈孔，有时被江涛所吞噬，一旦江涛退去，反而被濯洗得光彩熠熠。江上有廊桥，用于渡江。20世纪80年代，化马出土《魏率善羌仟长》铜印，羌仟长是曹魏政权授封的官职。整个岷江江峡是古羌人聚居地，化马是羌酋豪的衙门重地。很显然羌人承担着邓艾大军的粮赋草料。邓艾的成功，与羌人的支持是分不开的。清康熙年间，阶州知州赵星从江峡一路走来，心灵受到震撼。赵星刀笔在手，在栈道绝壁上刻下了"天光岚影"四字，盛赞江峡奇险奇绝的自然景象，虽经风雨剥蚀，尚还清晰。后因河床升高，题刻被沉入河底。吟诗记之。《化马》：

寻寻觅觅伴江行，天光岚影映江中。

水涨崖前峥嵘路，江落始见石栈影。

方列孔舒飘然去，风姿摇曳情万种。

如烟往事今何在？惟留山水记真情。

清水眼，人称间歇泉，是大自然的一种奇特景观。说也奇怪，汹涌澎湃的泉水时而从泉中涌出，震撼山谷，时而又突然消失，静得出奇。只在一瞬之间。泉水冬暖夏凉，沁人心脾。人称天下第一神泉。半崖上是行人栈道，间歇泉似乎就是为栈道的行人准备的。行人从栈道走来，口渴难耐，都要停下来，俯下身子畅饮一番，才肯离去。邓艾大军也不例外。赵星在大石上刻有"天开一线"四字，可惜加宽公路时大石被炸掉。吟诗一首以记之。《清水眼》：

苍山逶迤路漫漫，九曲岷江地插天。

水激洞泉凝肌骨，浪惊桥石石更寒。

崖上金戈扬幡过，山间马帮蹄生烟。

千杯饮醉万杯少，尽说古道第一泉。

高路栈道，位于化马与石阙之间。上接霄汉，下通江河，刁险之极。有次，马帮和毛驴在栈道中间相遇，进退不得，眼看毛驴被挤下崖去。在这千钧一发之际，赶驴的青年把毛驴高高举起，让马帮过去。避免了一次流血事件的发生。这个青年就是化马的豆和和。此人身材高大，体形慓悍，力大无穷，无人能敌。此事被传为佳话，也见证了高路栈道的惊险。20世纪40年代左右，开凿栈道处的公路，修路工人就住在我家。工人们每天在崖壁上打眼放炮，炸石开路。有一个工人，点炮眼时不慎被炸石击中，不幸丧命。隔岸的摩崖上刻有阶州知州赵星题写的"天沆永博"四个大字，字迹清晰，夺人眼目。"天沆"即天河也，"博"者，大也。"天沆永博"，是指莽莽绝壁悬谷之间，江河滔滔，天地浩然，无止无境。左侧为"山右武乡赵牧题"，右侧是"大清康熙乙酉刊。"吟诗作歌一首。《高路栈道》：

云径如线山如屏，千里江风逐浪涌。

策马云栈悬高路，霜压江空锁蛟龙。

崖雨印影留千古，山月摇曳照丹青。

"天沆永博"谁裁出，天河古道情悠悠。

岷江于两河口汇入白龙江，江面渐次开阔。两河口，是岷江山峡的最后一道山门，上超百丈之长虹，下临千仞之巨流。《宕昌县志》载："宋高宗绍兴二年（1132年），重修两河口栈道。"栈道凿山而过，被视为天险，望之悚然。邓艾取道岷江时，遣金城太守杨欣在此埋伏，阻击姜维南下。姜维大败，死伤惨重，至今在两河口的墩原里，碎骨的残骸碎片处处可见。吟诗一首。《两河口》：

江汇两川入白龙，立柱通天控山门。

擦足岂疑狼牙齿，舍身何嫌崖千仞。

风卷残云逐天起，飞浪搏空亦锁魂。

刀枪剑戟千峰过，硝烟之后可从容？

两千年，斗转星移，两千年，时过境迁。让我惊叹不已的是，同样是这些山，这道谷，今天却出现了人间奇迹。我的心灵为之震撼。我曾经为崖壁上出现的第一条古道赞美过。八十年前，公路出现了，我为岷江峡谷有了汽车的轰鸣声而呐喊过。让我无法想象的是，就在三年前，山峡的铁路修通了，这段铁路几乎全部是在隧道中运行的。去年，高速公路通车了。高速公路无立身之处，就用隧道加河道，穿越峡谷。这难道不是一个奇迹？不是人世间开天辟地的大事？假设邓艾能看到岷江江峡翻天覆地的变化，又会作何种感想？我激动不已，引吭高歌而颂之，以结束我的这次走访。《古道颂歌》：

江峡从来山重山，古道归来不见天。

忽闻长笛千峰竞，旋见高速江空还。

鹰击九重任天阔，鱼跃石上百丈潭。

古道从此天复地，飞舫醉倒万重山。

| 文丕谟，甘肃宕昌县人，陇南地委原宣传部部长。

情溢白龙江

夏 青

东北有条黑龙江，西北有条白龙江。

白龙江的长度和波涛汹涌的程度都赶不上黑龙江，因此她的名气自然也赶不上远在八千里外的黑龙江。但是作为长江一级支流嘉陵江最大支流的白龙江，也自然有她自己的知名度。她发源于景色秀美的甘南草原，一路向东，一路兼容并蓄，逐渐丰满着自己的身体，就像一个垂髫的小女孩逐渐长成亭亭玉立的大姑娘一样。到了甘肃陇南境内，她已有了大江的气势和规模，硬是从万山丛中杀开一条水路，流到四川北部与嘉陵江汇合，然后一路向南，到重庆的朝天门汇入波涛滚滚的长江，向东再向东，流向大海。

蜿蜒千里的白龙江是陇南五千年文明史的见证者，中国古代传说中的伏羲就诞生在陇南西和县的仇池山，还有刑天与蚩尤大战，直到头断仍战斗不已的故事也发生在陇南。从陇南市所属的九县区出土的大量文物证明，七千年前陇南就有人类的活动。中国历史上第一个封建王朝——秦王朝就是在陇南诞生的。20世纪90年代初，一伙盗墓贼在礼县大堡子山盗掘出一批宝贵的文物，这些文物一部分流到海外，出现在美国和法国的博物馆里，震惊了当时的考古学界。甘肃省文管所立刻进行抢救性发掘，出土的文物证明这就是秦王朝的西垂陵园，埋葬着数位秦朝的君王，解决了历史学家们困扰了两千多年的话题。近代著名的学者王国维曾通过偶然发现的一件文物推断过西垂陵园的大体位置，离如今的发现地不是太远，六十多年后终于将这个历史悬案破解。秦王朝正是在这儿起家，富国强兵，然后从这里东进，最后定都咸阳，一举扫平其他六国，统一了中国。仅从这一点就可以充分证明陇南是人类开发较早的一块热土。汉代中央政权曾对这块土地实行过有效的统治，矗立在成县鱼窍峡中的《西狭颂》，说的就是开山修路的过程，这块汉隶的瑰宝至今保存完好，成为国家级重点保护文物。日本的小学生把《西狭颂》作为学习汉字的必学教材已有多年，远涉重洋，慕名来访中的游客中日本人占了很大比例，很有朝圣那种味道。后来的魏蜀吴三国争雄，陇南到处都有三国征战的遗迹。蜀相诸葛亮六出祁山，每次战斗都离不开陇南，从另一个侧面说明陇南物阜民丰，能给古代行军打仗提供良好的后勤保障。在魏晋南北朝期间，这里曾先后出现过仇池国、武兴国、阴平国等五个地方割据政权，他们的首领都是杨氏家族，五个国家一脉相承，占据着现在的陇南四川北部和陕西西南部的一些地方，名副其实的国中之国，直到唐代中期才被中央政权统一。从另一个侧面说明陇南的山川险要，进可攻，退可守，具备了立国的条件。

从唐代以后，随着中央政权的东迁南移北上，陇南这块不绝于史的地方逐渐凋敝下来。到新中国成立前夕，真的是百孔千疮。肥沃的土地贫瘠了，秀美的山川破碎了，人们的生活落后了，成了一个被遗忘的角落，白龙江水呜咽流淌了上千年。

陇南的崛起是在新中国成立之后，特别是改革开放三十年来。原来农村吃"大锅饭"的体制在一夜之间成了过去，土地承包到户使农民像刚解放进行的土改分到自己的土地那样喜悦，压抑多年的生产积极性一下子迸发出来，没用一两年就把"吃粮靠回销、花钱靠救济"的局面彻底改变。农村形势的好转也促进了其他行业的发展，特别是工业的发展。过去陇南的工业基本是一个空白，在改革开放之初，工业产值占不到总产值的十分之一，三十年后工业产值占到总产值的十分之七！"无工不富、无农不稳"在陇南的土地上得到了又一次的验证。改革开放之初，全市的财政收入不过几千万元，就靠一点农业税，连干部的工资都发不够，现在每年收入二十多个亿，而且农业税早在几年前就停止了征收。

旧陇南现在已经很难寻找到踪迹了，城乡到处是新修的楼房，低矮的土屋茅舍想找都找不到了。裸露的山头重新披上了绿装，浑浊的江水重新出现了绿色，原来的土路变成了等级公路，新的高速公路也已开工，特别是当年孙中山在"建国大纲"规划的"兰渝铁路"，在经过将近一百年和几代人的等待与期盼中上马，2014年就能建成投入运营，从兰州到重庆只需五六个小时就能到达，而现在却要开车跑两三天。到那时白龙江也会欢欣鼓舞，因为这条铁路在她身边就有一百多公里，她再也不会沉寂和孤独。

其实白龙江早就不孤独了，旧社会千里白龙江上没有一座桥。要想过对岸去，除了流水平缓处有渡船外，在水流湍急处，只有靠溜索渡江。白龙江上的溜索，是一曲绚丽多彩的生命之歌。白龙江的落差大，在她将近五百公里的行程中，从海拔三千多米的高原一直到海拔五百多米处和嘉陵江汇合，平均每公里就有五米的落差。古代人们是很难在这样的激流上架设桥梁的，于是就发明了溜索。古代把溜索称之为"撞"，所谓"悬撞渡索"即指的溜索。制造溜索的材料很多，在铁索出现之前，古人用藤条、竹篾、皮筋等物拧成缆绳悬于江水两岸绳上套一木索子可以滑动，木索下系绳套或木板，渡河的人坐在上面用手攀援缆绳使木索滑动向前，从而达到过河的目的。宋代大诗人陆游曾到过陇南，他目睹了溜索后写下一首"度管"诗："翩翩翻翻管受风，行人疾走缘虚空。四观目眩浪花上，小跌身裹蛟龙中。"说明了溜索的危险。陇南是有名的古战场，军队行军打仗，多少粮草和辎重都要靠溜索运送，足见我们古人的智慧和勇气。

建国后许多溜索变成了索桥，其实索桥就是用许多绳索组合在一起的多索桥，后来逐渐发展成为麻网桥、藤索网桥、铁索网桥。桥上铺上树枝或木板，走上去晃晃悠悠，却比溜索安全方便了许多。红军长征中十八勇士飞夺的泸定桥就是铁索网桥。陇南最早的铁索桥建于十九世纪末的清朝，叫"永济桥"，桥长60多米，方形主索九根，压桥索和拦桥索各两根，全用熟铁锻造。在两面桥及各埋碗口粗的铁柱九根，铁索环扣于铁柱之上，和泸定桥的建造一模一样。这座桥的修造，大大方便了甘川的交通，当时的阶州知府写诗赞道："架木成桥自古难，而今铁练索江干。行人抬手若相问，西蜀滇南共此安。"但是让我们不解的是那时一无大型的起重设备，二无大型的运输工具，这成吨的铁索是怎么越过崇山峻岭，又是怎样飞跨过湍急江流的？我们不能不对古人克难制险的智慧肃然起敬。改革开放以后，白龙江上的索桥已不适应社会的发展，大多数也退出了历史的舞台，结束了它们的使命，代之而起的是一座又一座钢筋混凝土大桥，它们横跨南北，为地方的经济发展做着无私的奉献。

还有因为白龙江的落差大，水流充沛，是修水电站的理想之地。改革开放前，白龙江上只有一座碧口水电站，是一座中型电站。而现在，大中小型电站已建起十几座，还有几十座正在建设之中。它们像一串珍珠，镶嵌在白龙江丰腴而饱满的躯体上，为她增加了许多丰韵，也让白龙江为人们创造出更多的财富。

白龙江，一条美丽的江。

白龙江，一条充满希望的江。

> 夏青，1947年生，河北唐山人。陇南市文联原副主席，中国作协会员，陇南市文联名誉主席，发表文学作品数百万字，出版有文集《清代故事》《爱情三部曲》《陇南情梦》等。

成县山水与神话世界

| 王东祥

　　成县位于甘肃省东南部，属于西秦岭南坡徽成盆地西端，长江流域嘉陵江水系，从有文字记载的史料看，成县大部分时间是陇南的历史文化区域中心。成县的历史文化可以分为两个较长的历史阶段，一是秦汉以来有文献记载的历史，特别是宋代历史，在成县留下了厚重的历史遗迹；二是有故事传说但没有文献记载的历史，就是上古时期的历史，在成县也很丰富。境内有仰韶文化、马家窑文化、齐家文化和寺洼文化遗址20余处，有春秋战国以来的墓葬群10余处，2007年被联合国非物质遗产保护组织确定为甘肃省唯一的"千年古县"。

　　从历史文化的沉淀状态分析，这里是上古以来陇南政治、经济和文化的核心地带，是远古时期氐羌民族的发祥地，是西秦岭地区上古文化的璀璨明珠。

　　历史文化是无价资源。从发展旅游业的角度讲，成县有以《西狭颂》《耿勋碑》、广化寺、飞龙峡栈道遗址、鸡峰山为代表的秦汉文化遗迹；有以裴公湖、杜公祠、大云寺、牛心山、太祖山为代表的唐文化遗迹；有以紫金山吴王府、石碑村吴挺陵园、小川镇乱山村八海坑、五仙洞、店村镇金莲洞、红川镇甸山玉阳宫为代表的宋文化遗迹；有以中子山、狮子洞、天寿山、昆仑山为代表的远古神话传说文化。

　　成县汉文化的代表是《西狭颂》和《耿勋碑》，是陇南人的文化名片，是闻名世界的文化瑰宝。《西狭颂》与陕西《石门颂》《郙阁颂》合称"汉三颂"，是汉代摩崖颂碑的三大代表性作品，也是隶书"八分体"的代表，在中国书法史上具有十分重要的地位。而且西狭颂图文并茂。"五瑞图"是汉代岩画的代表作，是至今唯一保存在原址的汉代石刻。它是研究陇南古代政治、经济、文化艺术、交通物产、民族关系的实物，因而具有重要的历史文化价值。2001年6月，西狭颂被国务院列为全国重点文物保护单位。2006年5月，"甘肃西狭颂文化促进会"在兰州成立，10多年来促进会坚持以"西狭颂"为主的历史文化研究，创办杂志，继承推广中华传统文化，组织学者研究发表了大量学术文章，出版了一些书籍和画册。2017年9月，甘肃西狭颂文化促进会组织编辑的《西狭颂文化丛书》公开出版发行，标志着西狭颂文化研究取得了阶段性成果。

宋文化中代表性的遗迹五仙洞，位于成县西部小川镇的五仙山中。五仙山地处西秦岭余脉鸡峰山主峰西侧5公里的延伸地带，北边并列五座山峰形似笔架，主峰红嘴山，海拔1930米，西边有一高峰名叫天寿山，现在属于国家级森林公园。据清代黄泳撰修的《成县新志·五仙洞碑记》载，"同谷以景名者八，五仙洞其一也。世传公孙氏五子尝于此学轻举之术"，故名五仙山，公孙氏五子曾栖息的山洞名五仙洞。 五仙山地处乱山林海，茂林修竹，地下有暗河、溶洞，与鸡峰山东西呼应，《史记》载，公元前221年，秦始皇西行祭祖，出北地，登鸡头山。之后又有秦二世、唐王李世民等到此寻根问祖，有"中华秦皇第一山"之美誉。五仙山草丰林密，动植物资源极为丰富，生态环境优越，这里天坑与石洞相连相缀，号称九坑十八洞。最大的坑是八海坑，最大的洞是八仙洞。八海坑坑口呈椭圆形，直径约400米，深度约100米，在八海坑翘首仰天，天像海洋，地如飞船，阳光射来，松石环列，倒影连天。八仙洞位于八海坑下西侧，深邃无底，乱石堆岸，流水湍急，空空有声。五仙洞在八海坑北侧奇峰半腰，洞高六米，广约十二米，洞内石壁间有清泉四季长流，清冽甘甜。洞顶奇石倒挂、苍苔印影，形成天然的八卦形状。洞中供奉三母圣像，又有公孙氏修炼遗迹及坐化僧骸。除了八仙洞、五仙洞，这里还有白马洞、立佛洞、观音洞、湘子洞等，洞洞都有神话和传说，给五仙山蒙上了神秘的色彩。

笔者在五仙洞中看到宋代碑刻二方。一方为南宋开禧元年（1205年），宣教郎通判成州军州事赵希渊撰书的《五仙洞碑记》，一方为嘉定八年（1215年）参政郑昭先，右丞相史弥远奉敕《浮泽庙牒额碑》，记载了五仙洞之兴盛，尚书省在此立有庙额。碑文云："五仙山龙洞，灵光瑞露，示现非常，实列仙之居，神仙之宅也。"南宋嘉定七年（1214年）五月，州县保奏朝迁颁降庙额，嘉定八年施行。碑高五尺，宽三尺余，为行书字刻，书法挺秀。据《五仙洞记》阴刻碑文记载，朝廷钦准尚书省为五仙洞赐额的同时，也授权五仙洞住持宗辨管护洞区林木。阴刻有由住持僧管护林木的《舍状》，又有州县官员的署名及敕命宝玺。《舍状》明文规定如有砍毁林木者，可把拽赴官根治。《舍状》还划定了林地四至："东至承宣地及王宅职田地大岭，西至孟家谷及九盘谷大岭，南至五仙洞大岭及九盘谷源岭，北至杨家地大岭。"这是一方记载我国古代护林法规的宝贵碑石，也是政府授权住僧管护林木的官方布告，距今有800多年的历史。

成县小川镇五仙山的五仙洞碑与乾道九年（1173年）刻于成县抛沙镇广化寺的《广化寺碑记》，南宋嘉泰三年（1203年）为纪念抗金名将吴挺刻立于城关镇石碑村的《世功保蜀忠德之碑》，构成了成县宋代文化的一条主线。南宋文化在成县留下了深远影响。阅读这些碑文，可以帮助我们了解历史文化信息。宁宗时期，大将军韩侂胄渐掌大权，他力主抗金，得到著名的抗战派盟友辛弃疾、陆游、叶适等人的支持。陆游曾在成县留下著名的诗篇。宋宁宗对南宋的屈辱地位深感不满，他支持韩侂胄的抗金立场，开禧元年（1205年）四月，宋宁宗采纳韩侂胄的建议，崇岳飞贬秦桧，追封岳飞为鄂王，削去秦桧死后所封的申王，改谥号为"谬丑"，下诏追究秦桧误国之罪："一日纵敌，遂贻数世之忧。"这些措施，有力地打击了投降派，使主战派得到了鼓舞，也很得民心。同年五月，宋宁宗下诏北伐金朝，史称"开禧北伐"。但是因为准备不充分、投降派的破坏及金人早有准备以逸待劳，最后以失败而归。嘉定元年（1208年）宋与金议和。宋军进攻以失败告终，金军乘胜分路南下，陈州人四川宣抚副使吴曦叛宋降金，割让关外四郡，金封吴曦为蜀王。开禧三年（1207年），吴曦之叛被平定，但宋廷内投降派得势，礼部侍郎史弥远与杨皇后、杨次山等勾结，杀死韩侂胄，使宋、金罢兵议和。开禧四年（1208年），宋、金订立嘉定和议协议。南宋灭亡后，陇南大地被元朝人统治，元朝也在成县留下许多历史遗迹。

成县的洞穴文化值得深入研究。洞穴，是人类祖先遮风避雨之地，上古时代，人类把天然洞穴辟为居所，甚至开凿为宗教场所，凿洞筑屋，移石建城，形成自古以来独特的建筑，留下了绝无仅有的文化遗产。历朝历代都有人关注这些奇特而神秘的地貌以及与它相关的人文历史。可以邀请地质专家和文物专家对成县的洞穴文化进行全面勘探和发掘。体验新鲜、神奇、未知的生活，是人类的本性。洞穴，因为有了文化的元素，便成了旅游探险的热点。成县许多洞穴，洞中套洞，景中生景，具有深而险、险而奇的特点，洞中高低不平，险境遍布，琳琅满目，巧夺天工，使人赏心悦目，如置身仙境。对于研究人类古代历史、文化、风土人情以及地质构造，具有极高的科学考察价值，是集考察、地质勘探、旅游开发于一体的福泽胜地。

轩辕黄帝的历史之谜，有望在成县大地得到破解。《史记·五帝本纪》说："黄帝者，少典之子，姓公孙，名曰轩辕。"裴骃集解："号有熊。"司马贞索隐："有土德之瑞，土色黄，故称黄帝，犹神农火德王而称炎帝然也。"黄帝做部落首领据传说是公元前2697年，即位时20岁，据此推算黄帝应出生于公元前2717年，卒于公元前2599年，享年118岁。

史记认为：黄帝有二十五子，得姓者十四人。黄帝逝世后葬于桥山。其孙高阳立，即颛顼帝。颛顼死后，黄帝曾孙高辛立，即帝喾。喾死，子放勋立，即尧。尧死，舜立，舜是颛顼的六世孙。黄帝，颛顼，喾，尧，舜即是传说中的五帝。所以说黄帝是五帝之首。

中华民族历史悠久，文明璀璨夺目，但是人文始祖轩辕黄帝的出生和埋骨之地却一直扑朔迷离。作为夏华共祖的轩辕黄帝，他的出生和陵冢究竟在中国何地？几千年来一直是历史之谜。

根据历史资料分析，在西周和先秦时期，黄帝的出生地应无争议。到了汉代以后，由于地名的更改及人为对史籍的删减，黄帝出生地和原冢究竟在何处就成了一个历史之谜。

目前，国家认定的黄帝祭祖之地是陕西黄陵，但是各种史料证实，陕西黄陵县的"黄帝陵"并非轩辕黄帝的"原葬之地"，史学界和当地百姓也都认为：这里只不过是黄帝的"衣冠冢"而已。

部分学者从史籍、域名、传说等将黄帝原冢之地指向甘肃、陕西、河南、山东等不同的区域。但是至今都没有具体的证据。华、夏两族始祖的陵寝之地在何处，相信随着现代科技水平的快速发展和先进技术的介入，真伪问题很快会水落石出。

历史信息记载：秦文公于公元前756年，祭祀了上祖黄帝，还派兵守卫黄帝原冢（《封禅书》："黄蛇自天下属地，其口止于鄜衍……"《秦本纪》："即营邑之，初为鄜畤，用三牢……"）。秦灵公嬴肃于公元前422年，建"上畤"祭祀黄帝，而且还在吴山之阳（有学者认为在今宝鸡市吴山）建"下畤"祭祀炎帝，此举得到夏、华两族大加赞赏，入秦效力，视为同宗。秦惠文王嬴驷于公元前325年，大败魏国并夺取魏"西河郡、上郡"地后，令张仪筑"上郡塞"。秦昭襄王嬴稷于公元前272年，灭义渠国后，置"北地郡（在今甘肃庆阳市西南）"，"起自临洮（陇西），至于碣石（上郡）"修筑"列城"，（上述观点参见《秦本纪》与《水经注》）。由此可见，先秦诸公前往原冢祭拜，都视其为黄帝后裔，从而号令天下之士。

秦始皇嬴政统一六国后，天下诸夏、诸华之士皆认为秦非黄帝正宗，嬴政索性将周室及诸国诸宗族谱付之一炬，致使中国诸宗氏族谱从此中断。汉武帝刘彻视己为"华族正裔"而"独尊儒家"，自不便弃宗之陵，亲率十八万铁骑到黄帝原冢祭祖，且有史官司马迁随从记录了祭祀之地（见《五帝本纪》《封禅书》《孝武本纪》）。自王莽新朝终至东汉，由于地名的更改及人为对史籍的删减，黄帝原冢究竟地处何方就成了一个问题，从此扑朔迷离，争论不休。

从三国（220年）始至隋朝（581年）止，361年间中国历经五胡十六国惨烈厮杀，夏华两千多年之文明几乎殆尽。其间诸族混血，礼仪丧失，宗族能延续五世已属罕事，祭祀或寻找"始祖"之事竟无宗族顾及。

隋朝统一中原后，极力恢复华族文明。短暂的38年，推行了"三省六部"和"科举"制度，但未顾上"寻根觅祖"，就被夏胡混血的李唐取而代之。唐朝历经289年，因宗族混血原因，又加之诸子百家重新面世，人类"同种同宗"的思想为各族认同。唐人索性越过轩辕黄帝，将始祖认到伏羲、女娲这一代，以示世界大同。由于李唐宗族以夏裔自荣，所以将位于坊州的黄帝"衣冠冢"定为官方祭祀重地。至于原葬之地的考证，就基本无人问津了。马嵬兵变后，流亡的太子李亨将朔方郡移至今灵武作为平叛之地，后人对古地名之所在地更加混淆。五代十国，各宗都指责别族为"胡夷"，自己为"正宗"，又相互厮杀了50多年。结果是除了山东的孔氏外，许多宗族改姓埋名，后代子孙们基本上不清楚三代以上的祖源是谁。

宋朝建立后，当时位于东北的辽面积比宋大得多；西北的黑汗、回鹘、西夏三国占据了上古中国的核心之地；西面的吐蕃诸部与宋面积相等；西南的大理国则自成一体。面对这样的环境，赵宋朝居然享国319年，全仗其聚拢人才。赵宋两修轩辕祖庙，还将上古帝王的诸陵墓重新修葺，以敬华列祖列宗。由于强敌环伺，上古遗迹多数被"胡夷"占据，赵宋有敬祖之心，却无寻源之力。金、元时期的253年，夏族后裔以"二元政治"为主，极力推行本族文化并向外武力扩张疆域，但由于哲学思想比华族幼稚，最终是"金以儒亡"和"元以制灭"，导致了中国主流文明的传承断代，中国诸族宗谱遗失殆尽，几无史料可觅祖源。

明朝历经19帝319年，积极推行汉文化，但由于历史久远，明代人只能在文史内反复钻研复古之术并提出自己的思想（如"心学"等），再加之各种宗教充斥中国和明代诸帝的"崇佛抑道"，本土宗教几无立足之地，"寻祖"之事被彻底贻误。

清朝历经276年，虽有帝王励精图治，独崇儒教，却由于宗法不明，儒家投机，落后的清廷始终遭到国人唾弃和反抗。满清官府虽考证上古中国诸祖古迹，但由于史料混淆，又多采信地方传说，越发将上古中国之地和诸祖陵寝坟冢弄得一塌糊涂，引发了各地域人士的不断争议。

陇南是秦巴山区扶贫开发的重点地区，旅游业是贫困地区未来发展的主导产业。旅游资源有三大类型：一是大自然留下的自然资源；二是祖先留下的文化资源，文化是旅游的灵魂；三是当代人建设的包括吃、住、行在内的服务资源。三者结合起来才能形成优势。发展旅游就是要对历史文化进行深入研究，比如一个地方的历史文化形成的背景？为什么说陇南是氐羌民族的发祥地？氐羌民族与华夏民族的关系是什么等等。2018年3月11日，时任甘肃省委书记的林铎在全国两会上做客央视，在介绍甘肃历史文化时向观众讲："甘肃是中华民族的发祥地，在我们中华民族的发展史上占有重要的地位。比如我们中华人文始祖伏羲的诞生地，就在我们天水的附近。现在每年海峡两岸都要在同一个时点来共同祭祀我们的人文始祖伏羲"。

"大禹治水"是古代社会农耕文明的重要特征，这个故事虽然家喻户晓，但是一些学者认为这只是上古的传说。2016年，一个中美科研团队在美国《科学》杂志上宣布，他们在中国黄河上游发现了古代超级大洪水的科学证据，证明了"大禹治水"的真实性。同时也为夏朝的历史真实性以及起始年代提供了重要支持。我们国家对夏商周的历史研究，已经取得了重要成果，但是创造了夏商周文明的那些族群是从哪里来的？至今还有许多未解之谜。就像秦朝统一了中国，但是秦人的早期发祥地在哪里？在甘肃礼县大堡子山秦人西垂陵园被发现之前，谁也不会相信甘肃省陇南西汉水流域就是秦人早期的发祥地。1996年，甘肃省临洮县成立了一个民间专业研究马家窑文化的社团："临洮县马家窑文化研究会"。2003年，这个民间研究会升格为"甘肃省马家窑文化研究会"。他们以甘、青地区分布的马家窑彩陶为研究基础，把马家窑文化的研究拓展向中华文明起源的多个领域，从民族学、民俗学、哲学、艺术学、人类学、社会学等多个学科进行挖掘，以期找到人类关注的许多问题的文化源头。

人类历史有自己的发展逻辑。一万多年以前，人类的生产技术和工具还相当落后，长江流域森林茂密，野兽成群，人类还没有征服它们的能力；黄河下游也是湖泊纵横，不适宜人类生存和发展。只有黄河和长江上游，青藏高原与黄土高原的接壤地带，渭河与西汉水流域等地带，才是远古人类的适宜生存区，秦人先祖的历史就是证明。

8000年前，西秦岭的大地湾（秦安县五营乡原始社会遗址）人，就以黍为食物，证明了农耕文明在这里初现。2000年后，农耕的炊烟才在陕西灞河半坡人的土地上升起。

中国科学院地理所研究员、"中国南北过渡带综合科学考察"项目首席科学家张百平认为，文明是自然的最高表现。文明的产生离不开一个民族滋生与繁衍的地理环境。他说："秦巴山地及其河谷地带是中华民族历史和文化萌发、定型和发展的主要舞台。"

《史记·夏本纪》记载：夏朝的开创者启是黄帝的后代。《史记·秦本记》说：秦的先祖也是黄帝的后代。这就把秦先祖与黄帝直接连在了一起，证明了秦人的先祖就是黄帝一族的后代，这间接证明陇南是黄帝族发端的地域。

寻根问祖，是每个人的愿望。我们从哪里来？要到哪里去？斗转星移，陵谷变迁，有文字记载的历史只是人类历史长河中最近的一朵浪花，这段历史的前一天和更前一天又发生了什么？因为没有记载，我们不知道。不过，历史除了文献资料，还有其他的证据，比如出土的文物，泥土中的化石，还有人类生活的逻辑。大地湾遗址，证明了甘肃东南部是中华文明早期的发祥地，中华文明由西向东发展。

近年来，民间人士对成县祖脉文化的研究，取得了一定的成果。2012年6月，天水学者章月琴女士在中国文艺出版社出版学术专著《揭秘三皇五帝都》，论证三皇五帝都就在甘肃成县。还有原籍陕西、现居徽县的企业家吴陇鑫先生也著文论证《黄帝故里在成县考辨》，今年91岁高龄的成县离休干部张炯之用30多年的时间调查考证，撰文说成县就是黄帝故里。还有更多的学术著作和文章不断表明地处西秦岭南坡、西汉水流域的徽成盆地，是华夏文明的起源地之一，是文明曙光升起的地方。我们是炎黄子孙，我们的祖先筚路蓝缕，以启山林，抚育四方，以属华夏。炎黄子孙薪火相传，自强不息，继承祖先的创业精神，顽强奋斗，把炎黄精神发扬光大，才能建设自己美好的家园。祖脉文化的研究，必将推动陇南旅游业的快速发展。

成县以《西狭颂》为代表的文化和自然风景区，近年来不断加快基础设施建设，服务环境不断改善，高速公路和飞机场相继建成，投资项目陆续到位。"西狭颂"等风景区独具历史文化优势，从宋代以来，在交通极其艰难的环境下，都吸引了许多的文化名人前来瞻仰临摹，留下许多历史悠久的摩崖刻石。现在，把历史文化与现代养生文化相结合，必将形成旅游产业新的发展模式，使文化游、生态游、健康游深度融合，形成养生旅游新品牌。

文化旅游和养生旅游都是高端旅游，能带动地方经济发展，提升人口素质，创造良好的社会价值和物质财富。因此发展文化旅游和养生旅游需要配套良好的生活设施及文化服务，配套完善的养生文化体系，采取一体化的发展模式，把发展计划、产品开发、项目经营、服务管理、市场营销等各方面进行一体化运作。要根据现代人的身心健康特点来开发设计文化养生路线和内容，从生活饮食、身体运动到睡眠休闲以及快乐的情绪体验，满足游人吃、住、行、游、购、娱的基本需要。特别是饮食，一定要结合当地条件，形成绿色、有机、无公害的地方特色，根据陇南良好的光热条件，引进国内外的先进技术，开发市场急需的微量元素保健食品；健康运动项目可以开发爬山、走栈道、森林吸氧、唱歌跳舞等等。陇南独具特色的自然风光，北方少有的茶园，油橄榄，高山，森林，河流，泉水，有多条远古时代就连接大西北与大西南的茶马古道遗迹，有许多古寺院，古道观，古碑刻，有从秦汉时代就遗存下来的古村，古镇，古县城遗址，有许多远古文化传说和历史遗迹等，这些都是人类珍贵的精神遗产，是开发文化旅游与养生旅游的稀缺资源。关键是要引进高品位的开发商去运作，而低层次、低品位的开发，是对稀缺资源的破坏。只有高品位的开发，才能使文化旅游与养生旅游达到游人提高文化素质，调节健康，愉悦心情，企业和农户实现经济效益和社会效益的多赢目标。立足陇南，面向全国，充分挖掘陇南的文化资源和自然资源，提高服务能力，就一定能把陇南打造成世人瞩目的旅游大景区。

> 王东祥，男，甘肃省成县人，退休干部。甘肃省作家协会会员，甘肃西狭颂文化促进会副会长，陇南市文艺评论家协会副主席，华夏祖脉文化研究促进会负责人。主编《西狭颂文化丛书·学术论文选》，出版散文集《青山夜语》《生命家园》《旅途之歌》《梦想成长的季节》等。

走访鹿仁村

焦红原

鹿仁村·土墙板屋

鹿仁村是官鹅乡的一个行政村,从官鹅乡政府西行不远,放眼望去,在官鹅河北岸的一片缓坡台地上,绿树掩映中,凸现出几户人家,这就是鹿仁村。

最新调查,鹿仁村现在有14户人家,五六十口人,全部都是藏族。正因为少数民族聚居相对集中,所以我们把民俗与历史文化考察的主要地点放在鹿仁村。

还没进村,大家就对鹿仁村的房屋建筑形式产生了浓厚的兴趣。

鹿仁村的房屋建筑形式,其实与当地汉族民居并无二致,都是土木结构的瓦房。只是鹿仁村寨里的几处"板屋土墙"特别抢眼。因为,这是氐人民居的重要遗存,当地人称之为"踏板房"。《南齐书·芮芮虏等传》中说,氐人的房屋建筑,皆为"板屋土墙"。这景象与我在宕昌大河坝、文县铁楼乡等地考察时,见到的大抵一样。但文县白马藏族聚居区所遗留下来至今仍供人们徙居的"板屋土墙"更多一些。

青瓦·红瓦

"踏板房"上压着一些脸盆大小的石头。瓦房亦与其他地方的有所不同。

鹿仁村藏族民居房上的瓦片，有传统的青瓦，也有当地新近烧制的红瓦。青瓦修盖的房屋，显然较"板屋"迟，却比红瓦房早。板屋可以向上推进两千多年，青瓦的使用历史只有百十年，而红瓦的使用最多只有二三十年时间，也就是说，红瓦房大多数是近些年修建的房屋。

鹿仁村现今最好的一座建筑是鹿仁小学的教学楼。有两三间教室，不仅用红瓦盖顶，学校大门的门柱与教室的两面墙壁还是用红砖砌成的。

毛百家·木擂大王

进了鹿仁村，县旅游局杨副局长特意找来了村主任，让他一方面给我们当向导，另一方面为我们介绍村子里的一些基本情况。

村主任姓毛，名百家，今年36岁，一米六、七的个头，"国"字形脸庞，他的眉毛特别浓厚，穿一件灰布夹克衫，里面套穿两三层机制线衣，蓝裤子，黄胶鞋。

毛百家为我们介绍说，这村子以前叫木擂村，出过一位将军，叫木擂大王，后来，人们为了纪念他的英雄功绩，在寨子里建了木擂寺，不知怎的，后来，人们把木擂寺改叫鹿仁寺了。鹿仁村村名也是后来才有的。

对于木擂村村名几个字的写法，毛主任说他写不出来。我想，既然木擂村是由木擂寺演化而来，而木擂寺又是专门为了纪念那位在当地人心目中赫赫有名的木擂大王的，看来，该村村名的由来与战争有关。

我临时想出一个，"擂"，读音"léi"，意思是古代作战时，从高处推下的大块木头，以打击敌人。有个叫"擂木"的词，其含义为"古代作战时，从高处往下推以打击敌人的大块木头"。

我这样用字取义虽为权宜之计,却方便了行文。

由于文献资料所限,对于"木檑"的准确写法我们没法进行深究。而官鹅沟正是有名的岷江林业总厂所在地,自古以来,这里林木资源极为丰富,这为我使用"木檑大王"的"檑"字,提供了概念的支持。当然,"木檑大王"或许仅仅是当地少数民族语言的一个读音,这种解读也无可无不可。因此我们没必要在这方面精益求精地进行新的求证了。

家居·苗召子

为了更加真实全面地了解鹿仁村的情况,我们向村主任建议,最好选择家庭经济情况差一点和好一点的两户人家,分别看看。

毛百家主任便顺路把我们领进村口的一户人家。

这是真正的"板屋土墙"。房顶的椽板上压着一些大块的石头,二层的棚上挡着两面竹编的围墙。下面是四合页的木门,木门的两边是两扇木格子花窗户。

说是家,其实家里并没有多少值钱的东西。三开间的屋子里,靠南是一张土木结构的大炕,长约2.5米,宽近2米。炕上的被褥卷起来,窝在一角,炕北面横置一只大木柜,可能是放置衣物的。屋子正中靠山墙的是一只长约3米的古式木柜,里面可以存放粮食,上面可以摆放器物。屋子北面亦是一张和南面一样的大炕,只是炕面塌陷了,上面乱七八糟地堆放着一些东西。屋子东北角是一个半圆形大灶台,泥土砌成,上面可以摆放两口三五十公分的大铁锅。屋子稍靠北的灶台旁,地上随便挖一个土坑,架上大块的木柴点燃,这就是火塘。三五个人四围一坐,冬天可以取暖,平时,火塘上悬挂一个铁链,可以吊上吊锅烧水做饭。只是这会儿,当我们进屋时,那堆柴火并未燃烧起来,微弱地冒着几缕青烟。屋子里很暗，烟熏得人直流眼泪。如果门上一站人，挡住了阳光，你根本看不清屋子里还有什么。

毛主任介绍说，这家主人名叫杨成宝，出门去了。他媳妇名叫苗召子，今年40岁，头上黑纱布一缠裹，就形成一顶帽子。翠绿的上衣外套上又加一件大开襟黑马甲，衣服的袖口缝一圈十几厘米宽的绛红的边，青黑的直筒裤，脚穿一双蓝色鞋面的圆口布鞋。

见我们一行进屋，苗召子和屋里"烤火"闲坐的几个人忙站起身来，几双眼睛打量着我们，却并不让座——其实，屋里也没多余的板凳可供我们小坐。大家强忍着烟熏的不适，聊了几句便离开了。

出门时，我见她家门口有一口草绳纹、鼓腹圆撮口的小缸，问是做什么用的？回答说是酒缸，自家窝酒用的。

当地人窝（酿）酒用的主要原料是青稞和玉米。

问她们对酒缸的叫法，回答说叫"奥姆"，煮酒用的锅叫"咔培"。

从酒缸的型器上，虽然依稀能够看出仰韶文化对它的影响，但它和如今陇南各地人们普遍使用的缸的器型相比，并无太多的区别。

再说房屋建筑，都是上下两层的。我顺门外的木梯爬上去，只见上层堆放着一些麦草和杂物，这和文县白马藏族的房屋建筑结构相比，也大体相同。

苗召子送我们出门时，我为她抢拍了一张照片，发现她的手腕上还戴着一副玉镯子。虽然，经济条件不尽如人意，甚至有些糟糕，但藏族妇女爱美的天性，却是永远也无法阻挡的。

官鹅·家谱·家神

从苗召子家出来，我们前往毛百家主任家。

途中，见一户人家房背后的菜园里，有一二十只鹅，同行者中有人问毛百家，这是否与官鹅乡的河名有关？毛主任很诚实地回答："也说不上来。有人说官鹅乡是清代为官府养鹅的地方，到底咋回事我也说不准。"同行者又有人请教，该村有什么美丽的传说没有，毛主任仍答："没有。"这可能因为村民受教育程度低，很多人连自己的名字都不会写，传说不易流传。

毛主任的家距苗召子的家不过二三十米远，仍然是土木结构的两层瓦房，但家里坐西面东的房前有一个小院场。房子中间是庭房，南北面又各隔出一间房门来供人住，门前的廊柱旁是一架通往二楼的木梯，楼上或堆放杂物。廊柱下有一只他们叫"扯布"、武都人叫"蒲揽"的大笸箩。

毛主任家正中靠山墙上一字排放着两只大柜，柜上的坛坛罐罐及插花摆放得有条不紊。墙壁用报纸裱糊了，时间并不太长，墙上悬挂着两个长玻璃框。

毛主任家最神圣的供奉也在这面墙上。

刚进门，你会发现，一个被红布包裹成柱状的东西，被悬空供奉在庭房正中稍靠北面的山墙上，供奉的前头，还挂着一幅用白纸剪成的"遮面"，工艺造型都极其漂亮。

毛主任说，那是他们家的家谱。每年过年时才展开挂起来供奉，这情形与铁楼乡白马藏族的如出一辙，只是我在文县考察时，没见到文县白马藏族给家谱挂"遮面"而已。我请教毛百家："你们往家谱上蘸鸡血吗？"他回答："开光的时候杀鸡哩。把鸡血蘸上，点在上头，平时不。"

宕昌藏族与文县藏族对家谱类似的供奉方式，令我非常惊喜。这惊人的发现，不仅解决了我对陇南古氐羌民族民俗文化交流融合与嬗变时的许多困惑，又为研究古宕昌国羌人政权与仇池国、武都国、阴平国、武兴国等氐族政权宗教结构提供了新的佐证。

毛百家山墙上另有两处供奉：一处是家谱靠南，在距顶棚约一尺多高的地方，一块木板上，一排摆放着6个小罐子，每个罐子上各插一朵纸剪白莲花；山墙最南端，又高高地摆放着两个同样的小罐儿。我请教毛百家，他说，那是他们家的家神，左边（南端）两个是女神，右边（北面）的六个是男神。

男女家神的神位不能并列供奉在一起，反映了宕昌藏族存在男尊女卑的思想观念。在家神神位上敬献莲花，反映了藏传佛教对他们宗教信仰与神灵崇拜的影响。

本文选自作者长篇文化散文《古羌国轶事》

> 焦红原，男，1983年开始发表诗歌、散文及美术、摄影作品。陇南市作家协会顾问。现为陇南市政协科教卫体委主任。

南北过渡带，康养陇之南

| 李如国

一

陇南南北过渡地带的特殊地理位置，造就了陇南优越的生态环境，也为人们走向大自然、开发康养生态游提供了天然的条件。陇南是天然的生态屏障和绿色宝库，境内森林覆盖率高达40%以上，有文县白水江、武都裕河2个国家级自然保护区，有文县尖山大熊猫自然保护区，有文县天池、宕昌官鹅沟、成县鸡峰山3个国家森林公园，有文县黄林沟、康县梅园河2个国家湿地公园。有生态、人文重点旅游景区20多个、景点800多个，文县洋汤天池、武都万象洞、宕昌官鹅沟、康县阳坝、两当云屏三峡等国家级自然风景保护区与四川九寨沟景区连接形成了环九寨沟全域生态旅游圈。陇南丰富的生态资源，秀美山川，既有北国的雄奇，又有南方的灵秀，森林茂密，气候温润，四季温暖如春，有"陇上江南"和"天然氧吧"之称，是国内康养生态游的最佳目的地。

二

陇南与九寨沟直线距离仅有50公里，境内宕昌官鹅沟、文县黄林沟等自然景观和九寨沟同质同源，如孪生姐妹，到了陇南就如同到了九寨沟；陇南又是地形地貌的大观园，在陇南游玩一遍，就等于把大半个中国的自然风景看了个遍。

有人说"黄山归来不看山，九寨归来不看水"，但陇南的山一定要看，陇南的水一定要感受。

不妨登上宕昌擂鼓山，文县摩天岭，武都五凤山，康县龙王山，成县鸡峰山，徽县铁山，西和仇池山、云华山，礼县大堡子山、祁山，两当鸳鸯山。在这里，春看草长莺飞、山花烂漫；夏看林海苍茫、万木繁荣；秋看漫山红叶、天高云淡；冬看银装素裹、雪域奇观。

在这里，可以纵情陇南山水，俯瞰山外世界。可以发"登泰山而小天下"的感叹，也可以发"念天地之悠悠，独怆然而涕下"的惆怅。当然，也可以在赏心悦目、心旷神怡之时，寻找这些山蕴藏的历史文化密码，感受古人移山倒海、生生不息的精神和力量。

陇南江河纵横，溪流众多，既有白龙江、白水江、嘉陵江、西汉水等大江大河的波涛滚滚、汹涌澎湃，又有文县天池、宕昌官鹅沟、康县天鹅湖、西和晚霞湖、礼县秦皇湖的碧波荡漾、清澈安静；既有山崖湍流飞瀑的跌宕恣肆、激情飞扬，又有山涧溪流的泉水叮咚、温婉含蓄。

著名诗人商震在游历宕昌鹅嫚天池时，面对一湖净水，发出"像看仙界和童话故事"的感慨。

> 这不是我见过的江湖
> 水清澈到鱼都无处藏身
> 站在岸边看水里的自己
> 感觉也是透明的
> 几只白鹅悠闲地游荡
> 一些蝌蚪在水里嬉戏
> 许多人在岸边看这片净水

像看仙界和童话故事

而我看他们

这些平时看不清的面孔

在净水中都眉清目秀

陇南的水至清至柔、至美至善，是陇南山水的魂；置身陇南原生态山水世界，春风为你悦身，秋水为你洗尘，让你有"久在樊笼里，复得返自然"的心灵归属感。

三

都说众口难调，但在陇南就可以随心所欲地吃到山南海北不同口味的饭菜，"五味杂陈"是陇南舌尖上的一大特色。

在雨后初晴的山村傍晚，在云雾缭绕的青青茶园，三五朋友，聚餐小酌，是最惬意的事情。此时，呼吸着山野清新的空气，喝着阳坝梅子园、碧口马家山、裕河八福沟刚采摘的新茶，品着当地的金徽、红川、"二脑壳""明溜子"酒，吃着原生态、无污染的山野菜；如果在文县、康县、武都的一些地方，主食饭菜还有地方菜品佳肴齐全、小有名气的"十大碗"上桌。"醉翁之意不在酒，在乎山水之间也"，朋友相聚，不在乎吃，而是放心、舒心和快乐。

陇南人的饮食融合了南方人和北方人的传统饮食习惯，南北饮食在陇南都能被容纳和接受，陇南菜系为外来菜系的大融合。

在陇南城镇餐馆或乡间农家乐，南北菜全有；陇南人南北菜都喜欢，没有排斥的饮食，北方的牛羊肉、面食，南方的大米、海鲜陇南人都喜欢吃。陇南的面食尤其丰富多样，堪称一绝。从原材料上讲主要有小麦面、苞谷面、荞面、黄豆面、小豆面、高粱面等，从种类上讲有挂面、手擀面、臊子面、杠子面、刀削面、烩面、炒面、炸浆面、油泼面、牛肉面、羊汤面、荞杂面、洋芋面等几十种，还有面皮儿、洋芋搅团、面茶、面鱼儿等各种以面食为主的小吃百余种。所以说，陇南饮食既具西北和四川的麻辣，又有南方饮食的甜腻。有人说，陇南的饮食是专为游客准备的，"五味俱全"，让你有回家感觉，有乡愁的味道。

四

陇南近年来大抓美丽乡村建设，各地重点实施生态宜居、宜游工程，农村人居环境条件发生根本性的变化，生态新村、乡村别墅、园林小区、度假山庄遍布陇南城乡，特别是特色鲜明的农家客栈，吸引着八方游客，成为"住在陇南"的独特风景。

在康县燕子河畔的岸门口朱家沟有一处古色古韵的乡野民宿，叫"五福临门客栈"。"五福"取名来源于《尚书·洪范》中"一曰寿，二曰富，三曰康宁，四曰攸好德，五曰考终命"。取名"五福临门客栈"，就是希望给客人带来福运、安定和吉祥。

五福临门客栈在建筑风格上，为康县传统民居土木结构建筑，外面青瓦土墙，木格窗户，石头院墙；室内有传统的农家火炕和古色古韵的家具，既保留了建筑外观和室内陈设的原始古朴，室内又安装了现代生活必需的设备。各客房分别冠以"扶犁""采菊""清泉""晨昏""鸟啼""虫鸣""账房"等名称。居住在这里，既可以在感受中华传统文化的魅力中，回味乡愁；又可以远离喧嚣，放下疲惫，忘却烦恼，听鸟鸣、闻水声，回归自然，修身养性。

像朱家沟五福临门客栈一样，陇南各地还有归园田居、达嘎云舍、裕河客栈、森泰苑旅游度假村、官鹅沟三叠湖农家乐、天池欢乐山庄、花桥菩提庄园、云水小筑民宿、聚福生态园、嘉源度假山庄等许多特色民宿客栈、农家乐。这些掩映在陇南青山绿水中的"家"，有历史、有故事、有希望；它是陇南人的热情，更是陇南人的智慧。

大美无言，大爱无声。在这神话般的世界，童话般的陇南，每天都在创造着新时代的神话，每天都有社会各项事业飞速发展的奇迹出现。陇南"五福临门"，社会繁荣和谐，人民幸福安康！陇南正以崭新的姿态，在乡村振兴、建设美丽幸福新陇南的征途上，走向新的更大的辉煌！

本文选自作者《〈神话般的世界，童话般的陇南〉走进大美陇南山水人文世界》电视专题片解说词第五篇章。

> 李如国，网名麻柳树，甘肃康县人。甘肃省作家协会会员，甘肃省文艺评论家协会会员，陇南市文艺评论家协会副主席。1998年开始在《飞天》发表作品。组诗《背麦》在《诗刊》发表后，其中《背麦》在诗刊社《中国诗歌网》"汉诗英译"栏目推出。编辑《陇南文学作品选》系列丛书、《大美陇南》系列丛书、《陇南灾后重建文学作品集》等文学类书籍10余部，编辑《陇南灾后重建精神》系列丛书，《陇蜀道论文集》《中国乞巧》等社科类图书，画册10余部，编辑《文化陇南》报80余期。现供职于陇南市文联，《陇南文艺》《乞巧》杂志编辑。

西汉水和燕子河

式 路

西汉水，发源于天水秦州区齐寿乡的嶓冢山，即现在的齐寿山，流经秦人发祥地礼县后，在县城东新桥处与自西而来的燕子河流到了一起。

燕子河发源于岷县闾井乡双燕山，更多的水源来自礼县湫山、崖城、罗坝乡一带，还没流出礼县，就流进了西汉水。西汉水属嘉陵江一级支流，位于长江上游。由于这里植被较差，水土流失严重，河水大部分时间看上去较为浑浊，泛着黄色，且沿途难以拒绝地接受了一些垃圾物和化学污染物。燕子河则不然，燕子河由山涧溪流汇合而成。这里山高林深，堆翠叠绿，那些从山林里、山崖间、石岩里沁出来的小溪水清冽甘醇，山里人干活渴了，它就是最好的矿泉水。这些从不同的山地刚刚出世的清流，仿佛还眨着睡眼惺忪的双目，正在好奇地打量着这个美丽神奇的世界时，就不约而同地走到一起，汇成了燕子河。燕子河依然保持着山林的原色，青绿、鲜亮、一尘不染的样子。

从河水的流量大小看，西汉水要比燕子河气势雄壮一些。如果西汉水是一位伟丈夫的话，燕子河就是小家碧玉了。西汉水已经流出一段路程时，燕子河还没有起步。西汉水奔流的目标是清楚的，不论经历怎样的千辛万苦，也要流入大海。燕子河也许有着同样的目标，如一位大山里想去海边的姑娘。两条河流以不同的大小，不同的色彩，从不同的方向开始了自己的人生之旅。

人们总希望河水的颜色是碧绿的，水质是清澈透明的，西汉水却没有这样的颜色，更没有这样的水质，较之燕子河，就显得丑陋了点儿。可这是没有办法的，这是它的胎记，谁也无法改变，它只好负载着这样的胎记，暴露在人们的面前，有点忍辱负重的意味，却说不出来。

西汉水就这样奔流着。看上去，一切都是那么熟悉，一切都是那么驾轻就熟，该拐弯就拐，该一泻千里就一泻千里，该咆哮时就咆哮，该大音希声时就大音希声，该指手画脚时则一副颐指气使的神情，和颜悦色时则一线轻歌曼舞的秀步，何其像一位饱经风霜，应对自如，又风度偶傥，圆滑老练的政客。

燕子河对一切都是新鲜的。涉世不深使然，四周的陌生和美丽使然？老亮着一双明眸，左右张望，美目顾盼，巧笑倩兮，一步三回头，不想离开，又急着远离。不觉就到了县城，蓦然间碰着了西汉水。不由就脸红了，惊异、陌生、欣喜？两条完全不同的河流就这样不期而遇了。是一种历史性的会晤，历史的注定？

两条河流一时都因这突然而来的邂逅愣住了，一时都手足无措了，但谁也难以改变西汉水的浑浊和燕子河的清澈明亮。

西汉水没有见过这么明丽秀美的清流，不由就把目光投了过去，却装作毫不在意的样子，表现得雍容、大度，又庄重，方寸一点儿不乱，暗将艳羡和激动压在心里。忽然，它马上意识到了自己的土黄色，自己的浑浊，一丝自卑掠过心头，却也是转瞬即逝。燕子河丝毫没有觉察到西汉水的些微变化，只看到它微黄的肌肤，宽阔的水面，壮阔的气概和一泻千里的奔流。燕子河没有觉着自己清澈明亮的水质是西汉水所没有的，是自己的光荣和骄傲，它只是看到了一条新鲜得不同于自己的陌生河流。

西汉水是矜持的，它当然要表现出一条大河所具有的气势，不管这会儿心里藏着多少惊羡，多少期盼，仍一如既往地流着。燕子河也一如过去一样地流着，它不敢贸然就钻进西汉水的怀抱。就这样，尽管两条河流汇成了一条河，看上去却还是泾渭分明。好像一条河分作了两半，半条清澈，半条浑浊。河面宽、水流量大的是西汉水，河面窄狭、流量小的是燕子河。两种不同颜色、不同宽度的河流，就这样似要对抗到底；哪怕清也罢、浊也罢，宽也罢、窄也罢，大也罢、小也罢，强也罢、弱也罢。

历史在这一刻仿佛停滞了，又仿佛过去了千年万载。两条一大一小，一清一浊的河流的内心其实各不平静，双方都充满了对对方的渴望和融合的期盼，却谁也不先表现出来。看上去，宽阔悠长的西汉水丝毫没有要接纳燕子河的姿态，完全是一副拒人千里之外的模样，显得坚定勇敢，不动声色。显得孤单无助的燕子河也丝毫没有讨好、谄媚，见了大江大河就一头扑进怀抱的觊觎和急切，它依然那么妩媚而楚楚动人地流着。

然而，情形并没有这样一直维持下去，当它们眈眈相向，各自保着自己的清浊流了一段路程后，竟然不知不觉地悄悄融合到了一起，变得你中有我，我中有你，难解难分，最终分不出彼此了。只是，河水的颜色看上去没有原来的西汉水浑浊，却也没有原来的燕子河清澈，很难说清是西汉水容纳了燕子河，还是燕子河投入了西汉水。到底是什么力量使它们终于这样奋不顾身地交融到一起了呢，由原来的相互对峙而最终同流合污？是西汉水看上了自己不具有的燕子河那样的清澈、明净？是燕子河看上了自己压根儿就没有的西汉水的一泻千里的磅礴气势？可是，投进了西汉水，自己的清澈明明是难以坚守得住了啊？而且，就连自己的名字也不再具有，两条合到一起的河流，已不再叫燕子河，而叫西汉水。

西汉水流出50多公里后，到下游又与一条叫清水江的河流相会。西汉水同燕子河一样清澈的清水江又重演了一场刚刚上演过的正剧后，又向西牛江流去。西汉水和清水江汇到一起后，人们还叫它西汉水，因为，清水江的水量没有西汉水大。西汉水和西牛江汇合后，却不叫西汉水而叫西牛江，因为西汉水没有西牛江大。

| 式路，原名陈睿达，礼县文联原主席。著有作品集《如花的微笑》《蓝瓦》等。

时光里的青泥古道

王新瑛

一座又一座山梁远在我们身后，阳光携着风，在乡村的田野散步，远远望去，山梁上、地埂旁、房前屋后，到处弥漫着一抹白、一抹红、一抹黄的烟霞，走近了才知道，那是春天的花事，在广袤无垠的大地上举办盛大的集会。风过村庄，田野像明眸皓齿的少女，浅浅的心事伴着落英缤纷，弥漫在淡淡的花香里。沿着"远通吴楚"的古道，一条宽阔平展的水泥路绕过刻有"玄天神路"的石碑，蜿蜒伸向大山深处……

"青泥何盘盘，百步九折萦岩峦。"一千多年过去了，时光的河流中一直回荡着诗人不绝的叹息，一段艰险难行的入蜀古道，湮没在历史的风尘中，马铃儿的响声早已成为模糊的记忆，很美，也很遥远。循着时光的步履，在暖风融融的旷野中行走，如一枚草叶一样吸纳天地精华，前方不远处，仿佛潜藏着令人神往的传奇故事，只待我去聆听，去体味。

翻过几道山梁，青泥岭的主峰突兀地跃入视野，许多人知道青泥岭，却不知道铁山就是它的主峰。铁山因其色似铁而得此名。然而，令人心驰神往的，却是那些散落在时光深处的历史遗迹，一座庙宇、几棵古树，所有的一切都被岁月浸泡，经时间淘洗。我们一路追寻而来的好奇，在春天的风中膨胀，一直觉得，青泥岭的神奇，不仅仅是因为伟大的诗人写过，还以不可凌越的磅礴气势，横亘在徽县东南嘉陵、大河、虞关三乡镇之间，绵延20多公里。

铁山的半山腰有几座房屋。春天的午后，阳光温婉地洒在一座古旧的戏楼上，残破的戏楼仿佛饱经风霜的老人，衣衫褴褛却肃穆沉寂。对面是太和庵。据说，曾经有一位皇帝为避乱入蜀，途经青泥岭时在太和庵小住，因此也叫太平庵。戏楼与太和庵遥遥相对，印证了"爷庙对戏楼"的民间俗语。风雨飘摇的戏楼、破败不堪的神像，可想香火旺盛时期，庵中尼姑打坐奉经，香客络绎不绝。古旧的戏台，不知道承载过多少人间悲欢离合的故事，每年三月二十日庙会期间，这里要唱三天大戏，人们从四面八方涌来，有上香的，有还愿的，还有求签问卦的，甚至有人什么都不干，在热闹的庙会上东瞧西看，也算赶了一趟庙会。

　　从太和庵屋后的斜坡向铁山峰顶攀登，走着走着就累了，顺势坐在坡边的石块上歇息，喘着粗气儿俯瞰远处的山川田野，山下的路变得细瘦了许多，让人一时迷茫，难辨来时的方向。春光染绿房前屋后的树木，那些安静的农舍，正在享受春日的阳光，尽显端庄朴素。起身进入一段灌木林，带刺儿的枝条笼着曲折迂回的羊肠小道，伸进铁山沧桑的梦里。蒿草丛中，七零八落的城砖泛着幽冷的光芒，像无语地倾诉，悠悠诉说着过去的辉煌、今朝的落寞。邑人清乾隆进士张绶对铁山有这样的描写："自下而上约十里，路仅容足，步步险绝。"曾几何时，这条陕甘入蜀要道从虞关至铁山，沿途悬崖绝壁，栈道凿石成路，全用铁链勾连。如今，连接通蜀要道的铁链早已不知所终，峭壁上依稀可辨的古栈道，也被丛生的树木覆盖，被无情的风雨打磨。

　　到了山垭处，眼前豁然开朗。向右再走数步，有一处院落、几座庙宇，古时候的铁山寺大概就在这个位置了。院里院外旧砖新瓦混杂，一块饱经风雨的石碑矗立在瓦砾之中，岁月无情，碑文已经无法看清了。庙门都上着锁，不知里面供奉着哪些神明，房屋的墙体有一部分是劫后余生的旧物，一部分是近年来虔诚的信士们的功德，修补过的房脊被阳光映衬得更加鲜亮。几处残垣断壁孤零零地杵在一角，它们见证过岁月的凄风苦雨，历经过人间的悲喜巨变，衰老的身躯映衬着苍松、荒草，已经变成山的一部分。

往左攀上一座峰顶，除了来路之外，虽然三面悬崖，周围却十分开阔，地势平坦处有一座庙宇，据说是玉皇大殿，门上依然挂着锁。蒿草丛中散落着一些石柱，大多残缺不全了，看着很像院落边上的栅栏。阳光依旧洒在庙宇的屋脊上，影子扑在荒芜的院落，如难以穿越的梦境。依稀可辨的壁画，还能勾勒庙宇曾经的华贵，但在岁月的冲刷下，无论如何都难以再现当年的真容了。

绕到玉皇大殿后面，清凉的风迎面扑来，几棵苍翠的松树临崖而立。站在树下极目远眺，群山叠翠，莽莽苍苍，一弯江水静卧在群峰脚下，细瘦的山路如绳索一般绕进大山的折皱里。听着不绝于耳的阵阵松涛声，思绪早已越过目光，飘向更远的地方。公元1132年~1156年，南宋王朝以青泥岭为抗金前线，驻守大将吴玠、吴璘、吴挺父子及将士八万余人。青泥岭烽烟迭起、战马嘶鸣，战火在嘉陵江两岸燃烧，吴玠、吴璘兄弟为保住仙人关，收缩兵力全力防守，与金兵展开大小数十次的战役，凭借险峻的山峰，湍急的河流，创下了仙人关以少胜多的战例。仙人关、杀金坪、胜金坪，这些蕴藏着故事的地名，记录着青泥岭的岁月中，那些湮没在历史烟云中的点点滴滴。

山高水长，流年岁月早已沧海桑田。大地沉默，时光忽如静止，耳畔似乎还有仙人关大捷的欢呼声，那些胜利的呐喊，给这古老的土地平添了许多神秘的色彩。如果刨开古道上的荆棘杂草，一块石碑，就会记录一段鲜活的故事；一片瓦砾，就会描绘一段老去的光阴……

> 王新瑛，女，中国散文学会会员，甘肃省作家协会理事，甘肃省摄影家协会会员。著有散文集《心雨》《行走的影子》《素影流年》等。现供职于甘肃省徽县文联。

香泉书幽

三 道

香泉映月，两当八景之一。香泉村，因香泉得名。

香泉村过去可能算城郊，现在属于城西北偏西。沿公路西侧，临街多二层现浇楼，偶尔有三层以上者。村庄主要建筑，多清代后风格，一层瓦房，独门小院，自由修建，屋檐相接，井然有序。

年岁移人，渐避群聚，得一人之心安。时五月下旬，草木繁茂，花香飘逸，凡两当丘陵，翠林修竹，碧水清流，皆昂扬勃发，焕然一新。又逢庆祝中国共产党成立100周年之际，各地前来接受红色教育者，络绎不绝。

至于文贤六十余人，相约两当，重温先烈道路，传承革命精神，恰完成全面脱贫攻坚、乡村振兴开局之年，小城无处不生机，所谓政通人和，百废俱兴，"属予作文以记之"。

清晨，早起，独一人，随意游走。北行近百米，有十字路口，稍停，向西，又百米，突见香泉村。越十步，复转身，步入香泉小巷。

巷道宽七八米，两边车道，中间一砖砌屏风，屏风左下角台阶状，四个砂砾石手磨，从上至下，盛雨水流入底角之水槽。当中，八角形花格窗，旁边隶书"香泉映月"。我所以转身，为此四字所引吧。

先前略知典故，未有更多了解。想必定有一泉水，居住斑斑驳驳的村庄之中，每逢月明星稀，光影照人，月亮落进水中，人与月在水中会晤，互诉内心烦恼和喜悦，或者一句话也不用说，月知人心，人识月容，相互枕藉，怡然自得。

屏风后，见百米水渠，宽不足米，从东向西延伸。渠底硬化，渠两边鹅卵石相砌，高不足三十厘米。渠中流水，水不足笔杆粗，散开的流程，薄薄地均匀地铺在渠道上，似铺了张流动的波纹纸，那是我见过的最薄的水，最透明的水。然，最令人惊奇的，是两岸一巴掌宽的花草中，隔几米就有一个提示牌，"水深危险，请勿靠近"。我居然感觉这是世界上最深的水了，比江水深，比大海深。否则，何以装得下月亮，装得下宇宙呢？一边，追问自己，河水深深，深在何处？

沿水渠置景，渠中间人物雕像，座底篆书"赵简之放生"，赵简之何人？孤陋寡闻，不得而知！其后，拱桥、平板桥、水车，全小巧玲珑。渠端铜钱模型，背水行楷"石来运转"，面水亦行楷"流水生财"。渠北岸雕像，一妇女临水半蹲捣衣，旁边一妇女直立，左手抱洗衣盆，内置衣物，右手提木桶，打水用。初以为，此即香泉，非泉，乃水也。如此，映月可矣。

进入数十步，远远看见，一长廊，大红柱，雕梁画栋。东口有一白色大理石，高约两米，醒目而书"香泉"。细详之，西端墙壁靠下凸起二龙头，口中有杯子粗的水流，鱼贯而出。流水之下，有长五六米宽一米五左右的水池。我到达之前，有一妇女，早在水池边洗衣服。我怀疑又是自来水所建的人造景，问之。妇女说，山泉水。人地生疏，不便多言，匆忙离开。走出老远，回首，才见西北两面墙上，皆有浮雕，北墙还有一段文字，应当是介绍"香泉映月"的吧，可惜太远，看不仔细。

既然为山泉，并有字佐证，定然是真正的香泉。泉上建亭，覆盖所有的泉水，映月自然不可能了。水流出的通道，亦被车道占据，水只能潜伏到路的下面，不见天日，唯独旁逸流出的一点点支流，进入露天的水渠，铺叙过往的故事。

巷道不长，就一百多米。我从北边进去，绕过水渠，从南边的道路出来，慢慢行走，十多分钟。路途上不遇一人，两边屋舍，也悄然无声，有一束炊烟，绕过屋顶，慢慢融入天空的云朵。我不可想象，在县城里还有这么幽静的场所，即使月亮不再，无从映月，只要幽静尚在，足矣！

或曰，香泉闻名，得缘于香泉寺。寺无论何时所建，必有年代，何谓久远？水则不然，与天地同步，有天有地即有水，水的年龄，固然比香泉寺大。香泉寺应在附近，赵简之不是和尚，也是居士，故而有好生之德。一丝水，滋养草木鱼虫，且留映月佳话，存善念而仁心，所谓泽厚，厚德载物者也。

若夫尘世，人，必然有一天独活人间，哪怕一天，哪怕时时留存，头发丝那么大小的一点善念，可谓慎独。群居而乐者易，独处心安者难。感曰：斯泉本不大，映月也偶然，真存放生心，好德天地间。

> 三道，男，原名尹玉会，甘肃武都人。甘肃省作协会员，陇南市作协副主席兼秘书长。发表小说、散文、诗歌多篇。曾获甘肃省黄河文学奖二等奖，出版作品集两部。现供职于陇南市文联。

云华山

啸 鹰

登上云华山，我突然感觉到西和特别适合遥望和远眺。西和的山水在这里，给人一种不一样的感觉。我们长期生活在康县，看惯了小巧的青山和蜿蜒的流水，而在西和，山是雄浑高大的，水是翻涌浩荡的。站在云华山的山顶上，从远处吹来的风一路掠过苍苍茫茫的山脊，直向我们扑来。

满眼都是山的海洋，高高低低的山峰，酷似排空的巨浪，从四面八方向脚下涌过来。山是那么高，又是那么大，很少有树，给我们另一种美的感觉：雄壮、豪迈、直接。对于这种山势的结构和构造，我是门外汉，别人说是丹霞，我也说是丹霞，别人说是沉积岩构造，我也觉得像是沉积岩构造，现在想想，实在有点可笑。

云华山位于西和县城北15公里处的稍峪乡境内，海拔2100米。因其山形如圭，每有皓月当空，万籁静寂，气象宏远，有"圭峰秋月"之胜景。云华山孤峰耸峙，悬崖高峻，四面临空，只有一面与塔子山山脉的"天桥"相连，独岭崎径，宛如通往瑶池的天桥。我们战战兢兢来到天桥险绝，但见此处两无一傍，行走其上，只觉山转云绕，如临深渊。就地势而言，比之西岳华山更为奇险。我们鱼贯而过，山风阵阵，虽是艳阳高照，但是也颇觉得凉爽如秋，毫无燥热的感觉。山顶有庙，错落有致，占地不足20米，庙前陡坡处现已设有水泥台阶和栏杆。山门上悬一横匾"人间天上"，进庙游览，廊柱上多有名家的楹联、镌刻。歌今颂古，识善惩罚。书法或汉隶或二王，让人美不胜收。每逢四时八节便有晨钟暮鼓从云华山顶响起，声传百里。因而俗称"云华钟声响西礼"之赞。登上云化山顶峰，丹岩如霞，彩云飞渡，蔚为壮丽，让人如临缥缈仙境。

因为云华山为塔子山（古称鸡头山）侧峰，传说是秦始皇祭奠先祖的地方。山因人名，历来是人们神往的地方。

逗留许久，望眼四周危崖耸立，绝少人径。比来时多了几分担心，小心翼翼相互搀扶一步步移过"天桥"回到塔子山，然后回头望，看见山巅的寺庙好似悬在天边，郁郁葱葱的一线松树遮挡着脚下的凌空悬崖，主要的作用好像就是为了欺骗我们的视线，在我们的心里造成一种脚踏实地的假象。但是，我还是感谢这种假象，是这种假象让我们踏实地在"天桥"上走了一个来回。

在塔子山留影的时候，我特意要求要以云华山做背景。我喜欢那种雄浑的感觉。照片出来之后，我唯一有点遗憾的就是，看不出我们身前身后的凌空景象。但是山风吹乱头发的那种感觉还是真实地表现了出来，有好几张都是乱发飞舞的样子。我本来是不喜欢照相的人，但现在想一想，我在云华山却没有少留影。换一句话说，我在云华山的照相最多。

在西和，我不止一次地感受到了遥望和远眺的魅力，以及遥望和远眺带给我的无尽启迪。我终于知道，西和的这种美截然不同于我们康县的秀丽，西和展现给我们的是一种博大，是一种宽厚。小桥流水固然叫人向往，但是这种苍苍茫茫的深远更容易叫人怦然心动。

往回走的时候，导游小姐告诉我们，下山的山垭口原先有朱砂结晶，现在由于计划在山口开发的缘故，这里被推土机推过之后已经很少可以见到这种晶体。她鼓励我们不妨找着试试，说如果运气好的话，还是可以找见几粒的。一群人立时呼啦撒开，在山垭口匍匐找寻起来。我不认识这种晶体，就胡乱找到几颗不同的小石子拿给她，叫她帮我鉴别。导游小姐很是耐心，在她的帮助之下，临行前我还是找到了好几颗朱砂晶体。回到家里,我对妻子说:这几颗朱砂是我找到的。

现在想来,我并非只是贪念那几颗小小的朱砂。一切,都源于一种心情。

> 王凤文,甘肃康县人,长篇小说《窑坪往事》获第九届敦煌文艺奖、第七届黄河文学奖。

暮行西狭

| 贺朝举

又一次走进了西狭,感受了山水氤氲的梦想。西狭俗称黄龙潭,传说这条河里一条黄龙曾驾尘而去,留下美名令后人遐思翩翩,是我们县上一个十分著名的风景区。

一千八百年前武都郡太守李翕在此修了一条便民道,人们在此刻碑颂其功德,从而形成了一处人文景观。这几年得益于宣传的作用,再因其十分罕见的汉隶真迹,而在陇原大地光芒四射,声名远播。

最早认识西狭是我上初中二年级的时候,那个时候,我对西狭的认识很浅,不懂得历史的渊源,只是慕着一个名声,去参观黄龙潭的景色。

而时光一晃就是十五年,昨天下午四点钟,我们一行五人驱车到西狭,目的很简单,就是自东而西徒步穿越西狭,到西边的一个名叫西狭的小村庄观赏樱花。那里十里长廊樱花弥漫,成为我县乃至陇南少有的一片樱花林风景。

走进西狭的"仿汉阙门",两边高峻的青山将脚下的河水挤压过来,沿着山脚下一条羊肠小道向前行走,在德惠桥的旁边,从二十几米高的山崖上两道飞瀑绝顶而下,溅起玉珠千万。摆脱城市里的压抑,在这安静的峡谷里,我们一边观赏桃花、杏花等春天的花朵争相含笑,一边寻找春天的无尽乐趣。连日来,繁杂的公务让我们心生郁闷,顿觉一切都索然无味,而在春天的山野里,我们一任自己封存许久的激情奔放。

西狭是一处人文景观，也是一处自然景观，沟里壁立千仞，山峰如削，巨石参天，两山相夹之处，一条河挤来拥去向东流淌。这里一年四季景色分明，特别在青草摇曳、浓荫苍翠、鱼戏顽石、清波飞扬的夏季，成为城里人与周边村镇的人们纳凉闲游的好去处。顺河而行是一条小道，这条小道就是当年李翕太守历经艰险修成的具有历史意义的官道，是汉代甘肃通往四川的要道，也是氐羌民族与大汉民族互相融合之道。

想当年原始森林茫茫无际，虎狼奔窜于林间，猿猴百鸟悠闲自得地栖居在西狭的周围。那时没有路，东西不畅，太守李翕主政修路筑桥，为解决当地民众生活生产困难贡献了自己聪明才智，底下扑腾着浩荡河水的悬崖峭壁之上开凿打眼架设木板，修成悬空栈道，这在当年是何等艰辛与伟大的工程？但是远古的先民在太守的亲自率领之下，战恶水、斗险山，终于修成了名垂千古的道路，时人为颂扬其广修民路，关注民生的勤政行为，由官府文职人员仇靖写下《惠安西表》一文，并且刻铸于山谷中最险、最难走的一段山崖，这本是当时人们一种很平常、很普通的一件记事与颂德相兼的小事，哪曾想因为这位出身静宁县的太守这个壮举，成就了全国少见的西汉隶书真迹的流传，这种字体苍虬而古朴，笨拙而逼真，是当时文化与政治衍生的标记，是当时经济与社会前进的见证。

自从我知道了西狭的历史之后，便不由得涌出了崇敬感。如今那条栈道早已灰飞烟灭，为了发扬《西狭颂》文化精神，再造一处秀美景区供后人参观，县上投注大量资金，用了几年时间，才在当年李太守修筑的栈道之上，再现了远古的栈道风貌。在现代化的社会里，人们用先进的手段，动用了巨资，都要用好几年的时间才能修出这一段路，而在当年自然环境比如今要险恶好多倍，在设备不足、技术落后等各种不利因素下，修成这样一条路，真的堪称是人类的壮举。

多少次走进西狭，我在游山玩水的过程中，领略大自然鬼斧神工的造化，对家乡的土地拥有这样的盛景而骄傲、自豪，西狭成为我们心灵中的品牌。走在曾经"车辚辚、马萧萧，行人弓箭各在腰"的道路上，寂静与孤独是西狭千百年来的绝唱，万山之上，青草与树木竞相辉映，百花与河水缠绵悱恻，深邃的西狭文化，让人们在心中陡增了岁月的沧桑之感。

《西狭颂》摩崖石刻有其独到的文化内涵，它是我国汉代三大石刻颂中，保存最好、最原始的颂碑，它传递了远古文化，并且承接着当今世界文明。《西狭颂》享誉海内外，特别是在日本，许多学者都把研究《西狭颂》作为研究中华民族文化的课题。

成县拥有《西狭颂》石碑这块无价之宝，在这方充满了灵气的热土上，生活着26万勤劳的成州儿女。这里民风淳朴，物产丰富，风景秀美。成县自2004年开始，连续三年举办以发扬《西狭颂》文化为主题的艺术节，邀请国内知名歌手前来放歌成州，使成县的知名度再次依托西狭而升起。

面对西狭，我还想起一件事，那是两年前，我陪一位来自静宁县的民俗研究家到西狭游玩。他在即将离去时，站在高高的栈道上，摘下礼帽向着碑亭，流着泪说："西狭，我的祖先，今天，我来了……"我初看十分好笑，但是当我们在徽县吴阶、吴璘的坟墓前祭拜时，他又哭了，哭这两位宋代抗金的名将，我仔细思索才知道他是在哭远古的亲人，李翕、吴阶、吴璘都是静宁县人，李翕在一千八百多年前惠政于民，吴阶、吴璘在八百多年前为国捐躯。

而在我刚进入这个县城工作时，主政我县工作的领导，也就是大力提倡修建西狭景区的那个人仍然是静宁人，他从打造旅游与文化品牌，发展第三产业方面入手，做好了这项工作，并且在其主政期间修通了许多乡村公路，包括城市街巷之间的小道，为我县经济社会发展贡献了自己的力量。我想他与当年的李太守一样，都是为了老百姓，始终记着"要想富，先修路"的格言，把工作做到了最实处。而现在新一届市委与县委仍然在全市及全县提出了"立下愚公志，万民齐修路，大干三五年，交通大变样"的豪情壮志，意图通过修路，打破制约我们这个地区经济社会发展的交通"瓶颈",从而促进社会各项事业的快速发展。

西狭是远古的,也是现代的。昨夜,当我再次走过那块碑亭时,夜色里的《西狭颂》是那样孤独而宏厚。历史是一本让人回味一生的书,《西狭颂》是一篇绝世的文章,引领海内外游人前来寻觅真谛。

> 贺朝举,男,1979年生,甘肃省作家协会会员,1998年开始在《星星诗刊》《飞天》《甘肃日报》《绿风》等报刊发表作品多篇。著有散文集《最后的桃花源》。现供职于成县文学艺术界联合会。

仇池札记

王 皓

1

时值七月中旬，家乡收获的时节已接近尾声。十三日，我随市文艺家采风团，沿着西汉水之滨逆流而上直至仇池古国（今甘肃西和县）。三辆普通的小汽车在太昌路上疾驶，轻盈有序，但并不张扬，惹人注目。首先进入我们眼帘的是观音峡谷深处的几段茶马古道遗迹，它缠绕在峭崖间与西汉水构成了一道古朴的风景。

峭崖上的这条人凿小道，曾经是脚夫和马帮驮队进陕入川，上通仇池古国的必经之路。空闲时间，我一直在想，流经家乡的这条江水，为何如此浩荡，为什么与"西汉"两个字有着关联？中国几千年的文明史到底和它有啥瓜葛。思维困顿，不得其解，是我今天来这里的真正原因。

汽车穿过三县交界的观音峡，就进入了甘肃省西和县的地界。继续向西汉水源头行走不远，猛然一个犹如狮身人面像的山头从车窗闪进了我们的视线，同车的市文联主席告诉我，这就是仇池山。下车小憩，我仔细远瞧了这座坐南朝北的美人儿。

仇池山位于秦岭山脉西侧，地处黄土高原的边缘地带，海拔1793米，相对高度却达800米。西汉水自西北而来，在它的脚下一绕，忽而奔向南方。洛峪河从东南沿仇池山麓由西汇入西汉水。一山两水相汇，仇池山三面环水，山的秀丽与水的灵气融为一体，孕育这块土地悠久的文化底蕴。我站在它的脚下，有一种负重吃力感，不敢用自己轻浮的语言染指它的厚重与大气之美。但是，既然来了，我怎么能避开呢？

仇池山传说是伏羲的诞生地方。在宋代作者罗泌的《路史》中，有这样的记载，伏羲"生于仇夷，长于成起（今天水）"，"仇夷"就是今天的仇池山脉。沿着我眼前的这座山峰向北行走不远，有一个山崖叫伏羲崖，伏羲就生在那儿。汉朝的一部地理专著《遁甲开山图》，也对仇池山的地势和伏羲的出生地作了详细描述，"仇池山，四绝孤立，太昊之治，伏羲生处"。

伏羲是神话传说中华夏民族的人文始祖，是"古之圣神母感天而生"。伏羲的母亲这位母系氏族全盛时期带领人们开辟荒原的女首领，"仰则观象于天，俯则观法于地"，受自然环境的感悟，作八卦，开辟了刻画记事的文明先河。她能生于此地，可见，远古时期的仇池山脉土壤肥沃，环境就十分优美，是适宜人们生产生活的最佳居住地。《水经注》引用了《开山图》的原话，曾对仇池山脉这样描述过，"上有平田百顷，煮土成盐，因以百顷为号。山上有泉水，所谓清泉涌沸，润气上流者也"。这样美丽的生活环境，现代人们也很难寻觅到几处。难怪，生活在晚唐时期的大诗人杜甫，在公元759年的寒冬料峭中，携带家眷驱车赶往成州时，匆匆路过仇池山脚下，也很想留住此地。

杜甫的文人性格太浓了，走到哪儿，就将自己的情怀寄托于哪里的山水之间。忙于赶路的杜甫，没有上仇池山，却留下了诗作一首，万古传诵。

万古仇池穴，潜通小有天。

神鱼人不见，福地语真传。

近接西南境，长怀十九泉。

何时一茅屋，送老白云边。

从杜甫的这首诗里，我们了解到仇池"福地"由来已久。也许，杜甫知道伏羲就生于仇池，这里是秦皇故里，是三国时期的古战场，魏晋南北朝时期杨氏家族在这儿建立过仇池古国。杨氏氏族政权在西汉水流域建立起的闭关小王国，在中国历史上存在了358年之久。它凭借的就是地方百顷，依靠的是四壁斗绝的天然屏障仇池山脉。仇池山，显然是杜甫心中的桃花源。

杜甫咏怀仇池300余年之后，另一位大文学家苏轼却跟着杜甫的诗作而来，梦游了仇池福地。苏轼的政治生涯要比杜甫幸运得多。虽然，因为才华，因为诗作，别人给他泼污水两次经历了政治风波，但他没有为生计疲于长途奔波，没有像杜甫那样生活贫困潦倒。苏轼是文人中冲出官场政治重围的幸运者。

公元1091年，被贬出京师的苏轼，在颍州这个小地方一上任，读过杜甫描写仇池的诗作就作了一梦，梦见的是"仇池"福地。一年之后，苏轼又被调到扬州当知州。辞别颍州，在来扬州的路上苏轼就开始检查农事，搞调查研究，访问农户。他看到沿途庄稼长势很好，心里很高兴。谁知他访问的乡亲们因"积欠"太大，面有忧色，话语沉痛。苏轼一到扬州就上书朝廷，请求暂时停止催欠。苏轼为扬州百姓刚办过几桩好事，半年之后又调到了京城，回到了皇帝身边。

在扬州，使苏轼感到欣慰的一桩小事，恐怕就是得了仇池石。苏轼在扬州任上时曾写过一首《双石》诗。该诗题下有一段小引说："至扬州，获二石，其一绿色，冈峦迤逦，有穴达于背，其余正白可鉴，渍以盆水，置几案间。忽忆在颍州时，梦人请住一官府。"苏轼并且注明这是由于杜甫的诗作而引起的。仇池石，色泽石质很美，系赭红色，俏丽有致，风姿俊逸，由于吸水性强，制作的砚台和高级盆景，都是稀世之宝。苏轼得到了心爱之物，还给王晋卿回复写了好几首诗，讨论以石易画问题，被艺林传为佳话，至今人们也美谈不止。我总觉得，在杜甫和苏轼身上都有着一股魏晋学士的骨气，他们失意时渴望心中的仇池福地，这是中国大文人继承魏晋学风优秀的一面，也反映出西汉水流域与中华文化的一种内在牵连。

2

到仇池古国，当然要游晚霞湖。可我初来乍到，谈不上游，只不过浮光掠影地看看，表面了解一下它的文化内涵。

晚霞湖位于被郦道元《水经注·漾水》所称建安水的下游。不过，今天建安水叫姜席河，它仍是漾水的支流，属于西汉水流域。晚霞湖原来是一座高山水库，是当地群众的一个大型游泳池。目前，它的正常水面有1800亩，绕湖步行一圈也得花上两个多小时。近年来，当地政府搞旅游开发，才将"库"改为"湖"。虽然，只有一字之差，但水的用意却不同了。湖能灌溉农田，还是休闲旅游的好去处。

出了西和县城，向西行走5公里就到晚霞湖了。在入口接待处一下车，我就被眼前的场景所打动了。这是一个年轻美丽而又充满民间神话传说的地方。艺术家何鄂的作品，汉白玉织女雕像站立在湖水的北岸。她像是刚刚从凌空飘然而来，端庄雅典的神态，满怀着美好的憧憬和期望。湖面湿地观赏区的亭、台、廊、榭、桥、汀建筑彩绘也都蕴含着乞巧文化的浓郁色彩，这是一处由民间文化作为支撑刚打造出的人工湖泊。

"乞巧节"是中国的爱情节，它与中国的四大民间传说之一的《天仙配》（也叫《天河配》）有关。这个传说形成于秦汉时期，而故事的最后定型却在唐宋元明清时期，它是中国农耕文化与星辰信仰自然结合的产物。

在古代的唯心星象学里有这样的说法，天上一颗星，地上一个人，空中有多少颗星，世间就有多少个人。《天仙配》里塑造的主人公，地上的是牛和牛郎，天上的是织女和织台。勤劳朴实的劳动人民长期观察天象，发挥聪明才智，展开想象，将人间景象与天象进行对位互补思考，创造出了人神相恋的优美爱情婚姻故事。虽然，故事充满着凝重，惨烈，悲壮，雄厚的文化底色，反映了中国古代封建社会家庭式礼教对人性和人情的束缚，对美的摧残。但它不失为古代劳动人民理想中的美妙爱情姻缘。

每年农历的七月初七，当地人民群众都要在晚霞湖举行与乞巧文化相关的大型庆典活动。西和县的乞巧文化已被列为国家级非物质文化遗产保护。虽然，在晚霞湖我找不到与《天仙配》神话传说有关的一丝遗迹。但是，当地有着许多古老的姓氏姜、姚、剡等，民间的乞巧之俗由来已久。几乎是全县的每个寺庙都敬奉着巧娘娘，民间自发的妇女庆典活动，规模盛大，而且持续时间长，有七天八夜之说。整个活动分为坐巧、迎巧、乞巧，送巧四个阶段。每一阶段女人们都连日放歌载舞，祈求女神赋予她们聪慧的心灵和灵巧的双手，祈求爱情美满婚姻幸福。

根据民国时期的《西和县志》记载，县城西山皇城之上，有秦公墓。今天已经确切考证，西和县属于"秦皇故里"范围，是秦人的发祥地，而这种"乞巧"习俗与秦人祖先祭祀崇拜有关系。相沿成习，当地今天已经形成了固定完整的乞巧文化形式。2007年中国民间艺术家协会将西和县命名为"中国乞巧文化之乡"。

观赏完湖边的美景，我们在晚霞湖北岸的一家农家乐餐馆吃晚饭。刚一坐定，忽然下起了雷雨，一阵急雨袭来，我凭栏望去，湖面上生起薄薄的水烟，水天一色，一条中华鲟养殖船独自横在湖中。于是，我联想到黄英老先生写的一首诗：

山隐银纱雨蒙蒙，清波荡漾摇春云。
船入湖心心无岸，人在碧落第几重。

黄英老先生笔下的晚霞湖有江南风景的味道，隐约着一种淡雅的人生哲理思考。在物质生活日益丰富的今天，物质永远满足不了人们心灵的欲望，人心无岸啊！眼前的风景，像是我又触摸到了杭州西湖的雨天，美妙景色被雨遮拦，我还没有来得及欣赏就消失了。

雷雨的突然来临，大家都坐在凉棚下静默地瞅着湖面。同行的一位艺术家，她老家就在湖南岸的姜席村。也许，这雨勾起了她的思乡情怀，她瞅着湖面哼起了山歌，朋友们也跟着对唱起来。"天下白雨（雷雨）湖起浪，一有难过就想唱""牡丹长在崖缝哩，胳膊再长咋奔（采）哩""娘娘庙里响磬哩，唱我心中的难过哩""娘娘庙里的洋蓝旗，把妹好比化心梨""隔河照着妹穿蓝，长得心疼人干散（穿戴合身，动作爽利）"……

山歌是原生态的情歌，有人说，它是劳动人民繁重体力劳动的伴侣。仇池山歌已成为当地民间的口碑文化。因为受魏晋南北朝时期杨氏氏人所建立的仇池政权的影响，有人把它归类为"仇池风"。另外，今天当地整理流传下来的4000多首山歌，大都是一些劳动人民田间耕作或外出做苦力时的自由创作作品，"风土之音"浓厚，方言较重。但是，它记录了当地劳动人民的生产、生活特点，是一种厚重的民俗风情文化。

吃完晚饭，我感受到当地群众喜爱山歌，赞美爱情的文化氛围很浓。我被这种民俗文化所感染，心里憋得很慌，不得不站在晚霞湖北岸的公路上放松一下。这时雨停了，我向整个晚霞湖区望去，夜幕下的晚霞湖消失在黯黯的烟霭里，周围的村庄却辐射出明亮的灯光。这真是让人们牵梦的地方。

3

因为昨天的雷雨，原定第二天的采风路线有所变动。在县城吃过早点，我们就直奔长道镇的大寨文化大院。长道镇真是一个富庶的地方，沿途我看不到大山的影儿，进入我们视野的是一马平川的黄土地。绿绿的苹果园，青青玉米地——我梦中的青纱帐。

大寨文化大院距西和县城只有十多公里，它位于漾水流域的大柳河畔，由于它处在进入天水市的交通要道上，是宁家庄新石器文化（属于甘肃的大地湾文化）、早期秦文化、氐羌文化、三国文化和民间乞巧文化的交会融合之地。文化大院由一座戏楼结合乡政府的旧址翻修建筑而成。它浓缩了当地的远古文化和民俗文化，本着现代文化建设的理念，充分彰显了农耕文化的精神内涵。

一走进文化大院的历史文化展区，眼前陶器群散出的陈旧馨香就将我带进了远古文化时代。大地湾文化距今大约7800多年，它是目前甘肃新石器时代碳十二检测年代最早的文化。而西和县境内的宁家庄新石器文化是大地湾文化的重要遗址之一。玻璃柜里摆放的这些三足、圈足、环足器物，纯系是手工制作的陶罐，是当时人们生活的主要用器。难怪我一踏上这片土地，就感到这儿的黄土很厚，原来这里的原始农业起源得这么早。从这些器物身上，我触摸到了西北先民们曾经为中国辉煌农耕文化所做出的卓越贡献。

看完陶器群，我又将目光移向秦人曾经使用过的几件铁制的矛、戟武器上。这里是秦皇故里，是秦人的发祥地。《史记·秦本记》描述过这个地方，"非子居犬丘，好马及畜，善养息之。犬丘人言之周孝王，孝王召使主马于汧渭之闲，马大蕃息。""犬丘"就是今天西和、礼县交界的这地方。由于秦人的祖先非子养马有功，周孝王才"分土为附庸，邑之秦，使复续嬴氏祀，号曰秦嬴"秦人之所以称秦，是因为这里土壤肥沃，草丰马壮，从而开始艰苦奋斗，然后才艰难地走向强大的。也许，当地政府看准了这地方的历史价值，才在长道镇大寨村建设这样一个省级优秀文化大院。

说到古老民族文化，恐怕就要提到氐羌文化了。大寨文化大院的历史文化展区门口悬挂着一幅杨氏族谱，它却引起了我的思考。氐羌是我国古老的民族，他们原本同族。在汉代以前氐羌泛指生活在西北高原上的少数民族，汉代以后人们才对氐羌形成了两个不同的概念。《史记·食货志》等史书中记载，氐族分布在今天的川、陕、甘接壤地带；羌族主要分布在甘肃中部、西部和青海地区。这里曾是秦始皇出北地（今天陇中高原一带）的通道，它接壤陇中高原，又临近秦巴山地，历史上是氐羌杂居的地方。秦汉以来，陕甘交界的略阳清水氐势力逐渐强大起来。到汉献帝时期，杨藤成了部落的大帅，他的儿子杨驹开始迁徙到仇池境内定居称王，到了他的从孙杨茂搜手里，于公元291建立起了仇池国。

仇池国在杨难当统治时，是全盛时期。它的疆域扩展到甘肃陇南、甘南、天水地区，陕西的汉中地区，四川的广元、绵阳地区。疆域面积达到9.6万平方公里，人口超过了40多万。它成了魏晋南北朝时期少数民族政权中存在最长的一个小王国。

在文化大院，我还看到了流传至今的氐羌宗教舞蹈信物羊皮扇鼓，以及兽皮制作的影子戏人物。羊皮扇鼓舞起源于原始社会的巫术表演活动，是氐羌民族的主要宗教文化，它流传演变至今，被搬上舞台，成为人民群众喜欢的一种喜庆舞蹈。当地的羊皮扇鼓舞曾经亮相过中央电视台的"小崔说事"栏目，深受全国观众的好评。

影子戏是介于秦腔与眉户、道情之间的梆子戏剧。当地的影子戏历史悠久，流传很广，其板路唱腔没有秦腔严谨，基本上采取乡土气息的秧歌曲调。目前，西和县民间的影子戏班很多，而且曲目丰富，听说老艺人杨双才一家祖传的明清时期的手抄剧本就达37部。

看完文化大院的六块展室。几位同事开始在民俗风情的客厅挥毫写字作画，或盘腿坐在了古老的土炕上，细心品味起了茶马古道上的罐罐茶文化。而我又回到民俗文化展区，仔细瞅了两台陈旧的织机。我想，由织麻布机发展到织布机，从而才有了乞巧文化的大发展。我忽然明白了纺织工具的革新，对农耕文化的影响。恩格斯认为织布机是野蛮中级阶段特别重要的工业成就之一。由于，有这些原始织机的出现，当地才有完整的乞巧民间文化，农耕彩绣文化才进入了飞越发展时期。这里摆放的民间乡土刺绣，品类很多，令我目不暇接。

下午，在回西和县城的路上，从车窗里我终于远远望见了甘肃礼县的祁山堡。其实，它就是一个孤立饱满的小土堡，由于它处在魏蜀边境，扼守着进入关中的咽喉，诸葛亮却六次在此安寨扎营，抢占这个陇蜀战略要道。由于汽车开得很快，我没有来得及向司机提出减速，它就消失在了我的视野中，只有等下一次亲临祁山堡去参观了。

| 王皓，甘肃康县人。甘肃省作协会员。著有长篇小说《脚户》。

感受大堡子山

何 郑

我很庆幸，苍茫的大千世界之中，我的思绪会飘落在秦人发祥的黑色土地上。我的脉管里澎湃着秦人的基因，我十分陶醉神往秦人飞翔崛起的时光。在阳光里，大堡子山聚焦世人的目光，秦襄公的驷马四轮车疾驶在新兴的现代化的秦汉大道上。

西汉水，是礼县的命脉；大堡子山，是礼县的名片；诗经史记，是礼县的精神家园。大堡子山是西犬丘的精灵，数千年来，忍受山体的重压，呼吸天地之灵气，方才变得老练娴熟，它本固是山的儿子，固守西犬丘，任凭风云的洗练，礼县借着大堡子山的名字而鲜活起来。

西汉水推波助澜，绵绵不绝，浩浩荡荡地环抱着大堡子山，山浮水面，流光回照，峰峦倒影，叠嶂隐形，屏嶂跃影，回环四顾，河水萦带，山是独山，三面环水，水绕山，山抱水，云霞朝日辉映四周的苍苍叠嶂，俯视九曲滔滔白波，孕育十三代佼佼秦王，立镇西犬丘，编钟甲天下。

四季的风吹旧了的山丘，肚子里的灵魂在掩埋几千年后慢慢苏醒。关于一种飞鸟的故事，像一把刀子，锐利雕刻在一堆丘土里；像一把剪刀，裁剪开历史的悠悠岁月，再现黑色精灵闪电的影子。我的心里，正在狂奔着一群非子的马队，那座叫丘的小山，在两千年的寂寞中永生。编钟的生命，两千年在遗忘中等待，两千年在风雨中延展，演绎着搏击、呐喊、鲜血，流离着刀戈、歌声、爱情。人世间的辉煌远比寂寞要短暂得多。

大堡子山啊，你就是一只编钟，两千多年没受到小斧的敲击，竟然就沉睡了两千多年了？你是一个忍者！

"养在深闺人不知"，错在父母，还是怨在自己？把先人的头颅抛撒到太平洋、大西洋彼岸的柜橱里，是灵魂染成了铜锈色。鞭挞自我，痛恨极致的镢头！

让我牵挂那一个个留在疆场沙土里的紫色的灵魂，一岁一岁地繁衍生息，他们从埋葬他们的地方活了过来，让我敬佩，叫我感动。

这就是礼县的大堡子山。

酷夏里，你就是站在晴天里的一位玉女，就是一幅彩画。险峰奇谷，银泉飞瀑，洒玉抛珠，喷雪奔雷，激石穿云，树林葱郁，瑶草含芳。若口饮清泉，百节舒畅，乐而忘暑热。

阴天里，你就是肃穆庄严的老农。就像你的根深深地扎在厚厚的史记里一般，在地面上就露出那么一点儿，几千年来，不显山不露水，看上去太普通了，可是，又是那么的谦逊肃穆，那么的渊博城府。

黑夜里，你就是一个酣睡的娇儿。四周的群山都在烟雨里，黑暗渗入峰峦和树林，到处幽幽的，偶尔有几只萤火虫灯盏般地飞来飞去，点亮了碧玉的天空，月光儿在山涧的小溪上跳舞。鱼儿贴着水底，聆听着山籁天籁。或许在回顾秦嬴在黑嗷嗷的道路就如黑夜一样艰难行走，戈交刀折，横扫六合，并吞八荒，囊括宇内，充满神秘与深邃。

黑色是成了秦嬴的宗教，黑色的土地肥沃，生长丰富的水草和兰花，黑色的骏马善骑，驮起要腾飞的梦想。"吞二周而亡诸侯，履至尊而制六合"。黑色是秦嬴最苍劲的成色。

雷电里，你就是一面战鼓。弯弯的西汉水就像两条胳膊，擎起一面大鼓，轰隆隆作响，河水如怒，波震山河，回荡在群山崇岭之中，仿佛埋伏着千军万马，摇旗呐喊，催动号角，冲锋陷阵。黑色的乌云，奔腾着的黑色的战马，飞转着的四轮战车，仿佛十三秦公挥鞭跃马，横扫六合，绝杀千里。几声闪电劈开黑色的方阵，瞬间就消失在黑色的波涛里了。黑色的方阵充满霸气，雄气，杀气。大堡子山就更像一位王者，作乱不惊，坐危不乱，伟岸而立。

阴雨里，你就是一位少妇。你是氐羌灵魂的化身，打造了秦人四轮战车的威风，驾车终于累了，要休息了，一躺下就是两千多年，躺在中国历史的最深处，那样安静、娴熟、老道。埋葬玄鸟后裔英灵的土丘，在渴望中昂首等待了两千多年，没有人探讨在等待着什么，是战争岁月的爱情？还是催动战马冲锋陷阵的豪情？时间的车轮只是碾过了你的胸膛。

春光里，明媚，丰满，就像装满宝珠美玉的匣子，珠光宝气，浑身明媚，就是一位坐在花轿里的就要出嫁的新娘，充满灵气聪秀，流光溢彩，美丽动人。

这就是礼县的大堡子山。

秦祖中衍，贵为诸侯，经营西陲；非子牧马，风吹草低；羌氏挽弦，刀光火石；襄公之起，野竖旌旗，金戈铁马，擂鼓鸣金，奋力救周，把一个小小的附庸长上了翅膀，扶上了咸阳宫的殿堂。江山人物，眷焉若失。一座小山丘，埋葬了秦嬴祖宗的业绩，沉淀了一个短命而大气的封建王朝的历史，堆积成了西犬丘的历史海拔。

阳光柳丝一样浪漫，潇洒，少女松开发辫，优雅的合上眼帘，睫毛在拂动着露水珠儿，颈上的脉管在晶晶的雪肤下叶脉一样青绿，露珠儿滴着，山雀斜飞着，叫喊着，飞过大堡子山的头颅。

河边捣衣的秦羌少女，蒹葭的叶子轻拂着河面，纤手抚摩着她们的后衣襟，倩影映在河底，鱼儿赶来逗戏。两只白得就像莲藕的小腿，站在河中央的等待心上人，仿佛心上人溯迎而上，抱怨如云的蒹葭遮住了秋水般的眼睛，西江沧波无限情。

烽烟四起，秦角相闻，角号声和脚步声在西汉水面上滚动，没有军衣的役人们持刀呐喊，"温其如玉"的君子歌唱着头上闪闪的盔甲，如山雨骤聚，疾如风，动如雷，波撼大堡子山，倍道兼行，千里争锋，去迎搏戎人挑战。秋风阵马的黄昏，穿越大堡子山的骨骼。孔明鹅扇祁山风，木门坑杀张郃将；赵壹激昂文字，不肯弯折腰名宦；子美官盐烟，诗圣有遗篇；诗窑仁裕，浣肠名臣。吴玠筑垒十二连城，金兵不能南下牧马；吉鸿昌挥鞭救难民，柴宗孔跃马举义旗；红军弹洞兰仓城壁，鏖兵罗堡故道旧垒。"九泉山下树红旗，西北五省颇具名。"在大堡子山脚下的几十里山川，金戈铁马打造血性男人的刚强与健美，使礼县长硬了飞翔的翅膀。

　　秋色里，成熟，憨厚，就如脚下的西汉水一样，从前的从前，叫犀牛江，叫嘉陵江，又叫盐官河，据说地震折断了他的腰而改道，他无怨无悔，一肩膀就挑起了大堡子山、祁山和卤城盐官。挑了两千多年，也没挑出西犬丘的山门，却挑来了中华第一封建帝国。礼县的三个宝贝，照亮了古人，也照亮了今人的眼睛。

　　四野无声，月光娴静，温柔，在丝绸的水面上跳舞，绣出清明的月影，就像在天河渡口，泛起走不完唤不回的远古的爱情。河面上像一千万面刚打开匣的镜子闪闪金光，照耀着一千万条金鳞水底泛银。

　　紫色的苜蓿花喂饱了秦帝国的肠胃，清泉卤水沐浴了秦嬴的衷肠，非子的马群走了，秦仲的战车留没在河底，襄公的城堡也变了历史的泥沙，都忽然抵住了我的心灵。真正的历史，却埋葬在深深的土层下面。大自然的雨斧风刀，和牧鞭一起响起，马群如朝霞一样给西犬丘系上胸章。

　　这就是礼县的大堡子山。

　　大秦雄风，迎来了八面来风，穿越历史的时空。其实，我们更应该礼赞的是那种飞旋着的精神。反嚼历史，就是回味的这种精神价值。

　　面对荒凉的大地，翻开司马迁的太史公书的扉页，那股豪气就会在礼县的肠胃里回荡。我看大堡子山，就想起了天圆地方，一个历史的坟墓。曾记得有个作家说过这样的一句话：每一座坟墓就是一部长篇小说，况且这里是几代秦王的归宿，那些蓝色的灵魂曾导演过何等伟岸的史诗，让我怀念他们，让我思考，那些遮掩在烟云里的秦羌生命不屈不挠一往无前是何等张扬。那是礼县人的尊祖。尊祖就在大堡子山上，就在我们的脚下。

"野火烧不尽，春风吹又生"的顽强进取，"任尔东南西北风"的沉稳老练，"千锤百炼出深山"的开拓勇敢，"金戈铁马，气吞万里如虎"的刚阳豪迈，冲刷河谷的激流，傲立风雪的青松，耸立高原的白杨，奔腾不息的江河，澎湃着现代礼县人的情怀。不是歌颂一堆丘土，而是写给祖宗的灵魂。感受大堡子山，就是点燃古人的精神，弘扬在现代化的天空。

| 何郑，甘肃礼县人，现为礼县崖城初中教师。

山水碧口

| 李春风

春 天

起先，春天生长在水里，甘肃的春天最先在碧口上岸。

我喜欢水里的生物，不限于水草虫鱼，尤喜欢一种细小的草鱼，小时候常在老家的河里摸捉，在石板缝中找寻小鱼的踪迹，这几年回老家带孩子去河边玩，却再也见不到了。河变小了，水变浊了，河里蝌蚪也少了。不知道碧口的河里是否有鱼，大概是有的吧，这里远离尘世，更接近于童年的一种境况。

在童年里，蝌蚪带给了我们太多的乐趣，春去秋来，它们蜕为青蛙，它们发出声音，它们被稼轩听到，变成了词人的长短句，稻花香里说丰年，听取蛙声一片，是何等的惬意。从自然界的声音到纸上的发音，人类创造了拟声词，白乐天写"大弦嘈嘈如急雨，小弦切切如私语。嘈嘈切切错杂弹，大珠小珠落玉盘"。宋代词人更是到了令人惊叹的地步，易安居士的"冷冷清清，凄凄惨惨戚戚"，既是物语，也是心中的声音，词的发音在纸上沙沙作响，充分体现了汉语言的魅力。

碧口的春天在词语里获得了新的生长。春寒料峭，一场倒春寒带来新的苏醒，好像在提醒着人们，让春天的脚步放得更慢一些。

那一晚，我们在城墙上走了走，看着对面璀璨的灯光勾勒着建筑物的曲线，映在河水中的灯光恍恍惚惚，不可捉摸。柳树垂下细长的发辫，和远处能够感觉到却看不到的山形成了一种映衬，人们说，碧口的土地墒情好，随便种点什么下去都能生长，或许这种勃勃的生机正是土地对生命的报答。

余家湾

不知道为什么，尽管平生也路过了许多的弯，但唯独余家湾令人印象深刻，或许是因了这几个词之间的搭配，行到水穷处，坐看云起时，或是山重水复疑无路，柳暗花明又一村，因为这一个"余"字，便让人多了许多期待，多了一丝意犹未尽。

头一次经过余家湾，是在去年秋末的一个黄昏，一片暗黛中，万家灯火次第点亮，远远地看见一潭水，碧波暗漾，几乎要浮上岸的那种，车水马龙不属于她，但她却在低语。同行友人几乎同时没了声音，静静地听，风声并没有传来什么，她是自由的，自由到令人向往的境地，自由到令人产生歇息片刻的奢望，如此窃喜，如此胆怯。假如此刻你真的倦怠了，那歇一歇当然无妨，可惜你知道的，接踵而至的将会是无数的烦恼。直到看到余家湾高速，我们做贼一般迅速遁入了尘世。

选择一个春天的时间上岸，当然是为了感觉起得更早，起码是比别人更早地见识春天，北方到了四五月间才会见到的榆树叶，金黄的油菜花，如果细看，大致还会看到零星的油菜荚。腊月末正月初，是碧口的油菜开得正盛的时期，我们赶来得略微晚了一些，在一阵潮湿的雨水中，扑面而来的是湿漉漉的江南气息，看看车辆上显示的海拔，与我常年居住的小城整整相差了一千。

突然就想起曾经构思过的一篇小说：一位父亲为了让时间慢下来，不断地向海拔更高的地区行走，于是，当别人已经身处夏天的时候，他的周身是一片春色，当别人身处秋天的时候，他的周身依然一片春色，他向青海走去，他向甘南走去，他向西藏走去……

每个人都希望青春永驻，却没有一个人的行为一如这位父亲一般富有诗意。

余家湾，确实是道尽了人生的许多弯弯道道，同时把剩下的，留给了那些匆匆的过客，余生回味。

水的日常

天微明，诗人拉开窗帘一角，说水清了。

可不是吗？来时整条江是浑浊的，以为是这条江的常态，以为这条江本来就是一个凶巴巴的样子，但此刻却完全不同，清澈的，碧绿的，让人感觉舒服，感觉舒缓，像老去，也像旧电影。

问街上的人打听了，才知道白天河道还在清理淤泥，去年8月17日，碧口暴发了山洪与泥石流，造成的损失仿佛还在昨日，视频里的人都站在了高高的楼顶，等待直升机的救援。如今山洪过去已有半年，不知道碧口人是否从那个阴影中走出来了，他们低头从清晨的街道走过，并没有发出任何声音，在十三年前，这里也是5·12地震重灾区。这些年总有一部分人不舍得离开故土，即便是老去。我们无法用一个现代社会存有的生命观和价值观去衡量他们，却从他们身上反照到了自己的怯懦。

我们一定会避凶趋利，这是达尔文告诉我们的，因为我们害怕失去，失去也就意味着丧失尊严，在一个既定的价值体系之中，一个逆行者会被看作另类。也难怪，我们会如此焦虑又会如此在乎得失。

因而，碧口人让我感到了自己的渺小。

离开的那天早上，我和诗人波眠顺着酒店后的一条路随便走了走，看到路旁的油菜随意地开着黄花，有赶牲口者混迹于车辆中，没有院墙的房屋显得平等，时空造成的错觉让人留恋。不知道曾经的碧口古镇有着怎样的繁华，但此刻的小镇是恬淡的，旭日破开云层，山雾慢慢散去，露出山的剪影，近处，三两个人围住一个火塘，劈一根大树的朽根，就引起一盆熊熊大火，他们围着它，是在取暖吗，还是在喝茶？或是已经开启了一天的日常。

> 李春风，1986年生，甘肃西和人。作品散见《湖南文学》《中国校园文学》《都市》《飞天》《延河》《石油文学》《星星》《北方作家》《作家天地》等，甘肃省作家协会会员。长篇小说入选花城出版社出版发行和"大悬念"书系。

天池之约

杜富桂

1

天池，天池，前年深秋匆匆一见，人影子在湖光山色间闪了一下，就跌入了幽蓝色的梦里不再醒来，爱至此便是被吊着了胃口，魂牵梦萦着的天池啊，熟记在心上的简介：美丽的天巍山脚下，洋汤天池有九道大湾和一百零八个小湾，方圆20公里，水深97米，水域面积80公顷，湖面海拔1728米，古称"天魏湫"。

节气离立冬只剩一日，天池，树叶花朵一样地灿烂，蝶儿一样地飞翔，烟波浩渺的宽大湖面上，数点寒鸦低飞，天池的九曲十八弯啊。水做的心脏，怎么禁得起风来推波助澜，湖上的舟子载不动离愁别绪，一霎雪飘来，纯美的记忆里，雪山闪光，天空和秋日作别，收起了汪汪的蓝，只有蓝色的湖水，蓝色的风，雪花弹响了离别的笙箫……

若不能留下，只有离开。目光纠缠着千万不舍，面对那场突然降临的新雪，约定了春天的相见，像教堂里婚礼的誓言。

2

  春天，这是人间最美的四月天，天魏山皑皑白雪散发着金属的光芒，蓝天蓝得让人睁不开眼睛，变化莫测的云里住着自由的神。两岸青山苍翠，山荆花开了，山楂花也开了，鸟儿啼开的光阴弥散了。

  波光粼粼，这个鲜活的词语在太阳照耀的湖面上跳跃，眼波动处是一尾硕大无比的鲤鱼，一层层的粼片闪闪发光，听人说，天池豢养的鱼儿，体重大到我无法想象。这是一个多么好的信息，没有捕杀，没有污染，没有铜臭和污浊，才有了鱼儿们自由活着的命运。

  天池，我站在你的身边像是忽然迷失了，天池，请你认我做故人吧，请让我吐出心中苦乐，去浊还清，在天池，仿若重生。

  风平浪静的湖面啊，能掩饰的都不是真的心情，纷扬的泪光水，天池荡起了金子的碎芒。

3

  泛舟于湖上，"水是眼波横，山是眉峰聚"。"依旧青山绿水多"，就像这天池之水，掀过一波又来一波，层出不尽的温柔啊，暖了人间一切的凉薄和冷淡。船能渡人也能渡己，船中人定是隔了三生三世，一世为草，一世为鱼，这一世为人，不见十里桃花，但见四十里湖水不涨不落，不瘟不火。同船的亲人啊，我们肯定经历了一百年的风霜雨雪，才修来了同舟共济的幸福温暖，把这知遇之恩的感动藏起来做心情吧，善良的人心里储存着厚厚的阳光。

  天池，一百年前你是湖水中的月亮，一百年后你是月亮中的湖水，清寒的，美丽的，纯洁的，神圣的天上之月亮，人间之湖水，月亮是天池，天池是月亮。

在这湖光山色间，我们痛饮着天池的气息，这是多么好的疗养啊，顽疾和暗疾不会再复发了吧！天池的水洗过的脸，旧貌换了新颜，浣纱的姑娘让鱼沉入了水底。

近了，近了，船离雪山近了，这陡峭的山峰把自己镶嵌于湖的心脏，阳刚与阴柔的和谐之美，有着小夜曲一样的舒缓，也有着交响乐一样的澎湃。

4

"山不在高，有仙则灵，水不在深，有龙则灵"。天池闪耀着神性的光辉，因登唐进士，广照节度使蹇雷宝，为平安禄山之乱，功成身退，隐于天魏湫畔，修真得道，卒于此为神。被宋代皇帝敕封为"洋汤大海平波敏泽龙王"祷雨辄应，泽沛民丰，洋汤庙位于池南岸的堰塞坝上，香火甚旺。

仙女石含情脉脉地面对池水，仙女是西山老母的小女儿，她的名字叫水珠。水珠，水珠，我念叨她的时候，她穿着云霞织成的衣裳，长袖轻扬，两岸的树木都活了。

仙女在这里修山种树，幻化为石。水珠，水珠，你的母亲思你、念你、成全你，你能化成石头，娘亲就能化为山崖，她让西山的风带给你爱的抚慰，娘亲的爱有多丰盈，天池的草木就有多茂盛。

仙女石和老母崖，一世为母女，生生世世不分开。

王母娘娘也爱上了洋汤天池，喜欢到此洗浴的王母娘娘，把雄狮留在人间看护天池，天池就没有谁敢来破坏，大白象掌握天池水位高低，水入甚少，出水极大，涨不见溢，枯不见涸。小鸟清扫天池湖面落叶，天池湖面就不染尘埃，并且不管天气多么寒冷，湖面永不结冰。每次王母娘娘沐浴的时候，天池中央就会缓缓升起一朵洁白的水莲花，顿时，整个湖面五彩斑斓，异香扑鼻。

5

香啊，天池不见王母，不见水莲，只有花香在湖光山色间游荡，山上的花儿，岸边的花儿都开了，岸上的人羡慕着船中的人，船中的人却是要匆匆上岸去，那些花儿等不及我们了，若是去迟了，在蓝色的风里，只见一地落红，心也就被划伤了。

上岸，行走于木质的栈道上，山崖上的野花开得清纯温婉，各种颜色都美得透亮，那白色的花儿，是高山杜鹃吗？纯白的，淡粉的花儿让人恍若接近了青春，太美的花儿，让人浮想联翩。

这是天池边上的花儿呀，任性地开着，想开什么颜色就开什么颜色，每一朵花儿都有自己一点点的小念想，花的心藏在蕊中，若想懂，需要参禅一样的虔诚。

天池行走的人披着阳光，牵着蓝色的风，有着彩虹似的梦，崇山峻岭也跟着太阳走，跟着美梦走。

九曲十八弯啊，奇峰竞秀，松柏苍劲，盈盈水间，梅花三弄。

这是彩色的油画，黑白的水墨画，把这画儿印在心上吧！此后的光阴，冬无寒冷，夏无酷暑，天池便是护身符了。

天地交界的地方，天池就是一盏酒盅，盛满了永远喝不完的酒，醉天、醉地、醉人……

6

佛说："这是一个娑婆世界，娑婆既遗憾，没有遗憾，给你再多幸福，也不会体会快乐"。

在天池，静听阳光诵经，也记得读诗写字，留住蓝天上的白云，蓝色的湖水和蓝色的风，蓝色的眼泪和晶莹的露珠，记住千万种草木的心跳和呼吸，百鸟和鸣的歌词和曲谱，让雪山见证不老的神话，并且有相信神话的心情。

> 杜富桂，女，70年代生，甘肃省作家协会会员，中国散文家协会会员，在《飞天》《甘肃日报》《青岛日报》《开拓文学》《陇南文艺》《西风》等报刊发表散文作品五十余万字。现供职于西和县畜牧兽医局。

把心魂留给三滩

澄 碧

1

一个夏日,一个在城里热得人浑身着火、心绪不宁的日子,我掺和在一帮缪斯的信徒中间,被起自青泥岭的款款和风吹拂着,挽住嘉陵江的纤纤玉手,一路疾走,最终游走在三滩景区月亮峡的丛林绿海里,把身心一丝不留地交付给三滩的青山绿水。

先低头挽起裤腿,轻轻地踏入那清亮的小溪里吧,记住:切莫做性急的莽汉,一定要轻轻地踏入哦——月亮峡可是三滩最俏丽迷人的宝贝女儿呀!女儿是水,水是女儿,面对了那一弯弯清俊的月亮,你焉能如那些山村顽童戏水,"扑通、扑通"下饺子一般入水呢!

月亮峡的水真净呀,净得不含一丝落尘,透明如镜,清亮如丝。

月亮峡的水真媚呀,媚得让人看一眼就把眼珠子丢给了她,把心魂儿丢给了她,再也难以割舍。

月亮峡的水真柔哟,柔得那样软软绵绵,肤若凝脂,静若处子。

月亮峡的水真美哟,美得多姿多态,风情万千。流水叮咚,碧泉飞湍,激情处,水帘冲撞在石隙间浪花飞溅,轰然雷鸣,安静时,偎依于浅滩处波澜不惊,展一幅少女入梦入幻的迷人风姿。

2

亲近过月亮峡的水,再举头去看三滩的山。

水性的三滩,自有不失柔媚的山相伴。

山处处陡峭如削,却一点也不觉得尖利生硬,更无单调乏味。密密实实的树用浓浓的绿把山裹缠得丰腴婀娜,别有神韵。即使裸露的巉岩,身上亦裹满苍翠的荆棘藤蔓做肌肤。

初看,山山相似,细看,峰峰不同。有的紧紧相拥如夫妻恩爱,有的隔开一段若龙虎相斗,有的孑然独立傲视群雄,有的低头垂颅做哲人沉思情状——三滩之山,兼有桂林山峰之俊秀剔透,黄山石峰之奇谲多态。

3

二十年前的一个夏末,我来赴三滩的第一次约会时,是背着鼓鼓的行囊,从嘉陵镇下车后,沿月亮峡的河谷步行近三个小时,才带着满身疲惫蹒跚到羞女山下,含着几分勉强把羞答答的仙女拥入怀中,在梅花崖的瀑布下以爱恨交加的眼神打量她,应付她的多情的。那次,我和一位文友在严坪待了一个多星期,在向导的带领下,我走遍了周遭的山山沟沟,住在风崾的云雾里与仙人们在梦中促膝交谈,站在五徵窑下的山坡上倾听安庆公主的声声哀怨,躺在三滩锅底形的草甸里为"七十二个望娘滩"添一捧我诚挚的热泪,徜徉在燕子洞里感慨天工造物的精巧绝伦……作别三滩时,我随身带走了捡自东沟峡的一株被流水冲洗得粉白的树根,还有在燕子洞前偶然得到的一块贝壳化石。我用那节树根做天然拐杖,一路趔趄走出了月亮峡,我把树根和那只几十万年前的贝壳带回家,树根送给儿子做玩具,贝壳放入书桌的抽屉里,让三滩从此进入我的身心,与我结为一体,再不分离。

以后的日子，我又多次来过三滩景区，每来一次，都有不同的感悟，都陶醉在如画的山水里，但路途的艰难，总是让人在醉心之后，临别时，把丝丝无奈投给静躺在那里雾锁愁眉的仙女。

4

一条崭新的铺了沥青的公路穿行在月亮峡谷底，从县城到景区的公交车已开通运营，从县城出发，不大一会儿工夫，我们一帮人就站在羞女山下对着梅崖飞瀑，对着鹿头山上顶架的双鹿，欢快地发出我们激情难抑的欢呼。

时值周末，前来休闲观光的游人络绎不绝，驾车的、乘公交的、骑摩托车的，一路走，一路看，一路的阳光灿烂，一路的笑语欢声。

那一刻，我看见羞女山上静卧的羞女偷偷地抿动嘴角，开心地笑了。

| 澄碧，甘肃徽县人，现供职于陇南徽县滨河路宝徽集团。

水灵灵的陇南

陈彩霞

陇南是一个水灵灵的世界。

陇南多水，无论走哪儿，都有清波水影，相映成趣。若临水而憩，波光潋滟，可掬可亲，与水相戏，时光静好。

生活在陇南最大的妙处，是与山水相乐。

陇南八县一区，皆有河流，与村庄和城市相依相映，临风沐雨，别有风情。

坐在白龙江畔、坐在白水江畔、坐在西汉水畔、坐在平洛河畔、坐在广香河畔、坐在晚霞湖畔、坐在天鹅湖畔、坐在天池水畔、坐在鹅曼湖畔、坐在官鹅飞瀑下、坐在水木裕河边……

一任山环水绕，柔风细雨，荡涤你身体每一寸肌肤、荡涤你蒙尘的心灵。

这些水的精灵，洒在陇南山林间、原野上、小桥边、杨柳岸、屋檐下，活活泼泼，清澄透亮。

她们是生命之水，有朝气也有活力，在广袤的天地间或奔跑，或盘桓、或漫步、或徜徉，或静卧，或窃窃私语，或浅吟低唱。

她们有性格，也有气质，肆意张扬着她们的妩媚多情和烂漫天真。

官鹅飞瀑潇洒似苏轼之词；嘉陵江水婉约如柳永之诗；白水江与广香河的幽静如杜甫绝句；晚霞湖与天池水的绮丽，灿如白居易的吟咏；天鹅湖的凄美柔情，恍如李煜的无限忧思。

陇南之水极具禅意，明净无形。

坐在裕河小溪边，看镜波里的游鱼、蝌蚪、水草皆若空游，苔藓层叠、沙石迥异，如刻潭中；加之倒映着天空的碧蓝、云彩的柔软、枝柯的横斜、水草的柔美，抑或丽人的缱绻，这波光清影里，动静皆禅意，简明而深情。

一只金丝猴在树上跳跃，惊起一群鸟鸣，明晃晃地闪出露珠的明眸。一棵枯枝掉到溪水里，划出几圈水波，树影儿乱了，叠印出数条枝丫的疏影。只待水平波静，水中之影依旧形销骨立，宛若静止。

徜徉水边，掬水视之，透明的水滴，又从指缝间疏忽溜走了。水声泠泠，鸟啼山幽，心似有所动，亦无所动，忽而，竟坠入无涯无际的静谧中去了。

陇南多雨，无论春夏秋冬，晨昏明暗，雨水想来就来了，雨水一落，天地一新，车水马龙，岁月有情。陇南的人，也有了水的温良宽容，有水的从容自在，有水的坚韧执着。

无论是山乡茅屋竹篱，红墙瓦舍，还是洋楼纵横，精舍俨然，处处掩映青山旁、碧水中。

春雨细密润泽。几场春雨，樱花、海棠花、桃花、杏花、迎春花，开始抽枝绽叶，踏青赏花的人就多了起来。远观近看，花叶儿若沾上一滴滴露珠儿，摇曳生姿，楚楚动人。

这般玲珑剔透，只恐陇南的春山秋水，只因陇南的烟雨空濛，才有江南水墨画般的清雅隽秀。

雨丝儿似淡雾轻烟，<u>丝丝缕缕</u>，润湿人的头发、衣服。或在树下看花，或在雨中漫步，任由雨珠雾丝儿轻拂脸庞。

"陇南三月雨，走过青草地，打湿碧口的油菜花，嬉戏着天池的小鱼……"

夏天的雨，戏谑似的，淋湿田野，及院子的芭蕉树、核桃树、樱桃树、无花果树、花椒树、银杏树、菩提树、石榴树、水桃树；淋湿高高矮矮，<u>丛丛簇</u>

簇的灌木丛，淋湿大山深处的原始森林。叶子吮吸了浓重的水液，鲜活而饱满、摇摇欲坠。一阵风来，露水抖落，这时候，连树下的人也都是水灵灵的了。

秋天的雨会染色，落到云屏山，树叶变得金黄金黄；落到礼县苹果园，果实变得通红通红；落上武都橄榄树，油橄榄变得脆紫脆紫；落进西和晚霞湖，湖水变得碧绿碧绿，落在哈达铺红军街，红星闪闪亮……雨珠儿，落到哪里，哪里就会开花，哪里就会结果，哪里就会有甜美的生活。

陇南大地上湖泊如珠、江水纵横、瀑布如织，溪流如缕，无处不绿水长流；无处不焕发生机，无处不充满着希望与欣喜。

水灵灵的陇南，地理环境得天独厚。官鹅沟和武都区万象洞等均被列为四A级名胜景点，康县阳坝被列为中国最佳疗养基地，裕河被列为自然保护区。油橄榄、花椒等特色产业在电商运营中，辐射推向大中城市。大山深处的陇南，逐渐被世人所赏识。

近年来，陇南多地连续出现多雨天气，范围广、降水量大。这与多年来政府倡导退耕还林、退耕还草、植树造林生态得到保护有密切关系。葱郁的山林更加茂盛，光秃秃的黄土山也绿树成荫。

青山绿水，深碧浅绿，层叠盘桓；斜风细雨中，可让人的心，在那一团团溢出绿汁的意蕴中，放下所有的烦恼，浮躁的情绪，渐渐地沉淀，安静。

青山绿水，就是金山银山。

在奔赴新时代的路上，美丽陇南，这水灵灵的世界，定将青山常在，绿水长流。

陈彩霞，女，武都区两水中学教师，青海省作家协会会员，陇南市作协会员，武都区作协副主席。现供职于武都区两水中学。

大秦一抹胭脂红

吕敏讷

1

一对黄金做成的巨大鸷鸟，在红褐色的土层中飞行了两千多年。

它曾被镶嵌在棺椁上，看护着秦国早期的两位国君，他们沉睡于大堡子山的一片安宁肃穆里。如今，它被镶嵌在博物馆里的一片炫目灯光中，活在了大秦的故土之上，隔着陈年的锈蚀熠熠生辉，放射着特有的光芒。这一支鸟图腾部族的先祖，用黄金来彰显自己的身份地位，用鸷鸟表现族群集体崇拜。一个巨大的篆体"秦"字，同样在博物馆里的灯下光芒四射。秦字从鸟，从手，从禾，一只展翅的鸟高居其上，一双朝拜的手左右托举，一簇成熟的禾穗在底部供奉，共同组成秦字的模样。秦人是要把丰收的果实奉献给至尊无上的守护神玄鸟。

博物馆里的灯光穿越数千年的时空隧道，照亮了秦帝国源头这块沧桑广袤的土地，也让数千年前的哒哒马蹄声再次响起。那些古旧的秦人面孔，也都在灯光中一一醒来，活在了无处不在的乐音里！他们轮番登台，恢宏的情节一幕幕上演。次第排列的编钟，抖落青铜的斑斑锈迹，将将作响，鼎食钟鸣的秦人在祭祀中展示着礼乐并作的辉煌场面。"鼓钟锵锵，淮水汤汤"。一场美妙的礼乐雅事，琴瑟和鸣，笙磬同音，悦耳的鸣奏映照着光阴里的淑德懿行，深埋沉淀在泥土里，汇聚在这块土地上，今天，它依然在耳畔琅琅鸣响！

这块礼与乐同在的土地，叫作礼县！

2

大约晚商时期，一次出征，一个部族踏出了西行的漫漫征程第一步，此后便没有了回头路。直到一千年过去之后，一统天下的始皇嬴政，又回到中国版图疆域的东边，见到了久违的大海。

这次出征，是东夷族嬴姓的首领率领部族中的其中一支，跟随一位名叫武瞿的酷爱田猎的商代君王，一路向西，征讨戎羌。他们像各游牧部族一样，在大动荡、大流徙的背景中，穿过高山大河和荒漠戈壁，在长风浩荡人烟稀少气候恶劣的苍茫西部安营扎寨，奉命屯守。此后又一路征讨一路攻伐，一直抵达渭水中游一带，并在那里修建城邑，为商王朝守卫着西部边疆。

嬴部族把这块曾被犬戎势力长期占据的地区称作"犬丘"，商纣覆亡后，嬴人的根据地"犬丘"便成为了周王朝的地盘，然而嬴人并没有就此销声匿迹。一位叫做大骆的嬴人后裔，带领部族继续沿渭水西行，找寻一块属于他们的立身之地。嬴人来到渭水南岸，在西汉水上游一带找到了一块长川大坝土肥水沃的风水宝地。在这一处相对僻远独立的地方，建立城邑"西犬丘"。此时，"普天之下，莫非王土，率土之滨，莫非王臣"的周王朝以战争捍卫了领地，巩固了国家政权，然而，西北方的犬戎仍是西周时期最重要的外患。犬戎的势力一度强大到阻碍周王朝与西北各国的往来。此时的嬴人战天斗地，战胜氐人，为周王朝解除了心腹大患，故而其所建立的西犬丘也得到了周王朝的认可，他们便归顺了周天子，"在西戎、保西垂"，又担负起守卫周王朝西垂的重任。

世间有无数的养马人，养马养得最好的是嬴人大骆的一个儿子，他叫非子。周孝王赏识他，封他主马政，畜马于"汧渭之间"，并从大骆家族别开分支，以"附庸"的身份被封在"汧渭之间"的"秦"地。自此，嬴姓一支便与"秦"这个名字骨肉不分了。数百年王朝更迭，民族融合，部族迁徙，嬴人在陇上一带辗转迁移繁衍生息，走到哪里，"秦"这个地名就跟着迁徙转移到哪里。原居于西垂之地的嬴人一支，其城邑一度被犬戎占领。而陇上秦地的嬴人一支首领非子的儿子秦仲，被周宣王分为大夫，征讨犬戎，战败被杀后，他的儿子庄公最终打败了犬戎，收复了西垂地区，周宣王封他"西垂大夫"的称号。从此，秦人以西垂为政治中心和根据地，安居下来，不断壮大这一块祖邑邦基之地。"秦"作为一个地名和这一块土地之上所居"秦人"一同进入历史的视线。

烽火戏诸侯，千金买一笑，据说这一笑就倾了国。公元前771年，西周覆亡。刚刚登基的平王，为避犬戎，迁都洛邑。

秦庄公的儿子襄公又担负起大任，在平定叛乱中护送平王东迁。秦军出征前，阵仗里激如雷霆的吼唱声此起彼伏、震天作响：

岂曰无衣？与子同袍。

王于兴师，修我戈矛。与子同仇！

岂曰无衣？与子同泽。

王于兴师，修我矛戟。与子偕作！

岂曰无衣？与子同裳。

王于兴师，修我甲兵。与子偕行！

(《诗经·秦风·无衣》)

这一次，襄公又一次立了大功，被封为诸侯，正式立国为秦。平王允诺襄公：周王朝岐山以西的地方，被犬戎侵占，如果能将那里的戎人赶走，这一大片土地将为秦所有。所向披靡的秦人又一次取得对戎作战的胜利，开疆拓土，之后，民族迁徙结束，秦人过上了相对安稳的农耕生活。襄公、文公父子时代，牧马垦田，男耕女织，这个被称作"秦"的国家，休养生息，励精图治。"秦"又作为一个国家被载入历史！

一首同仇敌忾、慷慨激昂的从军曲一次次响起在秦军东进的征程上，声浪滔天。"赳赳老秦，共赴国难，赳赳老秦，复我河山。血不流干，死不休战！西有大秦，如日方升，百年国恨，沧桑难平！天下纷扰，何得康宁！秦有锐士，谁与争锋！"

伴随雷霆万钧的军歌，秦国数代国君一路砥砺打拼，又经过近一个世纪的努力，由秦穆公完成了称霸西戎的使命，他辟地千里，成为雄踞西部的一方之霸。秦国从此便一路向东，纵横南北，成为地处偏远西隅而强盛崛起的大国。在中原群雄逐鹿、列国争霸的时代，秦，最终横扫六合，一统天下。"六王毕，四海一"。公元前221年，一个姓嬴名政的秦人建立了中国历史上第一个中央集权的国家。

西垂的一方水土滋养出了一个大秦帝国。

西垂，是秦帝国婴儿期的襁褓！

3

西垂何处？

礼县东部的宽阔川原里，一条最富有诗意的水，从诗经里流淌而来。一条倒淌的河，从西和出发自南一路向北而去。西汉水与西和河（古称建安水）两水交汇于西和礼县交界的祁山长道一带。这一块地势开阔、山川矗立的阔厚之地，历史上属于"西"县所辖，是西垂故地最富有诗意的一块。

所有的大气象和大繁盛似乎就掩藏在那高低错落依次布列的山川河流里了，汤汤河水里走来了一个帝国的梦，留下一个王朝的背影。流向远方的，便是蒹葭苍苍里伊人如梦似幻穿越千年的所有美好想象。天地造化，赋予这一块宝地，水草丰茂的河谷地带，有着温润的气候，丰饶的物产，故而宜农宜畜。这个富饶的河岸川坝，是一个巨大的农牧场，也是一个温暖的摇篮，摇出了大秦的万里江山。

在西垂的土地上，盐官，古称卤城，像一个大门，在礼县东部牢牢锁住这一块阔厚沃土。这是一个由战国时代主管盐政的官署名演变而来的地名，足以让人想象这里，煮盐的青烟弥漫着整个平川，历史上的车马往来的繁盛景象。一口产盐的水井，位于盐井院中，大量的盐经过多道工序生产出来以后又源源不断向各地输送供给，为"以食为天"的民众，为开拓前行路上的战争供养。《水经注》记载盐官盐井"水与岸齐"、"味与海盐同"。公元759年，杜甫离开秦州，经过礼县盐官镇留下了一首纪行诗，《盐井》云：

卤中草木白，青者官盐烟。

官作既有程，煮盐烟在川。

汲井岁榾榾，出车日连连。

自公斗三百，转致斛六千。

富含盐分的水，饲养出了膘肥体壮的马。秦人牧马有方，人和马的美名都传到了当时最高统治者的耳中。"非子居犬丘，好马及畜，善养息之。犬丘人言之周孝王，孝王召使马于泾渭之间，马大蕃息"（《史记·秦本纪》）。这良马，离不开西汉水流域丰茂的水草，也离不开盐官一带遍地流淌的卤水。西垂的盐，与大秦帝国，似乎有着某种必然的联系。

跟随西汉水的足迹再向西走，距县城13公里的地方，在西汉水北岸，河谷忽然狭窄，河水聚集折转处，山势突然高矗，而山腰处，山势又渐次平缓。山，名曰"大堡子山"，对面是锥形尖顶的圆顶山。这隔河相望的高低山堡的缓坡上，秦先祖和他的族人、君王与文臣武将，在这里沉睡了两千多年。以河为界，北君南臣形成的墓群，被称作秦四大陵园中的第一大陵园---秦西垂陵园。三千年的青铜编钟与石磬再次响起，"赳赳老秦，共赴国难"的强势吼声再次唱响。这麦苗青，菜花正黄的时节，躺在陵墓里的人，身体紧挨贴着的就是沧桑的先秦故土。

一夜倾盆雨，这次日，万丈的阳光照耀西垂。站在大堡子上山，看见西汉水面波光粼粼，洒满太阳的银辉。它承载着阳光一路奔流。这自东而来的光里，有最早的人类，从山洞里出来，直立行走，刀耕火种，而后驯兽为畜，种粟为食。后来，为了生存而迁徙，又为了土地而征战。他们手中的武器，从长矛短刀木船战马弯弓射箭起步，而今从军舰坦克到航母飞机、洲际导弹，如今嫦娥也上了月亮。秦人开疆拓土的西垂土地上，早已处处摩天大厦。这漫漫河水，逝者如斯，水里，沉淀并凝聚着的是一个帝国所编织的文化传统和成就伟业的精神力量，在今天，强势生存的精神依然鼓舞人心，如同耳畔响起的礼乐声声！

4

西汉水一路向西奔涌而去，所经过的地方，一条数十公里的肥美的川坝河谷顺着河岸延伸。

那些红褐色的土质，有着肥沃的颜色和特征，光照，气温，海拔等各种因素，水草丰美的西汉水沿岸，恰好适宜于生长一种可爱的甜蜜的水果。

在这最美的人间四月天，苹果花开满了西垂的土地。

身着汉服的女子，轻歌曼舞。素手弹筝，雅乐和俊美的身影一起穿行于花海雪浪。

大秦帝国这一位血气方刚的男儿，他有着山岩一般绵延的身躯和粗糙的肤色，他纵横周王朝的万里河山，西迁东进的秦人，在西垂的阔厚摇篮里，受西汉水滋养哺育，渐次长成英雄的模样，在中原的舞台上，策马扬鞭。而他们的身后，绵延六十里的苹果花开了。

六十万亩的花，白里透红，瓣瓣含香，装扮着西垂沧桑的先秦故土，为中原舞台上驰骋纵横的秦人涂上一抹靓丽的胭脂色，礼县，这大秦的万里河山忽而变得万般妩媚。每一株迎风玉立、花枝妖娆的苹果树，就是一位粉面含羞、满身飘香的俏佳人。佳人何处？在水一方！这蒹葭苍苍、水草丰茂的水畔，低头为诗，舒袖即舞的伊人，等到白露为霜，相思挂满枝头，红红的果子和《相思礼县红》的歌声一起飘到东西南北的风中。被裹藏在包装箱里、漂洋过海铺展在人们眼前的，是嫣红的脸蛋，是一抹浓浓的胭脂红！

> 吕敏讷，甘肃省作家协会会员，中国自然资源作协签约作家，鲁迅文学院首届自然资源系统作家研修班学员。散文作品见于《时代文学》《散文百家》《朔方》《野草》《散文选刊》等，有作品被《散文海外版》转载，作品入选《中国自然资源散文双年选》《中国年度散文诗》等。获徐霞客诗歌散文奖。著有散文集《倾斜的瓦屋》《试灯与踏雪》。

八福沟游记

| 祁新龙

己亥之秋，集群贤游八福沟。八福沟者，裕河之南山也。

离大道入河谷，涧水乍大乍小。溪谷侧有路，行五百步，有福源茶舍，青苔古屋。主客招呼，往来游人不绝。树梢尽盖雾霭，翠绿罩，清泉流，可是天上人间乎？

沿茶社入山，涧唯淙淙，耳过清风。小径辟幽，铜铃翠音。缘溪行，奇香飘逸，忽见茶林，落英缤纷。行至半道，分两道以择。沿道而行，另出一溪流，苗鱼翻浪，鸟声唧唧，寻觅身踪，不复见矣。拾级而上，草木葱荣。日光下澈，落影树上，如临玉虚。山路曲折，蜿蜒侄侗。

行至山腰，层林玉树苍松，古柏桦椴多盛。四野无嚣，独享山林。天地冥河，岁月悠轻。或有仙人低语，或有白鹤絮语。揽皓月长空，瞰裕河神秀。

行约不知几里，忽登山绝顶，凭高临远，但见山峦玉列，峰岭琼连，旭日照辉，尽是红装素裹，倍极壮丽，红日顶中天，闷热难耐。斜径直下，忽见一壁，似有字，不甚其内容。

清泉凉涧游鱼不歇，峻岭仙石野鸟嘶鸣。携手同去，物化冥合，形神俱一。未能谢庭，直奔山尖。行者皆忘我，尘世多浮沉。虽有南望路，抬头看秦岭。立山之上，清风拂岗。感念天地之广阔，叹造物至神行。秋阳兮兮，江寒轻浮雾，橘子染红后。

山顶处，峰回路转，密林覆与沿途石板路。沿途而下，忽闻滔滔水声。寻声遁去，但见大涧奔涌，绿水石上流泻。岸有奇石，似卧者休憩，似石盘流转，轇轕难分。怪石多美，上有青丛，四季常蔚然。

游人临涧而坐，嗟叹未见之景也。有老者而过，子孙皆居于此，念及八福沟之神奇，竟不知何年固有。

沿河而下，山石傍树，草木秀灵。栈道忽高忽低，不可捉摸。至峡谷出，道悬崖上。崖底有飞瀑落彻响，石缝间柳暗花明。临渊而坐，聆山涛奔流。极目眺望，看万山红遍。谓之行者，唯山间至轻风，林间之树木，树间之群鸟，为自由极乐也。嗟叹岁月之流觞，青春之不复焉。当此之时，抛诸烦恼，尽享人间之仙境也。

落日斜挂，长河滔滔，于众人携手下山去，未及下山脚，已是雾霭满布，氤氲浅浅，听到有啼鸣声，涧下清泉，汇流成潭。浅阁静夜池，明月溶溶，晚风袭人有微冷，晚来月上秋。

同游者：书毅，跃军，珠花、兴辉。

> 祁新龙，男，笔名几何，礼县人，甘肃省作协会员。著有历史随笔集《宣和四年》及非虚构作品《我的故乡在湫山》。

辑二 红色血脉

哈达铺轶事

| 刘醒初

一

甘肃宕昌县哈达铺实属一个不起眼的偏僻小镇。历史上曾经繁荣过，那是清末民国时候的事了。它的地理位置属于岷山脉系，是千里雪后"尽开颜"的所处。自从陇海铁路、甘川公路修通以后，这个药乡小镇迅速衰落。

八十三年前，毛主席率领的红军历尽千辛万苦走出茫茫大草地，翻过皑皑大雪山，在天险腊子口与国民党守军进行了一场激烈交火，后经过渭源县大草滩，先头部队攻打岷县县城未果折转向南，来到了这个叫哈达铺的地方。

之前，先头部队到达哈达铺小镇的时候，国民党守军鲁大昌的一个排早已扔下守地望风而逃。

经过长途跋涉极度疲惫的红军队伍驻扎在哈达铺和邻近的几个村子。毛泽东和张闻天歇脚在哈达铺镇一家叫作"义和昌"的药铺店里。这是一座前店后院有几间小瓦房的院子，低矮房屋后面紧靠着一条宽阔河道，瓦房旁边有一小门，直通河边。荒凉苍寂裸露的河道一直延伸至延绵起伏的岷山山峦。九月，这里已进入深秋时节，高原的朔风凛冽而又强悍，固执地在低矮的瓦屋上面一阵阵地刮过，给这些远道而来的人们打着招呼，冬天马上就要来到了。

刚刚歇脚的毛泽东在小屋里来不及休息，他疲惫的身躯在低矮的小瓦房里不停地徘徊，脑海里总是被一个重大的问题缠绕，他在为红军明天抑或下一步北上的出路经久思索。走出草地的队伍前进的方向和出路，革命的命运前途应该如何决定？红军北上的方位应该去向哪里？自从草地同张国焘妄图分裂中央的斗争之后，北上一直成为红军和党中央的重大决策问题。从门外院子里吹进来的凛冽寒风使得他不禁打了一个寒战，他马上意识到高原的冬天很快就要来到了。这时他带领着红军队伍刚刚经历过一场激战，从叫作腊子口的大山沟里出来，路过寒风肆虐的大草滩来到这个小镇。远山的苍茫，密布的云层，凛冽的朔风，将西北高原的苍寂冷漠毫不吝啬地显现在红军面前。他此刻的心情起伏跌宕，不停地思索队伍的前途命运，革命的前途命运。高原的寒风苏醒了他的意识思维和心底的潜在定力，激荡澎湃的动感在他的心里鼓越，如同大海一样汹涌。

他走出小院，信步在弯弯曲曲、高低不平的小街上前行，暮色苍茫，阴冷的天空很快就要黑下来。街道两旁低矮的土房子面向街道的炕洞里，背墙上面的烟囱里飘散出辛烈呛鼻的柴草牛粪燃烧的浓浓烟味，有些呛人。顺着窄窄的街道一直往前，眼前不远处，靠左边，有一间邮政代办所标识的小屋引起了他的注意，他弯下腰钻进屋子，黑乎乎的屋子里，乱七八糟，一片狼藉。啊，有报纸，上面落有灰尘，看来邮政所里早已没有人，他如获至宝，吩咐身边的人赶快将这些报纸收拾起来匆匆带回住所。

昏暗的油灯下面，在一堆大公报、民国日报、"中央日报"、西安日报等报纸上面，毛泽东急切地寻找感兴趣的各类消息。自从部队进入草地以后，他再也没有看到过任何报纸之类的东西，茫茫大草地隔绝了红军、中央与外面的一切联系，一点消息都没有。此时，屋外的房顶上面寒风依然呼呼地刮过，屋子里有些寒冷，他这时候全然顾不得了，昏暗的油灯竭力地散放着一豆光亮，陪伴着他在字里行间寻找着什么。蓦然，《大公报》上一小行黑体字跳入他的眼帘，陕北、刘志丹。啊，陕北、红军、共产党、根据地。他的神经高度绷紧了，他的眼睛发亮了，心怦怦发跳，情绪紧张了，精神亢奋了，他不由得喊了起来：陕北有红军，陕北有共产党，陕北有刘志丹的红军，还有徐海东的红军，陕北有我们的人。这一夜，他彻夜未眠。这一夜他与张闻天、周恩来、博古、王稼祥等中央领导人议论决策着红军的走向、长征的路线、革命的未来。

九月二十二日上午，在毛泽东、张闻天的住室里召开了周恩来、王稼祥、博古、左权等同志参加的中央领导人会议。作出了把红军长征的落脚点放在陕北的重大决策。

小屋沸腾了。小屋里的人激情四溢。

小屋欢腾着，小屋里的人情绪盎然，希望的曙光泛映在毛泽东、周恩来、张闻天等人的脸上，一条希望之路即刻呈现在他们面前。这是茫茫黑夜里窥见星光闪烁希望的方向；这是踏越江河峰峦草地雪山九死一生的路标；这是历尽枪林弹雨厮杀追击夺路之后的曙光；这是经历恶风骄阳饥饿病痛大难不死的胜利之途。小屋因了那张不起眼的纸张而彻夜不眠，小屋里的人因了那几十颗铅字而确定了行进的方向，小屋里的灯光照亮了中国革命的方向，小屋里的人紧紧握住了中国革命命运的前进舵向。

当天下午，红军团以上的干部大会在下街关帝庙土院子里召开。窄窄曲曲土街巷里涌满了队伍上的干部战士，许多老百姓争相围看。骄阳似火，拴在街巷边老柳树跟前的战马也被午后泛热的天气和部队战士、看热闹的老百姓拥挤得有些焦躁。然而，大院里围坐在地上的红军干部却群情振奋，毛泽东高亢洪亮的声音回荡在阳光下面，飘散在清风里，洋溢在几百名红军干部的头上，迅速地沁入干部战士的心里。

"感谢国民党的报纸为我们提供了陕北红军的消息，那里有刘志丹的红军，还有徐海东的红军，还有根据地。"

"我们要抗日，首先要到陕北去。"

"到陕北去，北上抗日！"

毛泽东站在那座风雨侵蚀残破的关帝庙台阶上面，挥舞着他巨大有力的手，面对着围坐在土场上情绪一振精神饱满的红军干部发出号召，宣布着中央的决定：到陕北去！北上抗日！

由此，红军一方面军一、三军团和中央军委直属纵队改编为"中国工农红军抗日先遣支队。"

午后的阳光在晴空的映衬下，分外明亮，暖暖秋阳鼓荡着红军干部战士的激情，中国革命的航程从这里又一次走向辉煌。

哈达铺，长征路上的"加油站，"因为经过艰苦卓绝斗争的红军队伍在这里进一步确定了革命前进的方向，作出了把长征的落脚点放在陕北的重大决策。因为关帝庙干部大会的召开，奠定了"到陕北去，北上抗日！"的航向坐标。小镇和小镇上的人们，因为这一特殊队伍的到来，迸发了从未有过的极大热情，这是历史给予的殊荣。这支队伍在这个地方因了一个缘分、一个无与比拟的革命缘分，使得哈达铺在中国革命的前行航向中与之不期而遇。尽管后来有许许多多关于报纸消息来源的不同描述版本，包括一些亲历者的多种叙述表达，历史的真实定位只有一个：哈达铺，长征路上的"加油站。"这个长征光辉照耀的地方是中国革命记载里不可抹去的真实历史，铭刻着中国革命与中国共产党艰苦辉煌的革命历程，是领路人毛泽东亲自导演的一场伟大活剧，在中国革命历史舞台上占有一席之地，永远闪耀着不朽的光辉。

当这支队伍刚进入小镇的时候，驻守在这里的国民党鲁大昌军队一个排的队伍仓皇逃去，囤积的粮食、盐巴、草料等一些物质没有来得及带走。小镇街道上当地价廉物美的锅盔、猪肉、羊肉、粮食、烟叶等丰富的食品给了刚刚翻越过草地雪山困苦饥饿中的红军战士以极大的欣喜，迅速地解困了部队长期饥寒交迫的危境。相对便宜丰富的食品药物给危难中的红军极大的帮助。红军与老百姓的鱼水情谊顿生出了昔日老根据地的情景和场面；人们把红军战士迎进自己的家里，用热炕、油茶、锅盔、油馍、煮羊肉招待红军，从万里路上历尽饥饿病痛枪林弹雨的战士，在哈达铺老百姓的热情款待中，放开肚皮补充长期饥饿的身体。

一九三五年九月二十三日，毛泽东等人带领这支队伍从哈达铺出发，经理川、阎井、通渭县榜罗镇等地走向陕北，走向抗日前线。

在翻过皑皑岷山山脉之后，毛泽东写下了著名诗篇《长征》。

一九三六年八月九日后，中国工农红军红四方面军、红二方面军相继进抵哈达铺，此后，红二、四方面军在哈达铺休整活动近两个月时间，执行中共中央西北局《洮岷西固战役计划》，在哈达铺、岷县一带扩红建政、宣传抗日、建立苏维埃政权。

哈达铺的红军情结、革命精神、"加油站"意义永远是长征路上的一座丰碑，昭示照耀着我们，也见证中国革命的历史。

二

公元一九七六年九月九日下午二时许，甘肃省岷县县城人民大礼堂里坐着几百人，正在聆听陈昌奉红军长征的报告。陈昌奉是毛主席长征路上的警卫员，时任武汉军区副参谋长。陈昌奉正在作一次壮举，他要在有生之年，重走一次长征路。他从江西瑞金出发，一路走来，经过哈达铺到达岷县。那天，报告大会上，陈昌奉刚刚揭开一个惊天秘密：当年毛主席率领的红军队伍长征到了哈达铺，毛主席在哈达铺邮政代办所国民党白区的报纸《大公报》上看到了登载有刘志丹的红军在陕北的消息。当晚，毛主席和周副主席、张闻天等中央领导商议才决定去陕北。正当陈昌奉在那几百人的大会上刚讲完这个长征史上惊天的秘密，大会正在进行的当儿，有人急匆匆地搭在陈昌奉的耳边：北京中央办公厅急电，要求他马上赶回北京。他即刻从讲台上下来迅疾离开了会场，立即返回北京。

随之，一个十分沉痛的噩耗传来：伟大领袖毛主席逝世！

事后，当我听到有关于陈昌奉岷县讲话的传闻，我绝对不相信自己的耳朵。更不相信这件事的真实性。但是，事实总归是事实。当我现在将这个故事诉诸于文字的时候，只是一个不争的事实，而不是一个传说。时间证实了故事的真实。

哈达铺从此在中国共产党的长征史革命史中开始扮演重要角色，呈现出它的荣耀及其巨大的作用。历史不是传说，是真实；历史不是小孩，是时光老人；历史是一座巍峨之大山，它就站立在你的面前。这个曾经的故事由此向人们袒露出曾经出现的厚重感，它不会因为岁月的流淌而逝去。它坚定无可辩驳地证实着哈达铺在中国革命历史中扮演的方向性作用。它同时告诉我们，历史是真实，是证实人类走过的那一段路。任何更改、涂抹、淡忘、误解、编造、诬陷、利用、欺骗，包括善意，都会被真实踩在脚下。在真实面前的历史是无可雄辩的存在，是不可移动之大山。

然而，在革命取得胜利后的几十年里，哈达铺一直沉寂在岁月的漫漫时光之中。当年毛泽东与周恩来、张闻天等红军高级干部曾经居住过的义和昌、同善社、张家大院等几座小院，还有这曾经解救红军队伍干部战士于危难的小镇，红军一、二、四方面军数万人马经过的小镇弯弯曲曲称之为"红军街"的街道，小镇群众数千人曾经和红军一起欢聚闹红，建立革命苏维埃政权的民众，还有那下街几百红军干部聆听毛泽东讲话的关帝庙，都渐渐蒙上了时光的尘埃。很多时候，在小镇人们偶尔的茶余饭后仅是当年的一个传说，小镇的寞落在贫困里羞容沧桑，被时光风尘淡淡而去。当然，也偶有探访者光顾追忆敬拜，追寻令人难忘的远去、曾经。

哈达铺纪念馆馆长韩尔明的小舅子，曾经担任过文县文化局长的沈璇给我讲了一件久远的事：沈璇的老家在宕昌官亭，在他几岁的时候，一九七八年六月,他跟着担任纪念馆馆长的姐夫和姐姐,在哈达铺镇上见过当年任兰州军区司令员的肖华重访故地。肖华一行十数人专程亲临哈达铺,在哈达铺现场逐一参观了当年红军驻扎时的所有旧址。时为宕昌县委书记的马体安、副书记戴树举一路陪同。肖华深情地回顾了当年毛泽东周恩来张闻天等中央领导同志和中央红军经过哈达铺时的情景,对当时发生的事情重新作了辨识、复原和确认。每到一处,肖华都身临其境重新辨认当时的情况,对毛泽东、张闻天、周恩来等中央领导同志居住的院子、房间等情况给予了准确的认定。特别对《大公报》报纸的发现作了权威性结论。肖华还对党中央的英明决定、团以上干部大会的召开,哈达铺群众对红军的热情拥戴情景,哈达铺当时的经济社会状况,等诸多重大事情都作了确认。为哈达铺革命红色基地的确立奠定了无可争辩的坚实基础。也给当时纪念馆的复建修整工作以极大的帮助支持。当时的情形,沈璇刚刚高中毕业十八九岁,他就站在肖华一行人跟前,听着大人们讲述哈达铺、红军、毛主席、党中央的许多往事,虽然许多年过去了,他仍记忆犹新,感慨无限。

在这漫长的时光里,有一个人,韩尔明,当年哈达铺纪念馆的首任筹建馆长,后来患病,成为身患残疾的守护者,二十八年来与这些中国革命的缔造者留下的故事、脚印形影不离。在当年周恩来居住并作为红军司令部的那座院子一隅,韩尔明蜗居在一间低矮的屋子里,默默守望着这些寄望红色精神和足迹的房子。在韩尔明独自一人伫立在静寂之中的时候,他蓦然感觉,这几座曾经留驻过中国革命领路人的屋子里,依然有不可名状的精神在驻留;依稀有可触可摸可辨的印觉让你心存感应;依旧有一种荡涤心灵的凛冽气场让你的灵魂升华。这种精神感应,竟会传递到每一位来到这里的造访者。

韩尔明寄居的老土屋子是几根圆木搭建,约有两米多高,光线仅能从那块牛肋骨似的小窗户和一面单扇门里挤进来,屋子里一个土炕、一张小桌、两把椅子、做饭的锅碗瓢盆、一些书籍报纸将屋子占据拥挤不堪。这个院子原是红军司令部，周恩来同志居住在此。韩尔明在这院里一住就是二十多年。酷暑寒冬，秋来夏往，韩尔明心诚笃定默默看守这些院子里的一草一木、一砖一石。他日夜巡走在哈达铺弯弯曲曲高低不平的小街上，绞尽脑汁地思索如何保护好这些存留着红军脚步精神的革命文物。在他灵魂高地上，毛泽东、周恩来和红军的身影始终与这些屋子、这座小镇融为一体。毛泽东的精神思想匡正导引了中国革命的正确航向，当时的哈达铺在红军向何处去，何处落脚起到了方向性的作用，为我们在真实准确弄清红军长征建立陕北革命根据地的来由始末，为确立马克思主义唯物史观在党的历史中奠定了毋庸置疑的坚实基础，显现了党实事求是的精髓，印证还原了一段真实的历史。

本文选自《哈达铺轶事》

正雨，本名刘醒初，1951年生，甘肃文县人。毕业于西北师范大学中文系。中国作协会员。长期在陇南地区工作，曾任中共成县县委书记、中共陇南市委副书记，甘肃省文史馆党组书记、馆长。甘肃省政协常委、农村工作委员会副主任。出版作品有《逝去的峪河》《怀念那棵树》《寻找麦子》《正雨散文》《加美手记》，曾在《萌芽》《上海文学》《中华散文》《散文选刊》《飞天》《华夏散文》《陇南文学》《人民日报》《甘肃日报》《陇南日报》等多家报刊发表作品。

青山巍巍

李世仁

岷山不小心走了岔道，伸出一只翅膀，纵贯三百余里。虽然另起了炉灶，却不妄自尊大，谦虚地称之为岭。一个岭字，变幻出绮丽多姿。

不止一次在这里驻足，向红军战斗过的掩体怀想，不止一次地躺在山垭，仰面朝天，看日出日落，观云蒸霞蔚。春潮涌进夏的深邃，我再次走上摩天岭，没等气匀心静，便对着峰顶抱拳拱手，朝石头垒就的英灵坟冢，躬身长揖。

岁月悠悠，青山依旧，壁垒依然，不知烈士们魂魄安否？

见过不少好山好水，真正能融进心扉的是不起眼的摩天岭。大海一样的蓝天，叮咚清泉，绿涛伏波，大自然以其绝妙的轮回，茂盛着，更新着这座不老山峦。和风催开杜鹃花，白得可人，紫者羞涩，粉色妖娆，构成摩天岭精气神。其实，那些荣与枯，兴与衰，无不经过生死搏斗而新生。

远眺，青山巍巍，层叠渺茫，近视，林木苍翠，奇花争妍，猴跃雉鸣。浩气在回荡，思绪在飞扬。

峰峦之间，矗立了一座仿古关隘，大书：摩天岭。墙角斜躺一方石碑，上刻四行篆字，是罗贯中在演义中神话诸葛亮之谶语："二火初兴，有人越此。二士争衡，不久自死"。我有些弄不明白，即使有证据说邓艾是从这儿过的山，诸葛孔明确有先见之明，也是意在震慑吓唬，叫人一看便明，没必要再用过时的字体炫耀高古，况且，以隶、楷闻名于世的书法家钟繇才比诸葛先生早四年作古。

关楼下堆满沙子，有人赶一队骡马驮红砖从南坡上山，看来，又要添新景了。在旅游成为一项产业的时候，那些古关名址名楼古城无疑是香饽饽。

"摩天峻岭与天齐，玄鹤徘徊尚怯飞。"此言不虚。翻越一次感触加深一次。

摩天岭，除了有过智慧的穿越，气吞山河的壮举以外，还在于它的伟岸身躯。地质学家说它处在滇藏地槽区和松潘甘孜褶皱系的交接带上，在漫长的地质变迁中，地球内部运动和外部圈层作用下，出落成如今雄健的体魄。它一改母体的凛凛奇绝，披一身时装，显得几分俊俏几分多情。它没有辜负独特的地理位置和温润的气候，植物立体垂直，自上而下，种属南北兼有，草甸、森林、河谷齐备，东阳界古北界动物共生。尽管生物学家做过考察，植物超过2000种，动物近500种，昆虫数量接近3000。那么，不为人知的物种谁敢说再没有呢？

针叶林似雄兵列阵，阔叶树英姿飒爽，溪流从山旮旯里冒出，岩石上洒下，沟坎里奔泻，或大或小，或高或低，形态有别，风采各异。双脚一步一步往上蹬，血压的水银柱随上升高度起伏，树木也由纯绿分化出深浅不一亦浓亦淡或带光芒的绿。小路边，蕨类抬着紫褐色卷绉小脑瓜，像直起前身的小蛇，搞不清是迎接太阳呢还是想告诉我们点什么呢？倔强刚毅的山毛榉微微抖动柔媚的嫩叶，展现新生的骄傲，樟树、楠木枝叶有序，挺拔而高贵。偶尔伸出一株或两株洁白的玉兰、叶色殷红的石楠、一簇红蔷薇，还有一心想表现一番美丽的山桃花、毛樱桃、杜鹃、一挂紫藤，或独立或攀缘，使摩天岭纤青拖紫更显精神……扭角羚在河对面警惕地和我们对视，藏酋猴在头顶飞跃，蓝马鸡东躲西藏，森林热闹极了。在众木簇拥中行走，似有种神力助推。我知道那是来自生物多样性散发的负氧离子，驱走困乏，注入朝气。我对林中树木、花儿，有的只知俗名，不知学名，有的只知学名，不知俗名，但我从1000米海拔向

2227米高程跋涉中，记下了好多耐人寻味的地名：石磨河，毛坝子，石冠梁，清水沟，苜蓿坝，梁家坝，天池梁，窄匣子，财神关，东沟，旧香坪，郭江口，马鞭崖，怀抱树，白罐子，新店子，切刀背，九道拐，青塘关……

一个地名、一首诗、一曲歌、一串故事。摩天岭，自然野性的胸膛里，淌出古韵缕缕，将我迷醉，与之共振，心潮逐浪。1935年4月，摩天岭一线摆下三个战场，这里为其中之一。主阵地红军派出尖刀班，一则侦察敌情，二来宣传群众，于石磨河和敌人侦察兵遭遇，班长负伤，一位姓侯的农民冒着枪林弹雨，背起班长就往山顶爬。我全神贯注地听着，讲故事的韩金国，猛然反问一句："你说，咋背上去的？"是啊，咋背上去的？内心反复模拟当时情景，最终没能复原。我们轻装，上山用了七个小时。试想，背一个明知会引火烧身的红军战士，该需要多大的勇气啊！负重一百来斤，一口气20华里，这体力来自哪里？我坚信，那一定是他感受到了这是一支穷人的队伍，他的勇气和耐力，来自千百万穷苦人祖祖辈辈所积攒的压抑遇见曙光后的自然喷发！

紧接着他又讲了两位小红军的故事。有一天两人在石冠梁观察敌情，哪知胡宗南调来梁家坝堵截红军的军队摸上山冈，寡不敌众，不幸双双牺牲。敌人过后，又是一位姓杜的老人，悄悄把英雄尸骨背上后山掩埋，用石头砌就一座坟茔，让他们上可眺望红旗招展，下可观石磨河冲开枷锁奔向大江大河。

和我同行的四位年轻人，是专为摩天岭作传的。我们改道上山，细心地润琴、宇霞，边走边采野花，很快一束白黄兼紫的花环摆放在墓前。她们面庞的潮红瞬间褪尽，眉宇里泛起哀戚。我能体验到，这里蕴涵敬重和爱……我们以崇敬，以虔诚，鞠躬静默。

墓地背靠山林，一条溪流远远飘来，时而舒缓缠绵，时而从高处飞落，散珠溅玉，声如钟鼓噌吰，宛若安魂乐章，永不停息地为英灵们咏唱；墓旁茶园青翠，油菜花正艳，香气馥郁。

还有很多战士没有祭奠之地，我相信那些高大雄壮的树木就是他们，常记他们怀瑾握瑜之品德，会给你方向，给你理想，给你力量，能让你在生活中克制功利，摆脱诱惑，赎救你的灵魂。

摩天岭之名由演义而来，在《水经注》上叫邪山或祁山，唐时叫太白山、青泥岭、左担山，北宋称马盘山或啼胡山，史书没有拗过演义。把摩天岭炒向高潮的是电视连续剧《三国演义》。其实那画面远不及真实的摩天岭险峻。《三国志》上有段话，讲了摩天岭的险，也讲了邓艾翻越时的难："冬十月，艾自阴平道行无人之地七百余里，凿山通道，造作桥阁。山高谷深，至为艰险，又粮运将匮，濒于危殆。艾以毡自裹，推转而下。将士皆攀木缘崖，鱼贯而进。"

"一夫禁之，三军无所逞其雄……"历史往往在关键时刻垂顾摩天岭，而摩天岭以其自身优势为推动历史者敞开胸怀。今天，当我们重新体味时会发现，在1672年之间的三次著名战斗中，前者，遗痕模糊，地名、传说俯拾皆是；中者，步邓艾后尘，历史倒是记住了，却鲜见口碑；后者，红军的一颦一笑仿佛还在马鞭崖、白罐子、切刀背、摩天岭上绽放。同一山脉发生的军事行动，目的有别，宗旨各异，却同样给人民以喘息，让社会前进。邓艾之后，仿效者不胜枚举，最终只有知己知彼的傅友德取胜，明出金牛，暗趋陈仓——战阶、文，越摩天岭，下青州走果阳攻江油。

1935年3月至4月初，红四方面军为打破国民党"川陕会剿"计划，发动了嘉陵江战役，克城八座，歼敌一万多，接着抽出部分兵力，迅速占领青川、平武，从摩天岭南坡进山，欲入陇南。一时间，蒋介石急令丁德隆堵截，并电胡宗南以及王耀武、武承仁、杨步飞、陈霁、钟松，从川陕甘各地发兵驰援。十余万人马被红三十军、三十一军各一部拖在摩天岭山中十八天，为北上各路红军突破封锁赢得了时间，创造了四方面军与中央红军会师的有利局面，在中国历史版图上画上了一道熠熠闪光的红色半圆。

真是巧合！我坐在摩天岭关楼下用手机点出时间：2010年4月25日。当年，红军正在此地激战。风飕飕，凉心透背，影视作品里的战斗画面不断切换到眼前：手榴弹爆炸声，机枪哒哒声，响彻山林——说不定脚下某处便是红军负伤或倒下的地方，流过血的地方。不由得心情沉重起来。我合上双眼，沉于忧郁中。头上落下几片，圆圆的，轻轻的，似树叶，比树叶温馨，如缎细腻，如绸柔软，像一只婴儿小手摩挲，顿觉心胸舒展。凭直觉，是花瓣。信手拈来，睁开眼，果然是。原来前面有几株杜鹃，树冠伞状，缀满白色花朵。我不禁想，天如人愿，这花，开清明，谢谷雨，它该是上苍为祭奠烈士们专植的花篮吧；身后那几株红杜鹃开得灿烂，它当是红军战士笑容的定格了。那战壕便是不朽的记忆，是民族精英们不懈怠地为我们打造幸福的阵地了。我的思绪突然又跳跃到梁家坝、财神关，小河两岸的架桥凿孔、东沟河栈道、切刀背石阶。在我眼里，那是些特定符号，影影绰绰写着一个"邓"字，从阴平古城一直写到江油关。每到这里，总是让我忘却宋代开凿的青云岭栈道，专注那些朦胧的"邓"字符号，还有类似神话般的记忆——邓艾以羊头挂灯笼，假以千军万马，慌乱之际，江油关守将马邈，提前为蜀国挂出白幡贴出讣告，自涪城还绵竹的诸葛瞻流尽最后一滴血。姜维首尾难顾。是阿斗怜悯黎民近80年的离乱呢，还是懦弱呢，乖乖地将父辈争夺皇权的根据地献给了只有疲兵两万的邓艾。自然，邓艾不止一次地在心灵的地图上画过痕迹，他从嘉平元年到景元四年，整整与蜀汉在沓中和阴平、白水一带相持了14年，对阴平道范围的地形地貌无疑是派人做过多次勘查的。他给钟会建议过，未被采纳，他邀诸葛绪共行，以"西行非本诏"婉言谢绝。应该说心理准备是充分的。要实现抱负只有决心一搏。绕开城镇，避开驻军，在无人涉足的大山中劈开一条行军道，其艰辛不言而喻。束马悬车，自投死地，没有凌云豪气是万万做不到的。

我影影绰绰看见了旌旗猎猎，流苏飘拂。

他实践了内心划定的坐标，做到了"奇兵冲其腹心"，品尝了梦想实现的欢愉，享受了艺术般的振奋。

我对着天空，看云聚云散，叹光阴诡谲。

虽然，邓艾一心建功立业，当一名开国功臣，封妻荫子，后世留名。可惜，他忽略了司马氏祖孙三代对待曹氏家族的前车之鉴。他殚精竭虑收疆复土，谁能料到，不合格的主子则不领情。胜利的快感随战略家的头颅一起献给了晋室开国的祭坛。令人痛心的是，这统一的日月只凑合了三十多年，华夏大地开始了新一轮战乱，鲜血流淌了漫长的三百年。

我与古人有同感："每览史籍，观古忠臣义士，出一朝之命，以殉国家之难，身虽屠裂，而功名著于鼎钟，名称垂于竹帛，未尝不扪心而叹息也。"

我又看见了红旗下的灰军装、八角帽，一队又一队，英气十足，向我走来。走着，走着，衣服的颜色变了，变成草绿色，变成了迷彩服……在摩天岭脚下，在地震废墟里，抢救生命，抢救财产……勇冠三军的红军师铁锤子团啊，当年，你们浴血奋战时人民以身相护，人民在危难时乌鸟反哺，鱼水之情，折射出一个真理：兵民是胜利之本！

三国远去了，进入了故纸堆。一个"旧"字了得！多少陈，多少腐，多少败，多少亡，多少泪，多少血，多少遗憾，多少恨呐！

新的时刻表开始了，一个"新"字，包容了多少乐，多少福，多少爱！

然而，与巍巍青山同在的红军英烈们，他们殊死战斗时，从未奢望后人有朝一日能与他们的灵魂相伴一时或一刻。我，一个受惠者，每到这里，都会对万里征程中红星聚拢的英烈们，用心灵祭奠一番。他们没有墓地，摩天岭就是一座纪念碑！

我看见，同伴们脸上的倦怠消失了，由严肃而回归欢乐，这反差来自心灵震颤，来自山高水长，来自悦目的杜鹃花和那一缕缕馨香。

杜鹃鸟叫开了，响彻了山野，能否帮我们的战士把对亲人的思念捎到遥远的家乡？与胡须满腮的伙伴们，共话童年趣事，或一起再玩一次过家家。

下山时，雨落山前，泥泞的路阻止了浮躁，保持了宁静的心绪。踏在湿湿漉漉的地上，始知阳光的宝贵，我忽然明白，天解人意，给我们营造了一个既能反思又能反复咀嚼的绝佳氛围。

我与摩天岭一次次亲和，除了崇敬英雄，便是想借助天地正气激活体内细胞，除尘去垢，将生活的烦恼，被暗器扎伤过的身体抚慰，把渺小踩在脚下，心灵得到净化。

或许是一种极远极深的自然情缘，徜徉于摩天岭上，陪伴我的是自然界最让人钟情的雨。以至于躺在阴平山下的旅馆里，梦中依然还在那熟悉的摩天岭上。

> 李世仁，甘肃文县人。已出版散文集《漫步阴平道》《千秋摩天岭》《村夫散文选》《与岁月交往》《千古阴平道》五部。

大槐树作证

| 刘彦林

两当县太阳工作站红军街旁，那棵七百多年树龄的国槐，粗壮、挺拔、葱郁，像一位历经岁月锤打依然硬朗的老人，他既是与太阳有着相同姓名村庄的守护者，又是此地历史风云、时光更迭的见证者。

大槐树记得，八十九年前的四月二日，那个红日初升的清晨，一支急行军而来的队伍进入视域。拂晓，曾听到从县城方向传来的枪声，那是习仲勋、吕剑人、李特生、许天杰等人，在刘林圃传达省委同意兵变决定后，利用部队换防时机，领导全营二百多人举行起义，与机枪连发生激烈交火。随后，起义部队沿着广香河逆行而上，抵达两当县最北端的太阳寺，进行暂时休整。

大槐树记得，在绿色如冠的伞盖下，一群略微疲惫，但精神抖擞的军人，来不及喘口气，就坐在不远处的大磨盘上，紧急召开营党委会议，研究部队改编事宜。刘林圃宣布，起义队伍改编为中国工农红军陕甘游击队第五支队，选举许天杰为作战总指挥、支队长，习仲勋为政委，吕剑人、高瑞月、左文辉分别为各连连长。

大槐树记得，至四月下旬前，这支队伍都在整训，一边进行思想教育，一边开展作战训练，一边学习文化知识；战士们虽然衣衫单薄，但队形方正、步伐整齐，歌声嘹亮、铿锵有力，读书琅琅、悦耳动听，练习刻苦、不知疲惫，刺杀声响彻云霄，口号声震耳欲聋；他们从不打扰老百姓，吃饭自己做，还帮群众挑水、扫扫庭院，夜晚宁肯睡在屋檐下，也不占用民房宿营。

大槐树记得，这是一支革命的队伍，是一支胳膊上系着红丝带的队伍，是一支为劳苦大众谋求幸福生活的队伍。虽然这支队伍人数不多，但他们的脸颊上笑容灿烂，他们的思想里有星火燎原的坚定信念，他们的心灵里有着太阳一样的光明照彻，他们的憧憬里要创造一个没有苦难贫穷，没有欺压剥削，人民安居乐业、衣食无忧，国家富强、经济发达，人民当家作主人的共产主义社会。

大槐树记得，这支队伍后来抵达宝鸡，一路与敌军多次作战，取得了一个又一个胜利。这次兵变，不仅震惊了国民党当局，打乱了国民党的军事部署，有力支援了陕北的斗争，牵制了敌人的有生力量；而且唤醒了陇南人民，鼓舞了革命斗志，播下了红色火种，让这片土地从此浸润了党旗一样的"红色"！

大槐树作证，在那方依然保留原样的磨盘前，我和许多后来人纷纷行注目礼，肃穆庄严地瞻仰，每个人脑海里闪现着战士们奋勇杀敌的场景，耳畔回响着金黄浑厚的冲锋号声，心中唱响节奏雄壮的《没有共产党就没有新中国》……

我也深深铭记着：红军街上，鲜艳红旗迎风飘扬，红遍每个人的心魂！

刘彦林，甘肃徽县人。中国作协会员，现供职于徽县教育局。

成县五龙山，一片英雄鲜血染红的山坡

| 杨丽君

五龙山是成县城西六公里处一座小山头，其主峰是一个比较突兀的山包，其后有五道山梁，故而叫作五龙山。

在当地人的心中，这个小山头不仅是一处风景秀丽的自然景观，更是一块庄严神圣的红色圣地。当年红二方面军长征经过成县时，曾在山上进行过一场惊心动魄的阻击战。

近日，笔者徒步来到五龙山，察看战斗遗址，聆听革命故事。

一场惊心动魄的阻击战

"1936年9月17日，红二方面军攻占成县县城后，9月27日，国民党王均部偷渡犀牛江，沿红军来路向成县方向进犯，企图将红二方面军一举歼灭。因此，红二方面军第四师、第六师各一部迅速开往五龙山一带设防阻击敌人，以保证主力顺利北上……"

在蒙蒙细雨中，我们跟随着成县红二方面军长征纪念馆讲解员杜会芹的脚步一路上山，听她讲述当年发生在五龙山上的那场惊心动魄的战斗。

1936年，红二方面军在成、徽、两、康的胜利，使国民党反动势力十分震惊。9月下旬，敌胡宗南、毛炳文、王均各部，慌忙纠集兵力，分路向成徽地区逼近。

9月25日，国民党第三军王均部三十五混成旅及补充团由武都县向东追击红军，27日进至康县太石山渡犀牛江时，被驻守在大川坝、王窑一带的红三十二军迎头痛击。敌人凭借飞机、大炮的优势，向红军阵地疯狂轰炸，强渡犀牛江，红军被迫向东撤离，在小川红嘴山、孟家崖一带又与敌发生激战。

红军边打边撤，至成县抛沙的五龙山，与奉命增援的四师十二团组织起阻击防线。在康县一带活动的六师十八团也在陈本新团长和周声宏政委带领下，经陕西略阳县白水江镇紧急赶至成县抛沙五龙山阻击敌军。

五龙山地形复杂，便于隐蔽，红军决定在这里阻击敌军。当时红军的兵力部署是：总指挥部设在何家嘴山，五龙山设有观察哨；四师指挥部设在庙山，部队埋伏在夏家沟；三十二军指挥部设在王家沟村，部队埋伏在王家沟；六师十八团埋伏在罗家湾，指挥部设在罗家湾村。

9月28日，敌军进至抛沙河后，发现了红军的意图，急忙抢占牛斜山，与红军隔河对峙。午后，战斗全面打响，敌军用五门钢炮和两架飞机向红军阵地猛轰，并在硝烟和雨雾的掩护下，偷偷渡过抛沙河，向六师十八团阵地新堡山猛攻。

红军指战员坚守阵地，沉着应战，打退了敌人一次又一次的进攻，战斗异常激烈。在此关键时刻，四师十二团政委杨秀山率领一营兵力迂回到敌人侧后，与三十二军紧密配合，前后夹击，敌人狼狈逃回牛斜山。

经过一天多的激战，红军胜利完成了钳制敌军、掩护主力集结的任务，但我军伤亡也重，战斗中，十八团政委周声宏牺牲，十二团政委杨秀山身负重伤。29日凌晨，部队奉命撤出战斗，经红川到徽县与大部队会合，成县县城又被敌人占领。

如今，在五龙山顶的庙宇后方，有一棵白皮松，虽经千年风雨，依然高大挺拔。举目向上，只见树冠处有好多断枝，断裂处还留着焦黑的弹痕，这些痕迹似乎还在诉说着当年战争的激烈。

红军精神永远留存

在五龙山顶的庙宇里面，矗立着一座纪念碑，上面"五龙山伏击战革命烈士永垂不朽"的字样十分醒目。

杜会芹告诉记者，这座碑是1991年，为纪念长眠山中的红军英烈，当地百姓自发筹款集资修建的。虽经岁月变迁，但红军精神已永远留存于当地人民心中。

成县百姓和红军的鱼水关系是在血与火中凝结而成的。五龙山战役中，当地的老百姓密切配合红军，山下强坝村是红军的后勤基地，村民强克然、强克杰、强贵然等负责为红军送饭送水，并将伤病员抬下山，为他们治病疗伤。

红军撤离成县以后，国民党保安队到村里搜捕伤病员，乡亲们将他们藏在玉米秆围成的草垛中，每天派人送食物药品，照顾他们。

而在红军到达陇南地区之前，国民党反动派与土豪劣绅就在群众中大肆散布红军的谣言，使群众对红军非常害怕。所以，红军每到一地，村里群众大都躲进了山里。

为了取得群众的信任和支持，红军广泛开展宣传党的政策、发动群众的工作。按照党中央和方面军总指挥部的指示，红军每到一地，指战员们便热情地帮助群众扫地、挑水、打碾、垫圈、收割庄稼、放牧羊群，对群众的利益秋毫无犯，宁肯挨饿受冻，也不随便进屋，乱拿东西。

红军还十分注重处理好民族关系，在回民聚居的地方，特别书写了"保护清真寺，不住清真寺""打倒压迫回民的贪官""红军联合回民反蒋抗日"等标语，并在清真寺门口设立岗哨，以防有人误入。

通过开展广泛深入的宣传工作，红军用自己的实际行动，戳穿了国民党反动派的谣言，赢得了广大群众的理解和支持。逃走的人都很快返回村庄，帮助红军筹集粮食、经费。

红军除了严明纪律，用实际行动感染、教育群众外，还利用刷写标语、开会座谈、演戏教歌等办法，向群众宣传红军北上抗日的目的和革命道理，教育人们组织起来，同国民党反动派、地主豪绅作斗争。

在红军的感召下，3000多名陇南子弟参加了红军，仅成县就有800余人加入红军新兵团。

1936年中秋节前，刘伯承在成县城郊支旗村张式咏家的北屋里，与汪荣华举行了婚礼。

刘伯承在成县结婚

"首长喜结连理枝哎，明年就要结子哩。新娘好比圆圆的月亮哎，伴着太阳走哩……"采访中，我们还听到了刘伯承结婚的故事。

刘伯承总参谋长随红三十二军一同行军，到成县后，住在城郊支旗村张式咏家的北屋里。1936年中秋节前，刘伯承和红军战士汪荣华在此举行了婚礼。

1935年8月，汪荣华从川陕省委工作队调到总参谋部四局工作，长征途中，经过艰苦的战争生活和严酷政治斗争的考验，他俩结成了亲密的伴侣。

当时的婚礼极为简朴，没有布置洞房，没有新添衣物，更没有摆设酒宴。结婚还不到一周，党中央就来电要刘伯承总参谋长去保安接受新的战斗任务，于是他俩又随军踏上了新的征途。

| 杨丽君，女，陇南日报社经济部主任

诗意慢城，红色两当

| 雷爱红

两当，一座静谧别致、宜居宜游的山水慢城，以其清新宁静、绿色生态被誉为中国西部的天然氧吧。在两当，可以领略极尽纯粹的生态盛宴、不事雕琢的天籁之音，可以感悟红色精神的召唤，涤荡力透灵魂的赤诚。

"山城五月最悠然，柳涨浓云幕绿天。佳日春秋一时并，早听莺语暮听蝉。"清代两当知县秦武域的一首《山城》写尽了两当的诗意与浪漫。行走在两当美丽的季节，人一下子就仿佛掉进了唐诗宋词的意境中。七里香用她铺天盖地的香气诠释着小城年复一年春的气息；樱花烂漫怒放，点燃小城四月天；姹紫嫣红的各种花期接踵而来，开遍小城每一个热情的角落，布满世外仙境般的乡野田园。

孕育在西秦岭南麓腹地，地处甘肃省东南部、陕甘川交界地带，两当有着一碧千里的生态气场，森林覆盖率73%，植被覆盖率84%，亚洲最大的白皮松天然林保护区，与86万亩森林相依相伴。云屏国家4A级景区、张家黑河森林公园、灵官峡张果老登真洞景区，用呼吸和向往解读着生态旅游的内涵。宜居宜游的生态园林县城，红绿相映的美丽乡村，呈现一派如诗如歌的牧野田园风光和玲珑剔透的秀美江南神韵。两当先后荣获全国文明县城、全国绿化模范县、全国生态园林县城、中国绿色名县等15项殊荣、连续多年蝉联中国百佳深呼吸小城榜。

"北顾陇秦云岫叠，南通巴蜀水源流"。两当属长江上游嘉陵江水系，境内一江七河，恰如玉带环绕。地处暖温带大陆性季风性气候的两当盆地，以四季分明、气候宜人的生态环境，造就了狼牙蜜、食用菌、中药材、蔬果野菜等名优特产，温暖着乡愁的记忆。两当拥有总人口五万人，汉、回、蒙、藏等17个民族。土地总面积1408平方公里，中部窄而低、南北长而高，地势形如马鞍。平均海拔1400米左右，群山错峙，万壑分流，林木茂密，峰奇水秀，峡谷草甸，富氧怡人，宛如一幅巨型山水群雕。

"两当"县因"两当水"而得名，以战国末期秦统一六国之前约60年间年设立的"故道"为开端，在历史漫长的河流中前行了近两千三百年。历史上的两当，是一条重要的官道、繁华的商贸驿路，三省通衢，历经了古战场的厮杀和陇蜀文化的繁华。

在两当太阳发现的《王氏族谱》用久远而发黄的声音，延续着人文历史的兴衰；唐彩绘广金千佛洞，穿越历史的云烟，与云屏三国古栈道连贯成一幅悠远的图画；云屏西姑庵，残存着明代九塔三院的遗迹；川楚移民文化保留着鲜活的"棚民"气息；国家级非遗项目两当号子在长寿之乡响彻云霄。

"江上怀人工部赋，雪中感旧放翁诗"。杜甫在"寒城朝烟淡，山谷落叶赤"的两当思念着离乡的挚友，作《两当县吴十侍御江上宅》。陆游壮志难酬，晚年在回忆两当过往时，写下了"江月亭前桦烛香，龙门阁上驮声长。乱山古驿经三折，小市孤城宿两当。"长生不老的张果回到鹭鸶山，他修行悟道的登真洞，"野草漫随青岭秀，闲花长对白云新"。唐代诤臣吴郁、明代大理寺臣罗世锦、近代抗日爱国志士苏河等辈出的英哲，在故土伟岸而立。

葱茏而厚重的两当大地，讲述着红色的记忆。两当是打响甘肃工农武装斗争第一枪"两当兵变"的发生地，是红二十五军长征入甘第一站，也是陇南第一支红军队伍的诞生地。两当，留下了习仲勋、徐海东等老一辈无产阶级革命家的战斗足迹和两当兵变旧址、杨店古建一条街红军驻地、西山红军战斗遗址、太阳寺红军一条街等革命遗迹。这些鲜活的记忆，成为激励后人不断前行的时代鼓点。2013年，两当红色革命文化园区的建成，为两当大地增添了锦绣新篇。

两当兵变纪念馆，安坐在历史的血液里，带领我们见证当年兵变的火光熊熊燃烧。太阳红军路，洒满金色的光明，引领我们披荆斩棘，播撒种子，不断用信念种植骨头、行动和灵魂。

两当是革命老区，也曾是贫困县。一代又一代两当人紧跟党走，不等不靠，顽强拼搏，艰苦奋斗，使两当从贫困到富裕，从温饱到小康，不断跨越发展。二〇一八年九月，两当县退出贫困县序列，成为陇南市首个脱贫摘帽的县区。近年来，两当县按照"发展生态产业、推进全域旅游、扮靓美丽两当、建设红色福地"总体思路，深入推进脱贫攻坚、产业发展、乡村旅游、基层治理、基础设施建设等工作，宝贵的红色资源、良好的自然生态、富集的特色产业，为两当发展带来了新的历史性机遇，两当被《甘肃蓝皮书》评选为全省"最具生活环境竞争力县"。两当正在以更大的决心、更明确的目标、更有力的举措，持续巩固拓展脱贫攻坚成果，有力有序推进乡村振兴各项工作，谱写新时代高质量发展新篇章。

两当，这座红绿相映的诗意慢城，吸引了更多的人前来旅行。融入两当，便融入了山的雄壮、水的灵秀、林木的葳蕤；拥抱两当，便拥抱了红色的誓言、坚定的理想和无悔的信念。葱茏秀色，绿野深情，红色大地，灵魂赤诚。晨风中，清新的中国梦，飘扬的红领巾，崭新的校服，疾行的背影，奔驰的车轮……一一踏歌而发。

诗意慢城，红色两当，正与时间赛跑，与时代同行。

> 雷爱红，女，甘肃两当人。甘肃省作家协会会员，两当县作家协会主席，供职于两当县文化馆。作品刊于《星星》《飞天》《甘肃日报》《北方作家》等，著有诗集《慢城流光》。

红色两当

张 杰

两当,一朵红色之花

花,也是华。华,也是中华。都是红色的。

一百年来我用飞翔的坚持,苦苦寻求活着的美丽,一直踩着青春的背走向远方,直到孤单的身体变得疲倦。曾经,爷字辈被苦难命名童年的时候,渴望阳光的出现。党啊,亲爱的祖国!在你的胸脯上听花开花落,望云卷云舒。

在那破旧的茅草屋檐下,一束麻油灯光透过石板墙缝才是唯一的光亮。我还记得红军街李二爷门前树杈上一串串黄澄澄的玉米棒,是全村人唯一活着的希望。那时候我被冰凉的柔软封住了嘴唇。

当我重走红军路时,一波又一波的春风吹来了,没有说再见,再也见不到当初苦难的容颜,暖风捏碎了雀巢的鸟蛋,更加激起了我乡愁的波荡,把俯瞰的疼痛投注到老屋的脊梁,远方的故乡走出远方,青砖黛瓦飞檐翘角白粉墙,广香河不再有无语的忧伤,泪水从眼角放出了幸福的光芒。

两当是红色的。自从"两当兵变"发生,自从甘肃第一支红军队伍诞生,这块土地一直都是红色的。

这是人民当家作主的土地,这是甘肃工农武装斗争的土地。土地上流淌着烈士的鲜血。正是由于红色的两当,才从这块土地上,走出了共和国的英雄和将军，把红色政权从农村扩展到城市。

如今，在两当大街小巷树起红色大旗，那是当年武装斗争的旗帜。

两当街道旁的标志牌是红色的，浮雕墙的底色是红色的。来到两当的人，都浸润在红色里。一颗激动的心被流淌的热血染得更红了。

太阳寺

沧海茫茫的云朵，被太阳寺的太阳蒸融，春风吹起后，没有了忧恨。疲倦的身躯逐渐照亮，整个世界成了温暖的红色。

一声枪响闪过我耳朵的画面，是被兵变部队反复抒写的白昼，也是跨越新时代的瞬间。

曾经一个羸弱的孩子，被人欺负还要擦干眼泪，像一个穿越荆棘的拓荒者，疼痛难忍继续前行。努力的汗水洒在农村与城市边缘，伤痛的鲜血染出一条未来的路，与你同行。

挺胸仰头，远远地眺望，周围的村落、田野被青青的高山托上天空。一片宁静随着阳光散发出泥土的芳香。

一朵白云在我眼里飘散，我的世界保留着一份宁静与单纯，我终于站在春天的窗口看天，阳光仍旧灿烂。

如果再高，云雾遮掩不了风平浪静幸福的日子，漠漠青山外，愁绪消失在九天日月之外，神仙也慕羡茫茫的绿水青山。

杨店镇风韵

杨店镇古建一条街，经历了四百多年的风风雨雨，天和地都是新的，石马村的花椒是红的。

亭台楼榭，商馆会所屋脊上镂刻的花纹见证了红军的身影，约好了百年好合的长久，多少世事被时间抛弃，照样我们还得幸福万年。

深夜，天空仍有细雨，陈家沟的广场上，人群簇拥，锣鼓升平。当初的你是我最后的牵挂，离别不如高歌，回头一瞥所不能见的一切

我们的世界很小，还没来得及拥抱清晨，已与青山绿水握上了双手。孤独淹没在梦想填充的红色记忆中。

伸手摸了一把前额，多了一丝皱纹，回眸，走了自己该走的路，幸福的缘分还没有消磨殆尽，风雨过后，世界还我以彩虹。

生着，活着，唱着，跳着。篝火晚会比我想象得更激烈。一个更大更新的世界，一个更为欢乐的世界，寻找并摘取喜悦。

在星星与篝火之间，没有了隐匿。靠左，徽县；靠右，凤县。中间我选择了温暖，恰恰忽略了冷及其他。

隐匿是一面镜子，照出了人心及陈家沟的夜色。

所有人都在狂奔，躺在时间的阴影里，回忆失眠的珍奇，仰望满天星云，俯瞰大漠孤村，穿过村庄、古镇古街、历史文化名城……，名山大川、草原沟壑、民情风情遗址……，你走你的，我走我的，要按顺时针方向继续往前走。

大槐树下歌声嘹亮

一颗普通的大槐树，长在太阳寺，它见证了一支队伍的成长与出发，于是，就变得非常不普通了。

两百年修炼成的一棵神树，护佑着红二十五军在血雨腥风中不断成长。

就在兵变时，这棵树默默洒下一片阴凉，微风中摇曳翠绿是对征程渐远的守望。

它盼着走出去的勇士得胜归来，它盼着红色的旗帜插遍四方。

一百多载的守候啊，这棵银杏树依然保持着当初的模样。它要让曾在这里战斗过的人还能认出自己，它要站在后来者面前重现出当年的景象。

它一直等待着，终于等到了我们后来者，从四面八方赶来，唱着红歌"没有共产党，就没有新中国……"肃立，敬慕，仰望。

此时的树格外神圣。我们就是红色基因传承者。

我站在红二十五军长征出发的地方，望着这棵古老而茂盛的槐树，聆听生动的故事，仿佛浓密的叶片间还飘荡着嘹亮的号声。

一棵乡村树，在变化的世界，持着永恒的红心，久远且坚定的存在。

重走红军路

一只候鸟，在这个夏天，离开。春暖花开归来，用冷漠的幻想感知异乡的茫茫，离我远去的村庄、流动的人群，被高楼大厦遮住了背影。

出发，没有终点，不知何处是归宿，尘埃蒙蔽了足迹，坚毅而忧郁的目光紧盯着红军的身影，闭上双眼，不必回头。你不送我，我会惦记着你及这个平凡的世界。

我一定要走，如果阻拦，只能用自己的歌声与目光挽留，"一送里格红军介支个下了山，秋雨里格绵绵介支个秋风寒，树树里格梧桐叶落尽，愁绪里格万千压在心间，问一声亲人红军啊"。

时光匆匆，喜欢就不放弃追求，也不愿自己生命在犹犹豫豫之间消磨殆尽，如果可以，我用继续行走来结束这段自由，扶疏花影的人生与渐行渐远的时年，一遍遍地重放，哪怕一百年过去，也不让清澈的眼睛倒映出离别的恐惧。

既然许我一缕温柔，我一定要走，追寻红军的身影走向远方。

乔家河的玫瑰

太阳尽量低照,含苞欲放的花蕾,至于盛开的鲜花还有被人采摘后剩下的残叶,我都不敢看一眼,怕被我沧桑的目光瞅蔫了。

我也理解不了一朵玫瑰开花时的疼痛,也感受不到凋零于风中落花的挣扎。有些凌弱的玫瑰花无畏地呈现于游人。

此时,我见证了一朵花映红世界的过程。

在乔家河的田野里,鲜红是我们朝圣的色彩,引领我们跟随太阳的影子,找到温暖。

我采撷了一枝含情带笑的玫瑰花,打算冰冻时送你!

> 张杰,80年代生,甘肃西和人。中国诗歌学会会员,中国散文学会会员,甘肃省作家协会会员,甘肃省民间文艺家协会会员。现供职于甘肃省西和县职业中等专业学校。

红色热土对对山

袁举忠

金秋时节，我再一次拜访了对对山。

对对山地处陇南市康县迷坝乡西南方向，海拔1700多米，山体由原告山和对咀山组成，两山高峻对峙，傲立苍穹。周边地形独特，风景秀丽，层峦叠嶂，飞瀑流泉。古铁树遮蔽天日，白皮松满山遍野，既具华山之险，又兼峨眉之秀。山下绿树掩映的美丽村庄，新屋小楼，星罗棋布，农家小院，窗明几净，真是一派丰衣足食、安居乐业的景象。

据传，古代因此处为九龙戏珠之风水宝地，两地和尚为修建佛殿而争地盘，状告知府，在此断案，留下了对咀山和原告山的美丽传奇；在李争楠整理编著的《木笼歌》里，描述了一桩逼婚事件，闹出人命，嫁祸花儿姐，坚贞不屈的花儿姐和官府权贵们进行了一场可歌可泣的斗争，故事的发生地不选别的山，恰选了对对山；修建于清咸丰年间，具有古建筑文化特色的咸丰塔坐落在这里；著名的北茶马古道驿站———八骡湾、纸房沟也落户在这里。然而更令人震撼、令人缅怀向往的是在新中国成立前这里曾发生过一场惊心动魄的红色革命战争。

1949年，由中共地下党黄世武率领的"陕甘川边区游击总部"百余名游击队员，为消灭盘踞在陇南的国民党反动势力，阻止国民党部队南逃，建立了对对山革命根据地。并于1949年8月19日，对国民党新六军及妄图消灭游击队的国民党自卫队进行了英勇抗击和浴血战斗，最后大获全胜，俘敌多名，缴获大量枪支弹药。恼羞成怒的国民党新六军军长高曾级于1949年8月29日拂晓，调集3个整团约3000兵力，向对对山革命根据地发起猛烈进攻，游击队被迫迎击。敌人不断向对对山进行炮击，游击队员利用居高临下的有利地形，进行顽强阻击，一次次压住敌人火力。在长达八小时的战斗中，先后打退敌人的十多次进攻，守住了阵地，歼敌数百人，游击队也伤亡惨重，许多游击队员献出了宝贵的生命，鲜血染红了对对山。战斗打到下午1时许，敌人的一个营从王家山爬上偷袭占领了原告山主峰，他们疯狂炮轰。霎时，指挥部所在的寺庙被点燃了，寺庙周围的树木也起了火。在火海中，游击队仍坚守阵地，顽强战斗。优秀的游击队指战员巩良凤等相继阵亡，机枪队副队长龙云田因机枪射击时间过长发热爆炸身负重伤；南峰指挥战斗的陈伯贞又被内部叛徒暗中打死，火力一时减弱，敌人占领了阵地。游击队终因寡不敌众，边打边撤，实行突围。王相贤、盛伯涛、刘德元等率领部分突围的游击队撤至略阳史家坪一带继续坚持战斗，黄世武、张瑞鲁等带领剩余人员从寺庙后顺着山崖滑下，冲出敌人包围后，又转入了地下斗争。

光阴荏苒，岁月流逝。但游击队员在对对山激战中，表现出的英勇顽强、不怕牺牲的革命精神永远留在人民心中，他们用生命和鲜血谱写的革命业绩将会永远载入陇南革命的史册中，他们在血雨腥风中所经历的一个个悲壮故事，将会永远在这片洒满烈士鲜血的热土上传唱。

为纪念此次战役，开展好爱国主义思想教育，康县县委、县政府于2013年10月，在对对山山腰选了一处摩崖，镌刻了《陕甘川游击总部对对山战斗碑记》，真实地记载了这次战斗情况。碑曰："对对山居西秦岭之南，西汉水之阴。巍峨高峻、崔嵬峥嵘；白松铁树锁翠，古塔殿宇藏幽；秀峰峙耸苍穹，彩云飞渡飘欲仙。一九四九年六月，兰州大学学生中共党员黄世武受命赴康发展农民武装，配合陇南解放，策反国民党九军的西和起义，组建陕甘川游击总部。八月二十九日，敌三千余兵力，分三路围攻对对山，黄世武沉着指挥，八小时击退强敌十余次进攻，战斗异常激烈，游击队宁死不屈，伤亡惨重，终寡不敌众，阵地失守，余部即转入地下。谨此缅怀先烈，启示来者。"牌文字字句句都显示着对对山自然景观、历史人文和红色文化的厚重及今天生活的来之不易。

站在陕甘川游击总部对山战斗碑前，眺望分列对峙的对对山，还有那山上沧桑刚劲的古铁树和白皮松，以及眼前花开如血的杜鹃，不由得想象到那场足可惊天地、泣鬼神的恶战，是多么残酷，令多少后来者心灵震颤，怆然涕下。在每个人的心中都认为对对山是浸满革命烈士鲜血的英雄山。青山作证，功绩不朽。这片热土永远记录着陕甘川游击总部对对山战斗的壮烈，也承载着陇南儿女对勇士们的深情。

乘车将返，回首再望，但见古刹静穆，梵音缥缈，白塔高耸，古树滴翠，游人如潮，悠扬的木笼歌调和传统的佛事活动诠释着对对山昨日之荣光，今日之昌盛，明日之希望。红色精神，绿色发展，宗教圣地，民俗文化，旅游引领，正在书写着新时代里的新传奇、新篇章！

对对山永远是一座蕴含多元历史文化的神圣之山，是浸满革命烈士鲜血的英雄山，是陇南大地上人们难以忘却的红色热土。

| 袁举忠，甘肃康县人，康县粮食局退休干部。

黎明时分，枪声在郇家庄村头响起

| 郇志奎

1949年8月24日黎明时分，协和乡①郇家庄的天空飘着细雨，水汽笼罩着四野，一片阴沉昏暗。一支700多人的军队从东面张家大山上悄悄包剿了过来，带队的是国民党第1军第1团团长罗志德、警卫营长马广发和国民党徽县县长胡晋一。不到一袋烟的工夫，一张弥天大网将这个小山村包裹得严严实实。村子四周的路口和山头架起了机枪，布满了身穿土黄色军服的国民党士兵。罗团长站在东山崖上，拔出腰间的手枪威风凛凛地朝天开一枪，发出简短的命令：收网！士兵们一齐向村子里开火。顿时，机枪声、手榴弹的爆炸声、敌兵的呐喊声响成一片。早起下地干活儿的村民不知道发生了什么事情，惊慌失措赶回家中，眼睛贴着门缝儿偷看外面的动静。敌军打枪的意图十分明显：敲山震虎！老百姓躲在家中，村里乱窜的就是嫌疑人了。几十年后，村里的老人们说起这个故事，还惊叹：天呐！那枪声就像爆豆子，比过年放鞭炮还猛烈。村头响枪的时候，中共徽县地下党负责人葛维西带领的游击队还在村子里，正在组织突围。

8月23日傍晚，这支20多人的队伍从栗亭乡②南山转移到敌军防控相对薄弱的徽成县交界的郇家庄。按照计划，第二天他们要向北行进，翻越马鞍山去榆树乡的深山老林和荔督堂游击队汇合。一连几天都在下雨，道路泥泞不堪。游击队进村时天已黄昏，他们先在村南白塔寺戏楼下歇息躲雨，衣服被雨淋湿了，脚上的鞋子成了黄泥疙瘩，队员们又累又饿，显得格外疲惫。葛维西派联络员张思哲和村上的地下党支部书记郇耀林取得了联系，摸清了基本情况。等村民们都熄灯睡觉后，游击队摸进村里，敲开了村西一户人家的大门。队员们像是回到了自己家里，立即找吃的，生火取暖，把湿漉漉的衣服烤干。头一天刚交处暑节气，阴雨天的夜晚有点微凉。游击队之前来过几次，男主人认识葛维西、贾德有、郭茂盛、申茂林、张思哲、郭真等人，知道他们都是共产党的人。他安排女眷进厨房给游击队烧水做饭，然后就躲进牛圈里不再露面。吃饱喝足了的游击队员在这家新盖的北房脚地里铺上麦草躺下睡觉。雨一直在下，忽大忽小，房檐水滴滴答答，搅扰得葛维西心中颇不安宁。

葛维西是徽县伏家镇人，1934年考入陕西省凤翔师范。学习期间，接受进步思想加入了中国共产党。1939年毕业后在伏镇小学任教，先后以徽县师范附小校长、北街小学校长、栗亭小学校长等合法身份作掩护从事革命工作，开展对敌斗争。他曾担任中共徽县委副书记、书记、栗亭区工委书记等重要职务。党组织遵照中央"精干隐蔽，长期埋伏，积蓄力量，等待时机"[③]的指示精神，广交朋友，爬上去，打入敌人阵营，保护自己，打击敌人。到解放前夕，徽县党政军工商学等部门的负责人基本都是共产党员。地下党的频繁活动，使国民党反动派万分惶恐。1949年7月中旬，扶眉战役取得了胜利，被击溃了的国民党残兵第1军、90军、65军、119军退却到徽成县一带设防，阻截解放军南下。对共产党比较友好的开明县长刘中仁已经调往省城工作，新来的县长胡晋一是不识时务死心塌地效忠国民党的走狗，他以剿灭党组织、搜捕共产党员、迫害革命群众为己任。在敌大军压境的险恶形势下，反动势力更加猖狂起来。7月18日，敌人在徽县成立了以65军军长李振为主任委员、第1军军长陈鞠旅为副主任委员、团长罗志德为军事股长、县长胡晋一为政治股长的"党政军联防委员会"，对中共地下党组织开始了疯狂的镇压和围剿。国民党徽县县长兼自卫大队长胡晋一悬赏缉拿地下党领导人吴治国、山炯堂、葛维西、张力冲、阎汝昌等16人。④一时间，白色恐怖笼罩着徽县大地。7月23日，高健君、吴治国、葛维西、吴建威等党的主要负责人在伏家镇菜籽沟召开了紧急会议。为了保存党的实力，避免不必要的损失，会议决定将地下党领导的各路武装力量集结转移到南、北二山，开展较大规模的游击活动，伺机消灭敌人，迎接解放。葛维西就是在这种情况下带着贾德有游击队来到郇家庄的。

心里不安宁，睡不着觉的还有大户人家的老掌柜的——躲避在牛圈里的我的爷爷和奶奶。时局动荡，兵荒马乱，保甲制度严密，上头查得紧，家里藏匿共产党游击队，要是被人知道了，便是杀头之罪。战战兢兢的两个老人听着风声雨声一夜没有合眼。爷爷有四个儿子：我的伯父郇文耀在康县县政府当公务员，二叔郇文祥在胡宗南部队当兵，五六年了，杳无音信。我的父亲排行老三，名字叫郇正鹏，生于1926年，为了逃避当兵，16岁时过继给族人当儿子。按照民国兵役政策，四丁必须出征三人。而那时候的当兵，就意味着给国民党政权充当炮灰。我的父亲虽已过房，但并没逃脱兵役，在别人揭发检举之下，于1948年7月被抓壮丁，一年后，部队在陕西扶风被解放军击溃。投诚后，他选择了回乡，翻山越岭躲躲藏藏一个月才回到家里。第三天，就遇上了军队包围村子的事情。我的四叔郇文斌，生于1935年，当年虚岁15，他的任务是放牛。那天早晨他亲眼看见国民党军队围村，迅速把危险信号传递给葛维西，才避免了地下党的重大损失。郇家庄不大，发源于马鞍山的白塔河由北向南穿村而过，村子东西两面都是土山岗，狭长地带里集中居住着一百多户人家，被七百多敌军包围，可谓水泄不通，飞出去一只麻雀都比较困难。好在有四叔及时报信，好在有地方党组织的配合，好在还有成熟后尚未收割的玉米林，仔细考量，四叔传递敌情起了决定性的作用，否则，后果不堪设想。机缘巧遇，吉人自有天相，葛维西游击队顺利突围。

若干年后的今天，我父亲和四叔都已是耄耋老人，但他们还清楚地记得，那天是民国三十八年闰七月初一。当时天还没有大亮，四叔赶着家里的两头牛去山上放牧，出村时遇上军队。他们大声呵斥四叔：回去！不许出村！四叔转头就跑，回家后上气不接下气地说：麻利些起来！队伍来了，穿着黄衣裳，端着枪，路上、山上到处都是。葛维西得到消息后，立即与队长贾德有、教导员郭真交换意见，果断做出决定：5支长枪和5个子弹袋埋藏在爷爷家磨坊的柴火堆里，队员们只带短枪和手榴弹，两、三人一组分散钻进玉米林里撤离。四叔说葛维西的命令很简洁：撤！两个、三个！

在北面庄头，游击队员郭茂盛刚钻出玉米林便和敌军遭遇，短兵相接，弹如飞蝗。郭茂盛击伤敌机枪手，自己的后背肩胛骨处却也中弹，血流如注倒地。他挣扎着把手枪藏在草丛中，暗示不远处躲藏的战友不要暴露。郭茂盛倒下的地方在地下党支部书记郇耀林家附近。郇耀林和郇升林给郭茂盛头上盖个草帽，身上苫了柴草，遮挡雨水，等待时机救援。

与游击队对射的敌军中有个人叫杨柱成，伏镇人，初小文化，保安团副官，中尉军衔。⑤他伸手揭开郭茂盛身上的柴草，给同伙说：把这人送回老家得了。然后抄起一把镢头向郭茂盛头上砸去，郭茂盛脑浆迸裂气绝身亡。敌军撤走后，地下党员郇升林用自己父亲的棺材成殓了郭茂盛的遗体，把他埋在郇家庄村北的草湾坪上。解放后，郭茂盛的灵柩被家人迁回宝鸡老家。

游击队紧急疏散时，队员申茂林没有跟着钻玉米林，而是去了亲戚家。申茂林的弟弟申茂军是我父亲养父的女婿。敌军挨家挨户对着户口搜查时，申茂林正坐在亲戚家炕头上喝茶抽烟。协和乡乡长冯一斋、第六保保长郇升林、甲长郇自清、郇士杰都是地下党员，他们证明申茂林来亲戚家帮工已经十多天了，是熟人。敌军没再怀疑。搜查到我爷爷家时，这几人又都证明：这家有房子有土地，儿子都在效力国家，是安分守己的良民。幸好没再到处仔细搜查，磨坊里藏着长枪和子弹，游击队匆忙撤离时，还在睡觉的草铺里遗失了一颗手榴弹。

是夜，天空像是让谁用竹竿捣个窟窿似的，暴雨如注。地下党书记郇耀林安排我父亲郁正鹏、郁升林、郁自清三人将藏在爷爷家磨坊柴火堆的枪支弹药转交到游击队手里。我父亲背着两支枪，手里端着一支上膛的枪走在前边，随时准备和遭遇之敌开战。郁升林和郁自清各背着一支枪和子弹袋紧随其后。他们来到刘沟联络点刘中家，没叫开门，又折返到上安子坝，找到地下党员李润，把枪弹放下。李润设法把枪弹转交到了游击队手里。他们三人淋了一夜雨，回家时天快亮了。十月间，我父亲还给隐藏在龙王洞烂柴湾的地下党帮忙买枪送枪。他说地下党花10个响圆委托他买了一杆枪，当场试验准头很好，只是枪托子有点残，开枪时后坐力伤肩膀。

几天后，党组织通过内部关系把杨柱成从县保安队调到协和乡当队副，理由是协和乡匪患严重，需要得力干将来镇压。一个月黑风高的夜晚，贾德有带领游击队杀个回马枪，袭击协和乡，处决了杨柱成，为牺牲的战友报了仇。

关于我四叔给葛维西游击队通风报信、父亲配合党组织送枪买枪这些细节都鲜为人知，中共徽县党史对郁家庄突围也只有粗略记载。再后来，国家给当年的地下党员发生活补助，我父亲说论贡献，他也是党员。我说入党要写申请书，党组织同意后还要宣誓，你这个不算数。父亲说那时候简单，与负责人秘密谈个话就行。

申茂林在郁家庄脱险后回到老家成县申家河，与叔父申华的队伍汇合打游击，后来和茹素、赵文选、张怀德、范志西、李明德等7名游击队员转移到栗亭乡龙王洞村烂柴湾山洞，继续开展武装斗争。国民党九十军政工处别动队长贠益，伪装成苦工，窜往龙王洞一带窥探后，于1949年11月20日带一营敌兵到烂柴湾进行围剿。因敌行踪诡秘，游击队未能察觉，被围困洞中。激战中，游击队击毙敌连长一人，打伤敌兵六名。由于洞口巨石遮挡，敌人的子弹打不到洞内的人，敌人扔进来的手榴弹被游击队员接住又扔出去在洞外爆炸。久攻不下，队长贠益下令敌兵去龙洞村找来烤烟叶和辣椒串和着柴草在洞口点燃，滚滚浓烟弥漫洞中，呛得队员睁不开眼无法呼吸。申华趁敌人机枪手换弹夹的机会冲出洞外逃脱，申茂林紧随其后，刚跃出洞口，脚下的麻鞋耳子挂在竹茬上摔倒，被敌人乱枪打死。后因敌众我寡，弹尽援绝，退却无路，茹素、赵文选被毒烟熏死，张怀德、范志西、李明德三人受重伤。敌兵还抓去周生让、徐明富、杨义云等党员和群众五十二人，押送途中，周生让脱绳逃跑，其余人员遭敌刑讯拷问后大部释放，部分人员编入敌军，徐明富、杨义云被分别杀害于成县和康县，造成了闻名徽、成、两、康的"龙王洞事件"。⑥

葛维西游击队终于跳出了敌军的包围圈，消失在马鞍山的莽莽丛林中。这支队伍撤进北山后，与窦英杰、荔督堂、罗青山等人领导的武装会和，在榆树乡密林中与敌周旋四十多天。后来编为两个中队，由吴建威指挥，昼伏夜行，于1949年9月29日在白腊峡击溃敌军一个连，通过了最后一道封锁线，到天水县李子园与解放军汇合。

葛维西游击队在郁家庄突围前后，地下党支部书记郁耀林带领党员做了很多工作，功不可没。

郁耀林，徽县协和乡（今栗川镇）郁家庄人，高小文化程度，1949年春天加入中国共产党，任支部书记，负责发展党员和情报传递工作。据我父亲回忆，郁耀林怀里揣着一个小本子，上面记载了很多人的姓名，应该就是协和乡片区的党员登记表。有一封郁耀林写给成县联络点的指示信，至今珍藏在甘肃省党史博物馆里，全文如下：

滋汭老弟台鉴，来信知悉。

商贾势危，小康，咱们形势很好。快要解放陕西省。红川、栗川、伏镇站不住脚。葛、吴、姚指示：将何俊明介绍成县，由你在王磨活动一户籍干事，万一不测，我们即可在王磨山林藏身。

现急需枪支弹药，如枪支一时不便，火速将子弹送过来。另外将部分宣传标语带回成县张贴。万望谨慎小心。

郁耀林

收信人滋汭，现在无法考证其姓氏和当时的身份以及后来的情况。从信的内容判断，他是地下党员，活动在成县王磨一带。写信人郇耀林，直接接受地下党负责人葛维西、吴治国、姚承祖的领导，同时联络指导邻近的成县部分乡镇工作。宣传标语的内容主要是抗丁抗粮、迎接解放，对敌人发起政治攻势。同年7月15日，地下党又发出了警告徽县乡镇保甲人员告示："……凡属怙恶不悛的战争罪犯及罪大恶极的反革命分子外，凡属中央、省、市、县监察委员，参议员以及乡镇保甲人员，凡不持枪抵抗安居乐业者，我解放军一律不加究问。汝等应立即幡然悔悟，弃职隐退，如再执迷不悟，认贼作父与民对敌者，我解放军到达之日严办不贷，即使追随蒋匪逃至天涯海角，亦须追拿归办，以偿民愿。特此警告，各自求新。"⑦

地下党的宣传，对国民党顽固势力起到了震慑作用。

1949年11月底，中国人民解放军第7军向徽县进军，盘踞在徽县四个多月的敌军闻风丧胆，向四川溃逃。国民党90军后卫部队怕被解放军歼灭，更怕地下党游击队拦路截击，别动队队长贠益率队伪装成解放军先头部队，在协合乡官厅、郇家庄一带招摇撞骗，诱捕地下党员和革命群众。郇耀林、郇升林、冯生祥、刘汉英、郭仓等人，之前接到党组织迎接解放军的指令。因放松了警惕，未辨别真伪，误认为解放大军已到来，遂出面联系，中敌圈套，遭敌诱捕。我父亲说，这股敌人是从江洛镇翻越马鞍山顺白塔河而下到达郇家庄的。他们撕掉了帽徽领章，说自己是解放军，寻找党组织，见了群众就握手，显得格外亲切。在和郇升林握手时，他们发现了其挂在腰间的手榴弹。敌兵开了一枪，谎称走火了，郇升林被子弹打穿了肚子，失血而亡。其余四人于次日被害于成县宋坪乡黑楼房河坝。

1949年12月4日，中国人民解放军第7军19师和县大队开进徽县，县政府由汪川迁到县城，徽县宣告解放，政权回到人民手中，中共地下党为人民谋解放的愿望实现了。

1984年4月8日,中华人民共和国民政部给郁耀林等人颁发了革命烈士证明书,英灵得以告慰。

注:

①1933年徽县设十镇八乡,协和乡辖横渠两道沟的西厢、西沟、郭家庄、李尧、官厅、李家庄、郁家庄、白塔河、闫家庄等九村,乡公所在官厅村。

②栗亭乡乡公所在栗亭村,辖今栗川镇大部。

③徽县档案馆编《永远铭记》(陕西人民出版社)。

④徽县档案馆编《永远铭记》(陕西人民出版社)。

⑤徽县档案馆馆藏2-3-700《徽县协和乡在乡军人调查表》

⑥徽县档案馆馆藏党史办全宗。

⑦徽县档案馆馆藏党史办全宗。

| 郁志奎,男,甘肃徽县人,现就职于徽县档案馆。

土窑洞

吕慧芹

土窑洞并不高，比较深，小个子人勉强能站起身。窑洞掏在陡崖上，陡崖依附在平缓连绵的山梁上，当地人把整座山梁叫将军梁，将军梁上有簸箕湾、藏兵湾。我说的这个土窑洞就是龙池村刘占军家房背后的那个，原本是用来储存洋芋或盛放杂物的，可就在八十五年前的一个深秋，这个土窑洞在枪林弹雨里，面对敌人如狼似虎的搜捕，土窑洞将一位军人揽入怀中，在生死关头护佑他死里逃生，渡过劫劫难关，最终成就了一位中国共产党的高级将领。

如今，土窑洞依然看护着用鲜血染红的这座山梁，坚守着共产党人的初心与使命！

那是在黑夜里走来的一群启明星，那是黎明前划破黑暗的第一束阳光！

就在1936年秋，红二方面军历经千辛万苦走出草地，到达甘肃南部哈达铺。稍作休整，按照中央的指示分左、中、右三路纵队攻占成县、徽县、两当、康县，建立临时革命根据地，以策应中央红军和红四方面军实施静宁、会宁战役。由于张国焘擅自命令红四方面军西撤，静会战役计划被迫取消，使二方面军陷入国民党军王钧、毛炳文部队的重围，不得不撤离成县、徽县、两当、康县等地，于10月初开始向北转移，准备同一方面军会师。北移途中六军团十六师师长张辉牺牲于天水娘娘坝。7日清晨，部队继续向天水进发，政委晏福生带领十六师，长途急行军。途经礼县，蹚过西汉水，进入罗家堡西北角龙池湾一带时，已人困马乏，准备埋锅造饭，由于侦查的失误，中了敌王钧部的埋伏，突然两路敌人向我军猛烈进攻。

龙池湾一带地形复杂，其北面峡谷为三国时诸葛亮射杀魏将张郃的木门道。东北为罗家堡北山，西北为日月山，地势似一头巨牛斜卧。日月山山腰有藏兵湾、牦牛墩、簸箕湾，山梁上有将军梁。山下是一块自北向南地势开阔平坦的倒三角形小平川，两山一峡半环形的地势控扼着北去的通路。山形地势，易守难攻，自古兵来将往，据险为战，是兵家必争之地。

敌人就埋伏在这里，占着有利的地势，用轻重机枪向我部队突然疯狂扫射，红军战士一个个倒在血泊中，此时如不赶快突出重围，待盐官附近的敌人赶来，就有全军覆没的危险。红六军团长陈伯钧、政委王震、参谋长彭绍辉紧急磋商后，当机立断，命令红十六师采取声东击西的办法，杀出一条血路，掩护主力突围。红军的两个师集中火力向山梁上的守敌发起猛烈进攻，手榴弹的爆炸声，机枪、步枪、手枪的射击声响彻山谷，震耳欲聋。模范师的两个连先后攻占了牦牛墩、簸箕湾的敌阵，端掉了敌人两个机枪火力点，杀出了一条血路，迅速突围，经将军梁向北转移。

主力红军突围后，担任掩护任务的十六师在政委晏福生的指挥下边打边撤。敌机又从天水方向飞来，在山梁盘旋，对准红军战士，扔下一颗颗炸弹，轰隆之声不绝，阵地上一片火光，硝烟弥漫。突然，敌人的一梭子机枪子弹击穿了晏福生的右臂，鲜血涌流。两个警卫员把晏福生背到一个比较隐蔽的地方，简单地包扎了一下伤口，继续往前跑，敌人又一窝蜂似的追了上来，晏福生对他们说："我不行了，你们带上我的文件包和武器赶快找部队去。"两个警卫员同时说："我们的任务就是保卫首长，现在您的伤势这么重，我俩怎能离开呢，就是死，我们也要死在一起。"晏福生很感动，但面对越追越近的敌人，他果断地甩开警卫员，忍着剧痛，从内衣口袋里掏出文件包，连同手枪一并交给警卫员，严肃地说："我们来当红军，不是为了死，是为了消灭更多的敌人。我的文件包里有党的秘密文件和密电码本，为了使它们不落入敌人的手里，我命令你们立即离开我，赶快追赶部队，一定要把文件包和武器安全地带出去交给组织，这是命令！"

两个警卫员泪如泉涌，在万般焦急的情况下，他俩把政委背到一个能掩住人的地方，挎上了文件包和武器，拔出剩下的两颗手榴弹，投向追来的敌人，乘着爆炸的烟雾冲了出去。

机智的晏福生忍着剧痛，连滚带爬到了附近的一个土洞里，用柴草把自己掩盖了起来。

果然，敌人没有追上警卫员，返回到山坡上搜查，什么也没发现，只好走了。

夜幕徐徐降临，饱受血与火洗礼的山头格外宁静。晏福生缓缓掀开柴草，屏息静听了好长时间，没有什么动静，确信敌人撤了。他慢慢朝山下走去，山并不陡峭但十分难行，晏福生每挪动一步都很艰难，他浑身钻心地疼，豆大的汗珠顺着脸颊往下流，恍惚间半山腰一缕亮光擦亮了他的眼睛，他咬紧牙关朝前走去。走到茅草房前，屋里亮着油灯，不时传来小孩的哭声，这正是刘占军家。他便轻轻敲门："老乡，我想在你们家借宿一晚，行吗？"夫妇俩一听是南方口音，便推脱说："老总，我家只有两间破草房，哪能住得下你呢，请到北边去看看。"晏福生一听便知道把他当成白军了，就坦率地说："老乡，我是红军的伙夫，和白军打仗负了伤，现在夜深了，求你让我借宿一晚吧。"刘占军听到是红军的伤员，立即下炕打开门，把晏福生扶进屋，看到他左臂抱着不断流血的右臂，连忙给他包扎好伤口，妻子生火做了玉米面搅团，令晏福生尤为感动。为了躲避敌人的搜查，夫妇俩就把晏福生安排在屋后的土窑洞里。

晏福生躺在窑洞里，麦草铺地，破被盖身，周身逐渐温暖，心里却忐忑不安。自从离开湘鄂川黔革命根据地开始长征那天起，在战斗最激烈、最残酷的时候，在爬雪山、过草地的时候，在和饥饿疾病作斗争的时候，想的和盼的就是到陕北早日和中央红军会师，眼看就要会师了，自己却掉队了，恨不得立即动身去追赶部队。

夜深了，晏福生没有合眼，土窑洞也没有合眼，它侧耳聆听周边的动静，果真敌人在附近晃动着巡逻的影子，它屏住夜的心跳，将晏福生紧紧揽在怀里，一场劫难就这样卷在了土窑洞的眼皮底下，敌人死心塌地地离开了。

夜静悄悄，晏福生的胳膊在痛，心在流泪，整座山梁都在哭泣，100多名红军指战员永远倒在了将军梁，有的还是十五六岁的少年娃娃啊！想到这，晏福生忘记了疼痛，哭成了泪人，土窑洞和他一起震颤着。

第二天黎明，晏福生叫醒刘占军夫妇，把仅有的两块银圆递给他们说："我现在要追赶部队，这两块银圆留给你们用，请帮我找件旧衣服换换吧。"

夫妇俩再三挽留，让伤势好转些了再走。他怕追不上红军队伍，执意要走。无奈，刘占军就把两块银圆硬塞给晏福生说："我们在家，野菜也能吃饱，你走的路长着哩，没啥吃的，还拖着一条流血的胳膊，你拿上，路上用"。妻子急忙取出给小儿子节省下的半块玉米面饼让晏福生拿上路上充饥，随后找了件丈夫的衣服给晏福生换上。刘占军就用自家的毛驴送晏福生出发。大路不敢走，就缓慢地行走在崎岖的山路上。一路上晏福生惦念着牺牲了的红军战士。刘占军再三安慰"我们要把他们当成自己的亲人，掩埋好，祭奠好……"

大雾霾山，细雨霏霏，山谷里传来山歌声"我给商户做活哩，商户家把我辱磨哩。商户吃的肉长饭，给我灰汤煮菜难下咽……"

他们撩起薄雾，循声望去，是一个骨瘦如柴的老人在割荞麦呢。

哎，毛雨毛，割苦荞，割不开的缠山雾，何时才能亮我一条路。

他们走着，谈论着，沉重苦难的生活让他们负重前行。钻树林，过小溪，到了红河镇时，晏福生怎么也不让刘占军再送了，感激之情无以报答，就从胸前的内衣口袋里掏出红色的党证递到他的手心，慎重地说，"这是我的党证，你保存着，如果共产党赢了，你就拿上它去找党组织，他们一定会感谢你的。"

憨厚善良、简单纯朴的刘占军，瞎字不识一个，哪能想那么远，只要把晏福生能安全送出，就算不错了。回来后，在一场暴洪中党证和其他一些用品都被洪水冲走了。

在晏福生追赶部队途中，红六军团模范师师长刘转连带领一个警卫连原路返回寻找晏福生，没找到，误认为牺牲了，就在渭河北岸给他开了追悼会。

其实，当晏福生赶到红河镇时，部队已在一天前走了，他初心未改，毅然决定追赶红军队伍，行至渭水，渭河上涨，水流湍急，他拖着断肢，徒步过河。由于连日赶路，伤口溃烂化脓，疼痛难忍，他以坚强的意志坚持向北走。经过半个月的长途跋涉，终于在通渭县境内赶上了红四方面军。他讲述了自己在龙池湾战斗中负伤与部队失去联系的经过，可部队的同志看到晏福生身穿破烂的便衣，还吊着流血的胳膊，不相信他是六军团的师政委。团长将晏福生的情况汇报了军长，军长肖克原在六军团当过团长，连忙让人带着他找到了晏福生，听了晏福生讲述的战斗经历，十分感动，就派人送他到四方面军总部的医院去治疗。晏福生的伤口已开始恶化，无法治疗，只好作了截肢手术。

不久，晏福生随红四方面军踏上了西进的征程，后改为西路军。1937年初，西路军在国民党反动派马步芳、马步青部十余万敌军的节节围堵下，损伤惨重。晏福生政委截肢后伤口还未愈合，便奉命率领西路军继续作战，多次受敌袭击，人员伤亡严重，只好将所剩无几的西路军兵分三路打游击，在祁连山都走失了。

从此，晏福生化装潜行，沿河西走廊的北侧向东走，他以顽强的毅力越过没有人烟的腾格里沙漠，被国民党拦住去路时，他装作哑巴，示意胳膊是在山上砍柴时摔断的，敌人见他衣衫褴褛，就把他当成哑巴释放了。两天后他打听到红军的消息，便彻夜追赶，到甘肃镇原县才找到支援西路军的红军，受到刘伯承、任弼时的热情接待，他像虎口余生的孩子扑到了母亲的怀抱，一时百感交集，热泪纵横。

　　写到这，我眼泪淋湿了键盘，用心感悟着共产党人的初心与使命，从哪里出发，要到哪里去，要为什么人干什么事，都刻在共产党人的骨子里。心中有信仰，脚下有力量！

　　无数革命志士的鲜血染红了党旗，无数烈士的躯体铺就了革命成功路，坚不可摧的意志和决心筑起了心中的万里长城。

　　东方破晓，一轮红日托起了一个新中国。"新中国成立了，中国人民从此站起来了！"毛泽东用铿锵有力的湖南话向世界庄严宣告，整个山河都为之撼动！

　　独臂将军晏福生成了中国人民解放军的高级将领，他胸前佩戴的多枚勋章里，其中有一枚诉说着土窑洞的故事。

　　如今，晏福生将军不在人世了，护送过他的龙池村刘占军夫妇也不在了，但土窑洞还在，它还坚守在将军梁，看护着牺牲在这片热土上的一百三十多名红军战士，向一代又一代奋斗在这里的人们讲述着红军长征的艰难与不易！

　　土窑洞，晏福生将军的藏身洞，至今还会留有长征路上中国共产党人的温度！

　　| 吕慧芹，女，甘肃省作协会员，现就职于礼县党史办。

辑三

魅力家园

欢腾的白马山寨

刘高潮

朋友，也许你对我国五十六个民族的历史、文化和民俗有所了解，可你不一定了解白马藏族这个古老而神秘的族群。正好我于丙申年正月十五有幸参加了文县第二届白马藏族节会，现场感受了白马藏族多彩的文化和独特的民俗，对白马藏族欢腾的山寨留下了深刻难忘的印象。

白马藏族迄今是我国最小的族群，总数不过两万人，集中居住在甘川交界的文县、平武和九寨一带。这里峰峦叠嶂，河流纵横，堪称山大沟深。这个族群虽划归藏族，可信仰、语言、服饰、民俗与藏族有差异。由于长期居住在偏僻封闭的山寨，远离繁华城镇，至今还保留着原始古朴的民族风情，崇拜日月山川、风雨雷电、动物植物的奇异习俗，犹如一枝绽放在大山深处的奇葩，近年来成了民族民俗专家、中外学者和游客考察研究、观光游览的热点地区。白马藏族的民俗节会春节就拉开了序幕，元宵节是节会的高潮，是整个山寨最欢乐、最热闹的一天，文化活动和民俗表演异彩纷呈，引人入胜。

上午十时，春光明媚，惠风和畅，大团队的嘉宾们乘车来到白马河畔的铁楼藏族乡。当走进白马山寨的草河坝村，远远就看到寨门前身着节日盛装的男女老少在夹道欢迎，这便是白马藏族声势浩大的迎宾仪式。"嗵…嗵…嗵…"白马人先是点燃了炮声震天的三眼铳欢迎客人的到来，接着，身着多彩服饰的青年男女载歌载舞，夹道欢迎大团队的嘉宾们。歌声欢快嘹亮，富有激情；舞蹈轻快活泼，温馨祥和，整个山寨顿时热闹欢腾，沉浸在欢乐祥和之中。寨门前，白马人搭桌设台，焚香点烛，司仪正在主持"朝伟"。这是一个非常虔诚的场景，前来的嘉宾都好奇地驻足观看。随团的当地导游讲解："朝伟"的意思是上请天神，下请地神，中请山神和各路神仙，神灵请完后要降吉言，赠祝福，护佑白马山寨风调雨顺，人畜安宁，五谷丰登，瘟魔邪气远离，并祝福各路来的宾朋身体健康，吉祥如意！初次接受这个仪式，就立马感受到白马藏族的热情好客和能歌善舞。

随后落座在寨内宽敞的广场佳宾座，观看白马人独具特色的傩舞——"池哥昼"。随着三声炮响，一支九位男子组成的"池哥昼"表演队踩着铿锵的鼓点正式出场。四个"池哥"跳在最前面，他们面戴木刻而成的彩色面具，头戴羊皮缝制的毡帽，反穿老羊皮袄，背负一串铜铃，足蹬牛皮靴，右手持牦牛尾，左手持剑或戟，分别扮成山神，象征白马藏族祖先嘎和达玛的四个儿子，舞步粗犷豪迈。两个扮成菩萨，又称"池姆"，头戴端庄秀丽、慈眉善目的菩萨面具，身着艳丽漂亮的百褶长裙，紧随"池哥"时而转体，时而合掌；时而激烈，时而舒缓，舞姿优雅而活泼。另三人扮"池玛"，即两个丑角和一个"小猴"，脸抹锅黑，身穿破衣烂衬，来回跑动，乱唱狂跳，动作滑稽可笑。

"池哥昼"的祝福不是空穴来风，而是有着源远流长的文化内涵。"池哥昼"是白马语的音译，"池哥"意为面具，"昼"为歌舞，这是至今还遗存在白马藏族生活中古老且具有原始风貌的群体祭祀舞蹈。有关"池哥昼" 傩舞的来历，在白马山寨有着许多美丽神奇的传说。传说古代白马藏族有四弟兄，两个媳妇和一个妹妹，他们云游天下来到四川境内，长途跋涉使他们精疲力竭，饥饿难忍，好不容易找到一户人家，哥嫂让小妹前去敲门。没想到开门的是一位英俊潇洒的小伙子，望见宛如天仙的白马姑娘，两人一见钟情，小伙子热情地拿出好茶好饭招待他们全家，诚恳挽留客人们待了数日。在相处后的一天，小伙子想急于表露心迹，碍于姑娘的哥嫂在家，就想了个馊主意，趁姑娘不在意往其脸上抹了一把黑锅灰，然后转身就跑。姑娘一气之下，追了出去，一直追到小河边，小伙子这才转身给心仪的姑娘道歉，并且不转睛地给姑娘倾诉爱慕之情。两人互诉心声，满怀深情，顿时像燃烧的篝火拥抱在一起难舍难分。当四兄弟知道了这个意外的恋情，表示坚决不同意，理由是按照族规，白马藏族严禁和外族通婚。可固执的妹妹坚决不从，四兄弟及两个嫂子愤然离去。可怜漂亮的白马姑娘被开除族籍，跟随小伙子落户到四川。十几年后，流落在外的妹妹思念亲人心切，就和小伙子带着孩子翻山越岭，专程回家探望亲人。亲人相见，痛哭流涕，往日的恩怨和族规都化为烟云随风而散。后来白马藏族为了纪念这几位兄弟和家人，就把他们刻成面具，四兄弟叫"池哥"，两个媳妇叫"池姆"，白马姑娘和小伙子叫"池玛"，所生的孩子叫"猴娃子"。白马藏族把他们当山神崇拜。当初小伙子给姑娘抹锅灰的闹剧当成求爱的独特方式一直沿袭至今。

  美丽的"池哥昼"传说罩着神秘的光环已经变得极为遥远，令人唏嘘，让人假想。而眼前身着异装的白马藏族豪迈、手挽手跳个不停。据说他们春节开始跟随"池哥昼"的锣鼓声调逐家逐户跳，寨前寨后跳，从早跳到晚。高亢浑厚的歌声响彻整个山寨，雄健豪迈的舞步激发白马藏族对神灵内心的崇敬。围观的宾客为这欢快的傩舞所吸引，看得如痴如醉，久久不愿散离。

  午餐就安排在中心山寨的农家乐。因元宵节是白马节会的正会，白马河畔的大小山寨人山人海，有来自官方的嘉宾，有民间四面八方的宾朋，还有不少专家和记者，据说有上万客人。由于组织得当，整个铁楼沟井然有序，大小山寨的活动有声有色，精彩纷呈。主人说大小山寨仅农家乐就有百十家，上万人就餐完全不成问题。

  午餐全是当地人颇具特色的农家饭菜，有凉粉、酿皮、腊肉、烧烤、大盘鸡、羊肉和豆花面，更有白马藏族用青稞、小麦、玉米等精心酿制成的泡酒，采用唱歌的方式用碗敬个不停。敬酒的姑娘小伙子身着漂亮的民族服装，双手捧酒碗，殷切的眼神望着你高唱酒歌不停，非要将自酿的酒敬给尊贵的客人不可。此情此景比酒更能醉人。

吃饭间，大家自然又谈起这个稀少族群。据有关专家和学者考证，白马藏族是氐族的后裔。早在春秋战国时期，氐人部落就繁衍活动在西汉水、白龙江和岷江流域。魏晋以后，氐人曾以骁勇善战在当称雄，先后建立了"成汉""前秦""仇池国""武都国"和"阴平国"等政权，在中华民族的历史上有着灿烂的一页。白马藏族并非天生喜欢躲进深山，他们的迁徙与自然灾害无关，只与民族的征战和杀戮有关。是甘川交界的这片崇山峻岭接纳了白马藏族，使他们得以繁衍生息，为一个民族、一种文化保留了一份标本。白马人最具特色的是艳丽的五彩服和神奇的沙嘎帽。白马藏族世代居住在大山深处，以拓荒狩猎为生，过着极为艰难的桑麻日子。古时的白马藏族不但要与自然界的洪水、冰雹、旱灾抗衡，还要与出入山林的豺狼猛兽搏斗，兵荒马乱的年代，更少不了抵御外族的侵犯和官兵土匪的追杀。相传在一个漆黑的夜晚，连日作战的白马人终因疲惫不堪困入梦乡。然而一群狡猾的官兵乘机偷袭山寨。就在这千钧一发之际，一只大白公鸡突然机警地跃上房顶引吭高歌，刺破夜空的一声啼鸣顿时唤醒了困睡的白马人。他们一跃而起，全力挥刀奋勇杀敌。一场刀光剑影之后，偷袭的官兵们终于落荒而逃。大公鸡救了全寨人的性命，也挽救了这个族群。从此，为了感激大公鸡的救命之恩，白马藏族将其奉为至尊，世世代代沿袭帽上插鸡翎的习俗。昔日的战火早已流逝为历史，而如今的白马藏族头戴沙嘎帽，早已成为本民族的独特标志，正像不屈不挠的白马人在酒歌中唱道："洁白的鸡翎飘起来，白马藏族从远古走向未来！"

因当天的民俗活动太多，午餐后，负责人大体把我们大宾团分了两个团队，我们随省上的嘉宾们观看"情歌对唱"和"麻昼"表演，另一团队去看农耕文化、手工艺展示和白马藏族婚俗。刚到河边就听到嘹亮悦耳的男女对唱由远及近。我们循着歌声望去，看到对面河边，身着白马服饰的青年男女分别两排载歌载舞，正在尽情地展示"情歌对唱"。他们脚下是欢快的河水流淌，身后是青山和绽放山花的原野，舞者服饰亮丽，舞姿飘逸；歌者情真意切、优美动听；围观者犹如长龙，站满河畔，极目远眺，山水欢腾，天人合一，如诗如画！

　　观看完隔河的"情歌对唱"，又看邻近广场上搭台表演的"民歌大赛"。据说参与大赛的选手有一百多人，不仅有本县白马河畔的歌手，还有周围十里八乡的汉民歌手，更有周边四川平武和九寨沟县的歌手。他们身着漂亮的民族服装，同台一展歌喉，竞赛献艺。"大赛"已于昨天初赛和复赛，选拔了十二名歌手今天进行决赛。待我们入场坐定，决赛正式开始。随着主持人热情甜美的主持词，首先上场的是当地白马河畔的男歌手。小伙子帅气开朗，身着精美的白马服，用舒缓浑厚的歌喉唱着文县当地词曲家新作的《白羽毛飘出寨楼外》。一曲悠扬的民歌抒发着小伙子饱含深情的心声，倾诉着白马祖先一辈子走不出大山的哀怨，歌唱着今天白马山寨的打工仔、打工妹走出大山、天南海北"闯天下"的无比欢乐。后来，陪同的本县文友刘启舒老兄给我提供了这首民歌的歌词，说歌词是他和白马藏族杨瑞荣作的。我觉得不仅曲子悠扬优美，歌词更是浑厚感人，就冒昧摘引如下：

　　　　祖先拖着沉重的脚步朝前走，
　　　　一步一个深深的脚印，
　　　　怎么也走不出那座山，
　　　　怎么也走不出那条沟。
　　　　唱着一首古老的歌谣，
　　　　跳着一个不变的舞蹈，
　　　　啊，祖先走得再远，怎么也走不出那座山，
　　　　啊，祖先走得再快，怎么也走不出那条沟。

　　　　我们迈着矫健的步伐向前走，
　　　　一步一个深深的脚印，

一定要走出那座山，

一定要走出那条沟。

唱着一首今天的歌谣，

跳着一个欢乐的舞蹈，

啊，我们迎着太阳，终于走出了那座山，

啊，我们披着霞光，终于走出了那条沟。

　　随后的决赛演唱一首接一首，有独唱的，对唱的，四人合唱的；有白马藏族的酒歌，有白马藏族的情歌，还有白马藏族的神歌和祭歌；首首高亢嘹亮，有忧伤古老的，有豪放旷达的，有欢快明亮的……可我没有全身心地品赏，我仍然陶醉在第一首浑厚悠扬的歌声中，思索着白马山寨翻天覆地的变迁。尽管广场的上空山鹰还像从前一样在头上盘旋，白云还像昨天一样在依山飘恋，白马河还像往昔在山间流淌，然而，白马山寨的一切都在变，白马藏族已经快乐地生活在改革开放的新时代和中国梦的大家园。

　　看完"民歌大赛"，我们又在另外一处广场观看了傩舞"麻昼"表演，再次被独特热闹的现场气氛所感染。据主持人介绍，"麻昼"主要流传在铁楼和石鸡坝乡镇的白马村寨。它是一种集歌、舞、乐为一体的娱神、祭祀性民间乐舞，被当地的汉族群众称之为"十二相"。我们更注意到，跳舞时，十二张面具并没有全部戴上表演。经询问，得知这也是道家一种"守弱处下"的哲学观的体现，既凡事不能全满，满则亏亏则损的理念。所以在表演时，我们看到的只有六个角色，它们分别代表十二生肖，第一相用兽王狮子头代表鼠和羊；第二相是牛头，并代表马；第三相是虎头，并代表着狗；第四相是龙头，并代表猴；第五相是鸡头，并代表蛇；第六相是猪头，并代表兔。另外的六张面具一般只作供奉在场子中作观瞻之用。"麻昼"表演时舞蹈动作非常丰富，有12大阵、72小路，主要表达的是白马藏族祛邪祈福，对美好生活的追求和憧憬。

　　转眼又到了晚饭，同样唱酒歌敬青稞酒。欢乐祥和的晚饭后人们翘首以盼最神秘、最具特色的"迎火把"和篝火"池哥昼"。

黄昏来临，圆月升起。"嗵！嗵！嗵！"三声炮响，山顶突然传来一阵骤响的锣鼓声，只见数不清的火把像焰火一样在山顶上喷涌而出。锣鼓为火把助威，火把为大山增彩，身着五彩服装的白马藏族在火光的映衬下，仿佛一条金色长龙，在大山梁上错落有致地游动。他们飘动着、伸缩着、跳跃着、沸腾着。那一朵朵红云般的火光，将白马藏族的头饰变得五光十色，闪闪烁烁、层层叠叠、连绵不断地由远及近。一阵微风吹过，那一簇簇火把，忽明忽暗，忽现忽隐，忽大忽小，千奇百变，显得神秘而富有灵性。这数不清的火把，象征着白马藏族丰收的累累硕果，象征着勤劳进取的白马藏族火一般的情怀。他们高举祖先赐传的火把，宛如飞舞的火龙，以排山倒海之势，从山顶冲下山脚，只有二十分钟，长约两千米，终于汇聚在宽敞的中心广场。此时此刻，点燃的篝火熊熊燃烧，火把围成一大圈继续舞动，迎火把变成了火圈舞。火柱冲天，映红了天空，照亮了山寨，白马人群情振奋，满寨欢腾。

旷野上，大型"池哥昼"围着熊熊篝火又跳起来了。围观的男女老少，也随着白马人携手踏歌，围火而舞。男声浑厚，女声嘹亮；男姿剽悍，女姿袅娜。人影在月光下摇曳，在火光中欢腾；歌声在白马河荡漾，在峻岭中袅绕。舞因火而振奋，火为歌而增辉；舞步踏出和谐快乐，舞出信心梦想；歌声送走艰辛忧伤，迎来幸福吉祥。

皓月高照，夜风吹拂。我们恋恋不舍地离开了震撼心扉的篝火"池哥昼"，离开了沸腾的白马山寨现场。远远望去，篝火仍在燃烧，火圈仍在舞动，舞步仍在欢腾，歌声仍在回荡。也许他们要跳到天明，跳到斗转星移。但我相信，不屈不挠的白马人，将会以自强不息的精神和独特多彩的民俗在祖国民族大家庭争奇斗艳，幸福安康！

刘高潮，笔名皓月，甘肃省作协会员，甘肃西狭颂文化促进会副会长，陇南市人大常委会原副主任。出版有散文随笔集《文心若水》。现退休。

西汉水河畔女儿们的五彩梦

赵文博

在西汉水上游的广大农村地区，流传着一个古老神秘而又欢乐喜庆的民间节庆活动——乞巧。

所谓乞巧，就是每年的农历七月初一前夕，装扮一新的未婚女孩子们通过一定的组织形式和祭拜仪式，满怀喜悦地在西汉水河畔把天上的巧娘娘迎请到人间，又满怀虔诚地对巧娘娘进行七天八夜繁复有序的祭拜活动，渴望巧娘娘给自己赐巧赐福，在农历七月七日傍晚再用歌声和泪水把巧娘娘送回天上的一种民俗文化活动。

在迎请到巧娘娘的日子里，女孩子们在各种祭拜活动与唱巧表演中不断地乞求巧娘娘让她们心灵手巧、聪明能干、漂亮贤淑、讨人喜爱；祈求巧娘娘给她们赐予聪明智慧、赐予文化知识和各种生产生活技能；祈求巧娘娘保佑她们将来找个好婆家，嫁个好郎君；祈求巧娘娘保佑她们婚后胜任相夫教子、操持家务、孝敬公婆、与街坊邻里和睦相处的职责，并通过自己的勤劳与智慧，让家庭幸福美满，福泽绵长。

乞巧寄托着女孩子们对爱情和美好生活的向往与憧憬！

乞巧是女孩子们的盛大狂欢节！

乞巧是女孩子们色彩斑斓的梦幻之旅！

据说巧娘娘是"以织而闻名"的秦人始祖女修的化身，也就是织女的化身。女修因吞食玄鸟（燕子）蛋而繁衍了秦人，后来女修就成了秦人的崇拜神，燕子就成了秦人的图腾，至今在西汉水沿岸的广大农村地区，人们仍然把燕子在家里垒窝视作吉祥的征兆。为了纪念女修与玄鸟对秦人的贡献，后人们就在每年农历六月三十日晚上至七月七日晚上举行一次盛大的乞巧祭祀活动。因为"祈"与"乞"同音，而西汉水流域的人们又把"鸟儿"读作"巧儿"，所以一开始的乞巧活动实为祭人祭鸟（qiao）的祭祀祈福活动，到后来人鸟（qiao）合一，人神合一，女修和玄鸟的形象越来越模糊、越来越淡化，而巧娘娘的形象却越来越丰满、越来越人格化、越来越理想化；与此同时，人们又给"祈鸟（qiao）"活动赋予了"乞巧"的文化内涵，巧娘娘就逐渐定格成了代表智慧与灵巧的女神。

供奉巧娘娘的人家叫巧（鸟）窝子，这个名称生动形象，既解释清楚了乞巧活动的缘起，也反映出了举行乞巧仪式时的嘈杂热闹。因为最初乞巧的对象是女修和玄鸟，人们把供奉玄鸟的地方叫巧（鸟）窝子那就是再自然不过的事情。试想一大帮天真烂漫、春心萌动的女孩子们聚集在一个庭院里围着巧娘娘举行乞巧活动时，一天到晚叽叽喳喳，说个不停，笑个不停，你说她们像不像一窝快乐的小鸟儿？一帮小鸟成天围着一只寄托着她们美好希望的大鸟打转转，你说这地方不叫巧（鸟）窝子又该叫作什么呢？

巧窝子实行自愿原则下的轮流坐庄制度，故巧窝子每年都在变化，但不管本年度的巧窝子设在谁家，这家人就得腾出厅堂与院子以供奉巧娘娘和举行各种祭拜活动，当七月六日晚上巧娘娘被迎请到厅堂的八仙桌上后，主人家就要负责起按时打扫卫生、焚香点蜡、敬献贡品、迎来送往的职责，一直到七月七日晚上将巧娘娘送走为止。坐巧人家不仅承担着责任和义务，更多的则是一种荣誉和心灵慰藉，据说凡是坐过巧的人家，以后都会百事顺畅，吉祥如意。

给巧娘娘的贡品除鲜花、水果、油炸面巧果，还有一样格外引人注目的东西，就是巧芽。巧芽一般是用冰豆生发出来的，在乞巧节前十天左右，将冰豆种子用温水浸泡在具有观赏价值的瓷碗或磁盘里，再用小棉被将其包裹起来放置在炕后墙角处，待种子发芽后取掉包裹物把巧芽放在光热适宜的地方让其自然生长，到迎巧时巧芽已长出碗口二至三寸，这时巧芽到了快速生长期，为防止倒伏，人们就用红绸条把巧芽从腰部约束起来，刹那间，青翠欲滴的巧芽就被一抹鲜红映衬得格外生动、格外耀眼，望着她，生命活力便如春潮般在每个乞巧者心中涌动升腾起来。敬献巧芽意在祈求巧娘娘保佑每一户人家都多子多孙、兴旺发达。

过乞巧节，是女孩子们一年中最大的期盼和向往，尤其在"男女授受不亲"和以"父母之命、媒妁之言"确定终身的封建社会，乞巧节对她们而言其意义比春节还要神圣和重要，即使在文革期间乞巧活动也没有终止过。改革开放以后乞巧活动有了新的发展，尤其是2008年西汉水流域的乞巧节被列入国家首批非物质文化遗产保护名录之后，乞巧活动更是一年比一年红火，一年比一年热闹，不仅规模迅速扩大，表演形式也出现了一系列富有时代特征的新变化。

参加乞巧活动的成员过去主要是待字闺中的少女们，现在连六十岁以上的大妈和四五岁的小女孩都加入到了乞巧活动的队伍之中；乞巧活动的组织过去以自然村为单位，解放后以生产队（合作社）为单位，一个行政村有几个生产队（社）就有几支乞巧队伍；乞巧队员的服装过去一直是自备，虽然都是自己最好的衣服，但不够统一，现在则由乞巧队或行政村统一定做，服装的统一，使表演效果比原来更好了；乞巧活动的形式过去以乞巧为主、表演为辅，现在则变成了乞巧和娱乐并重，并且娱乐表演的味道已越来越浓烈，相邻村社之间已明显表现出了暗中较劲、一比高下的竞争态势，不仅比服装、比化妆、比道具、比阵容，而且比唱功、比唱词、比动作、比造型，比那个乞巧队的女子们更光鲜水灵，更有女人韵味，特别是近年来一些乡镇组织的乞巧文化会演，使这种暗中较劲已经变成了公开比赛。

以往的乞巧活动还有一项十分重要的功能，就是相亲，现在这种功能正在逐步丧失。

组织乞巧活动的人叫作巧（鸟）头，每一个乞巧队伍都有一至两名巧头，巧头一般由热爱公益事业，有组织能力、有节目编导能力、会唱会编巧歌的女孩子担任，巧头在乞巧队伍里具有绝对权威，活动期间大家都要自觉服从巧头领导。如今大部分巧头已被政府确定为乞巧文化传承人。

乞巧活动既肃穆庄严、程序繁复，又欢快温馨、充满乐趣。历时七天八夜的乞巧活动，包括迎巧、祭巧、祈神迎水、相互拜巧、巧饭会餐、跳麻姐姐、转饭、照瓣卜巧、送巧等内容。

乞巧活动内容虽然很多，但每一项乞巧活动都必须在唱巧（巧歌表演）的过程中依次完成，应当说，乞巧的欢快气氛全是由唱巧营造出来的。离开了唱巧，欢乐的节日气氛就难以营造出来，女孩子们的心声也就无从表达，所以唱巧既是贯穿乞巧活动始终的一条主线，又是集中展现乞巧队伍风采与水平的主要形式，每一个环节的开展都离不开唱巧，唱巧越精彩，乞巧活动的气氛就越热烈。

唱巧主要体现在歌唱和动作上。巧歌的韵调悠扬婉转，欢快明朗，其中夹杂有一丝淡淡的忧伤，欢欣中寄寓着无限期盼，抒情中隐含着些许忧愁，其韵调千年不变，且越唱越柔婉，越唱越传神；唱巧时的动作以十字步配合双臂上下左右摆动伸展为主，道具为人手两把大折扇，每一首巧歌演唱结束时都要组合出一个具有特定含义的造型，如"中国乞巧""对话世界"等组字造型就反映出了陇南人民希望加快乞巧节申报世界级非物质文化遗产步伐的意愿。唱巧比较灵活，既可在庭院、打麦场、舞台上进行，也可在行进中表演。

巧歌歌词除了老歌词外，还有新歌词，新老歌词之间有着明显的时代差异。乞巧时，既可以唱老歌，也可以唱新歌，常常是新歌老歌一起唱，如果乞巧队伍里有高手的话还能现编现唱，看见什么编唱什么，而且编唱的词句往往入情入理，令人叫绝，围观的人就只能把一阵阵的掌声和喝彩声送给她们。

巧歌反映的是少女们的心声，表达的是她们对爱情和美好生活的向往与追求。巧歌数量较多，但内容主要是乞巧，其余则是对女英雄崇拜、对爱情悲剧同情与抗争以及祈福的内容。新巧歌中还出现了一些充满时代气息、歌唱新生活的内容，但是数量不多，新巧歌都是改革开放以后的作品，至今还没有发现反映从全国解放后到改革开放前这一段历史时期生产生活内容的巧歌。

巧歌是乞巧的灵魂，读懂了巧歌就等于读懂了乞巧，读懂了巧歌才算知道了乞巧文化的要义。

"六月三十天门开，我请巧娘娘下凡来"。"巧娘娘请来了献茶酒，给我赐一双好巧手"。"巧娘娘请到神桌上，天天给我教文章"。"我把巧娘娘请下凡，天天给我教茶饭"。"巧娘娘，下凡来，给我教针教线来"。迎巧歌中的这几段唱词，开宗明义，直奔主题，把姑娘们的心愿表达得一清二楚——向巧娘娘乞求文化知识，乞求女红和茶饭技艺。

是什么原因让西汉水河畔一代又一代的女孩子们对文化知识、女红、茶饭技艺的追求与获得如此钟情、如此痴迷、如此梦寐以求呢？

2015年7月市文联组织的乞巧采访活动，让采访者一个个如醍醐灌顶，茅塞顿开，明白了乞巧活动原来与秦人先祖们历经了长期的杀伐征战之后渴望安定祥和的田园生活有关，与西汉水流域漫长的农耕文明有关，与中国传统文化有关。

在秦人奉周王室"在西戎，保西陲"之命至秦始皇统一中国这一段漫长的历史时期，一代又一代秦国的男人们几乎全部要上战场，留守在家里的女人们不仅要承担女人的责任，还要肩负起男人的职责。如果她们没有强大的心力、体力和足够的聪明才智，日子就会过不下去。为了生计，她们必须掌握一定的文化知识和各种生产生活技巧；劳作之余，她们最大的心愿就是期盼丈夫平平安安地早日归来。所以一代又一代秦国女人们就要不断地乞巧祈福！纪念女修与玄鸟的祈鸟（qiao）节就成了她们倾吐心声的最好机会，能够满足她们的心理需求就成了乞巧节长盛不衰的根本原因。

大秦帝国的建立虽然终止了长期兵戈四起、杀伐征战的混乱局面，但在漫长的农耕时代里，由于生产力不发达，劳动效率低下，男人们一年四季都要在田地里劳作，而缝衣做饭、洒扫庭除、相夫教子、迎来送往的事情自然就落在了女主人的身上，"男主外，女主内"的家庭分工就这样形成了。在西汉水流域至今有"一个女人管三代"的说法，就是说一个能干的家庭主妇能使家业兴旺发达，一个无能的家庭主妇会使家业很快衰败，女主人在家庭中的重要作用由此可见一斑。为此，人们对女孩子们从小就提出了很高的要求，寄予着无限希望。

封建伦理要求婚后的女人们既要遵从"三纲五常"，恪守"三从四德"，更要承担起家庭经营管理的全部责任；要"站有站相，坐有坐相"，要"上得了厅堂，下得了厨房"，还要有"拿起剪刀是裁缝，拿起切刀是厨子"的功夫与本领，其要求之高简直到了求全责备的地步。

出嫁后的女子，要过的第一道关口是婆婆要把关审核的"试刀面"，即新婚三天后，新媳妇就要下厨为全家人做一顿手擀面。这顿手擀面的薄厚、均匀程度、切面时的刀工、面条的宽窄、煮面时的火候和色香味直接关系着她与婆婆之间的关系和她今后在家庭中的地位。"三日入厨下，洗手做羹汤，未谙姑食性，先遣小姑尝"，唐朝王建先生的这首《新妇词》就把新媳妇第一次下厨时那种胆战心惊、小心翼翼，生怕考试不过关的心理描绘得淋漓尽致，惟妙惟肖。"试刀面"过关了，新媳妇在婆婆的心目中就有了地位，不仅她本人以后的日子会好过，全家人的日子也就好过了。

婆媳关系是封建大家庭中所有关系中最重要的一种关系，凡是婆媳关系好的家庭，就一门和气，百事顺畅，正所谓"家和万事兴"。而要想处理好婆媳关系，新媳妇必须具备一手过硬的持家本领，否则就要接受婆婆极严酷的管教甚至打骂，封建社会里有些婆婆经常叫儿子殴打不顺眼的儿媳妇，"打到的媳妇揉掉的面"，说的就是这种事情，试想一个天天打打闹闹的家庭日子又怎么能好过呢？尤其在封建大家庭里，不是三代同堂，就是四代同堂，还有五世同堂的，新进门的媳妇如果不具备一套持家理事的真本领，那这个家庭不就乱套了吗？

社会对女孩子的要求越高，家长对女孩子的管教就越严厉，女孩子本身对自己的期望值也就越高。为了出嫁后能够比较顺利地承担起家庭经营管理这副重担，每一位女孩子都渴望自己成为一个心灵手巧之人，都希望自己能练就十八般武艺，而乞巧活动正好迎合了她们的心理，为她们提供了一个倾吐心声、互相交流、取长补短、共同提高的极好机会，也为她们能相中意中人提供了机会。乞巧的内容在不断丰富，乞巧的意义在不断升华，你说，西汉水河畔的乞巧活动还能停得下来吗？

家庭是社会的细胞，是国家最基本的组成单位，一家和美一家兴旺，千家万户和美一个国家就会兴旺发达，所以，家庭在社会的发展和繁荣稳定中发挥着十分重要的作用。国家要强盛，就要把千百万个家庭经营建设好。正是中华传统文化千百年来对女孩子的高标准、严要求，也正是一代又一代的女人们自强自立，顽强地撑起了"半边天"，才使得千百万个家庭保持了繁荣稳定，才使得我们的国家能够自立于世界民族之林。

从这一点出发我们似乎就懂得了乞巧活动所蕴含的丰富内容和深远意义，也知道了乞巧活动的积极作用和在国家发展中的战略意义。

其实，乞巧活动就是西汉水河畔一代又一代女儿们的五彩梦！这个梦牵动着千千万万个女人，也牵动着千千万万个家庭，这个梦和民族的发展、国家的富强紧密相连，这个梦和伟大的中国梦息息相关，千千万万个女孩子的五彩梦实现了，千千万万个家庭和睦幸福的梦想实现了，中华民族伟大复兴的理想也就实现了!

衷心祝愿西汉水河畔女儿们的五彩梦越做越绚烂,越做越美满!

> 赵文博,甘肃礼县人。陇南师专原党委书记。陇南市文艺评论家协会主席,甘肃省作家协会会员,著有诗文集三部。

到阳坝品茶

龙青山

到了阳坝,你就会发现陇上的又一种风情:硕茂的芭蕉,潇洒的棕榈,青青的茶园,壮健的油桐……清浅的燕子河和梅园河。纯净的空气和翠幽的环境会让疲惫的身心脱俗升华,化作一缕白云在苍山丽水间逍遥,在茶香酒意里快乐。你觉得自己成了兰草的一缕香魂,成了墨竹叶子上的一粒莹露,成了茶园的一片嫩绿,成了枫叶上的经霜丹红。这个时候,有人请你去喝阳坝茶,你会爽快地说,好!

茶是中国人饮品中的精灵,它浓缩了山川水木的精华,汇聚了大自然的纯粹,在五千年的中华民族史中用它的一缕香,两瓣形,三重点,四时性,五种境,七分色,八样难,九种德,镇住了人的食饮之欲,征服了饕餮盛宴的万千美味。天下美味数不胜数,结果是一杯香茶做了总结。世上杂事千结万绕,端起茶杯时就有了结果。

始于神农,见于《黄帝内经》,由于陆羽倡导,兴于唐,盛于宋的中国茶,上至帝王,下达普通百姓,近致京都闹市,远涉偏僻深山大漠,人人都喜欢之致。鼎食之族,腥膻蛮夷,雅粗自见,然饮茶之好大致相同。精致器皿喝的是身份和地位,陶罐粗碗同样能喝出茶的真情。神农氏,鲁周公,齐国的晏婴,汉代的杨雄,司马相如,晋代的刘琨,张载,远祖纳,谢安得到茶之妙处。宋代的蔡襄,宋子安,黄儒,宋元之际的刘松年悟出茶之雅乐。苏东坡有周诗记苦茶，茗饮出这世之体会。范仲淹知茹芝延寿，采薇养生，都不如到武夷山喝茶，一啜仙山灵芽，就会轻身换骨，飘然欲仙了。宋徽宗亲撰《大观茶论》，赞茶有祛襟涤滞，致清导和；冲澹闲洁，韵高致静之法力。一代文宗欧阳修在朝为官二十多年，因得御赐龙凤团茶而激动得夜难入睡。十全大帝乾隆饮龙井后几下江南，意犹未尽。玉水注，黄金碾，细绢筛，兔毫盏，奢华精致，让茶的地位飙升到了其他饮料难以企及的高度。

中国人饮茶饮出了文化快乐和健康，也饮出了茶礼，茶品，茶德，茶道，茶俗。茶礼中定婚茶称茶定，下茶。茶宴上的注水方向，端茶，接茶手势以及叩手礼越来越烦琐。嗅茶，温壶，装茶，润茶，冲泡，浇壶，温杯，运壶，倒茶，敬茶，回礼，品茶等程序的讲究和应用，使喝茶的享受变为玄虚的套路。品茶的情趣雅兴渐渐消失，茶慰精神的妙处遐想化为虚谊假意。元，明以后的饮茶看似越来越高雅，其实已没了晋人的洒脱和宋代的自在。乾隆，慈禧的茶杯里飘飞的不是茶的清，雅，灵，香，甘，和，空，俭，而是心机和政治。曾国藩和左宗棠请人喝茶，被请者大多惴惴不安，如临深渊。就是袁枚，纪晓岚这些大学士的茶聚，茶宴，茶述中都含有故作风雅和清高的痕迹。茶，水，火候，茶具，环境，饮茶人都成了附庸和道具。特别是现在，茶楼或金碧辉煌，或古色古香，或典雅精致，或温馨浪漫。但有喝茶本意的场所如凤毛麟角，少之又少。茶艺表演，貌似文化，实则是对茶的亵渎。喝茶弹琴，看似高雅，却忘了茶的品性。每次茶饮暗含争权夺利，勾心斗角。一口香茗，会滋生万千欲望。茶被人当成了玩物和香饵。茶艺表演和茶馆的琴师只是饮茶人眼中的耍货。还有饮茶时必须熟悉的礼节，交谈时害怕失礼的禁忌，等等。参加一次这样的茶聚，不亚于参加了一次考试和上了一次刑场。

在康县阳坝喝茶，麻柳树下，自然石桥之上，墨竹深处，海棠幽谷，随意选择一处，都是天生佳境，无人工造作的虚假。燕子河，梅园河，兰花泉，水质清冽，甘醇爽净，任性取一瓢一壶，都能让水的魂和茶叶的灵融为一体。

茶具不必为宜兴紫砂，景德镇瓷器，但能喝出大自然的安静，祥和，空灵，圣洁，馨香和无我。无论春，夏，秋，冬，无论白天黑夜，无论阴晴圆缺，无论精舍野外，茶的本性不变，茶的品德依然。三五乡亲，如王挺生，雍维艺，冉小龙，赵琳，张小仙，说着阳坝的风土人情，康县的十年巨变，品着阳坝的龙神，毛尖，翠竹绿茶或福满红茶，不觉间，银河转向，明月西移，夜鸟入眠，清风沐身。而康县阳坝茶余香依然袅袅，品茶人兴趣还很浓浓。

到康县阳坝品茶，是人生的一大享受。没到康县阳坝喝过阳坝茶的人后悔一生。

> 龙青山，中国作家协会会员，甘肃省作家协会理事。出版长篇小说一部，中篇小说一部，短篇小说二部，小小说一部，散文集和剧作集各一部。主编有《陇南非物质文化遗产保护集锦》《陇南市古建筑遴选集》《陇南历史文化概览》《中国陇南的五国历史》等。

巧乡观巧

| 张红霞

年年笙歌唱乞巧，秦风古韵正回萦。

一年一度的七夕节快要到来了，在许多人的思想里，七夕就是牛郎织女相会的日子。古诗云："七夕今宵看碧霄，牵牛织女渡河桥。家家乞巧望秋月，穿尽红丝几万条。"

有情人终成眷属，鹊桥相会在人间。七夕，在中国传统里这个最为浪漫的节日，给人们带来了许多美好的情感，对有情人的祝福，对美好生活的向往，使每年农历七月初七成为名副其实的情人节。然而，很多人并不知道七夕节源于乞巧节。这个从农历六月三十晚到七月初七共七天八夜的乞巧节，已不仅仅是在情人相聚的日子，而是姑娘们向巧娘娘织女乞求聪明智慧的隆重仪式。这个流传了三千年的古老仪式，包含的七个程式，从女童到媳妇再到老太太，都围着巧娘娘忙碌在乞巧，快乐在乞巧，沉浸在浓厚的氛围和浓烈的感情之中，陇南西和县、礼县一带的乞巧节其程式之完美，时间之持续、历史之久远在全国绝无仅有，是女儿们真正的狂欢节，被列入国家第一批非物质遗产名录。

独特的地理必然产生独特的文化。在中国版图上，陇南正处于南北地理分界线。陇南最北端的礼县，正处于长江黄河的分水岭，发源于天水齐寿山的西汉水向西向南流淌，汇入嘉陵江后最终进入长江。八县一区的陇南也成为全省唯一的全域长江流域地区。西汉水沿岸的礼县、西和县一带又是秦人策马扬鞭之地，秦先祖数百年的砥砺奋进终成霸业，横扫六合，一统天下。"蒹葭苍苍，白露为霜，所谓伊人，在水一方……"《诗经·秦风·蒹葭》中那些诞生于此朗朗上口的优美诗歌，至今荡漾在这片先秦大地上，铭刻在秦地后人的心中。西和县礼县交界处的祁山堡似一座永不沉没的战舰，承载着诸葛亮六出祁山匡复汉室的宏伟梦想和艰苦奋战。华夏人文始祖伏羲的出生地、绵延三百多年的仇池古国历史，使西和这块厚重的土地上生发多少灵气和智慧。西汉水沿岸可以说是华夏文明传承的源头之地。每年乞巧节之际，这里秦风汉韵，古声悠悠，农家女儿踏歌而行，载歌载舞，七天八夜地狂欢，尽情地表达对巧娘娘的敬仰和对美好生活的向往。

陇南女儿美，好女有真传，年年笙歌起，乞巧三千年。这片秦砖汉瓦遍布的地方，早已浸透古文化的诗意，而那寻觅了许久的远方，却栖居在西汉水两岸的乞巧里，隐藏在十里红彤彤的苹果林带中，闪现在晚霞湖的波光水影和碧莲红荷的清韵里。

西汉水流域也是中国传统诗歌的起源地。走进乞巧，越发感觉看似平淡无奇的先秦大地竟然蕴藏着无尽的深意，那传唱了三千年的乞巧之歌，将秦风汉韵的大雅大俗之音，以祭拜巧娘娘的形式将织女的传说固化，河水般地从远古流淌而来，丰富而通俗生动的乞巧歌词让我们沐浴在中华文明劳动创造美的光辉里，感受女性丰富的情感世界以及对生命、生活、幸福的理解和追求。乞巧集崇拜信仰、诗词歌赋、音乐美术于一体的文化习俗，代代相传，久盛不衰真是个谜。

乞巧节期间，走遍西汉水沿岸的大街小巷，总能看到姑娘媳妇们穿着节日的服装，盛装打扮，排着队迈着整齐的步伐唱着同一首《迎巧歌》："七月初一天门开，我请巧娘娘下凡来，巧娘娘，驾云来，给我教针教线来。巧娘娘穿的绣花鞋，天河边上走着来。巧娘娘驾云进了院，天天给我教茶饭。巧娘娘请到神桌上，天天给我教文章。巧娘娘请上莲花台，天天给我教绣花鞋。巧娘娘请来了点黄蜡，天天教我乡梅花。巧娘娘请来了献茶酒，给我赐一双好巧手。巧娘娘来了献油饼，叫我越做越灵心。"乞巧女乞求灵巧和智慧的美好追求一览无余，表现得淋漓尽致。山村里大路旁，黑红面庞的女童和少女们亦步亦趋扯高嗓门唱着乞巧歌；媳妇婆娘欢天喜地载歌载舞娱巧拜巧，柔软的身段优美整齐的舞姿表现乞巧而来的才华；神案前庄重谦诚祭拜的老年妇女，身体力行地传承乞巧文化的每一个程式；坐巧人家更是乞巧女的公共场地，主人毫怨言地为乞巧女儿全心服务。从耄耋老人到黄发小女都围着巧娘娘转，唱不完的乞巧歌，跳不完的乞巧舞，行不完的乞巧大礼，迎巧、坐巧、唱巧、娱巧、拜巧、卜巧、送巧等一个程式都不会落下。七天八夜，天天有新内容。老老少少的女儿们，感念巧娘娘，乞求巧娘娘，赞美巧娘娘，向巧娘娘倾诉。巧娘娘是女儿们心中无比高尚和荣光的神。娱神也就是娱己。从早到晚，乞巧女全身心地投入，大家从未有过的整齐，是前所未有的放松与欢愉，女儿们在纵情歌舞中找出了心目中的自己，与姐妹的共同乞巧中感受到集体的温暖，生活中的美好全部汇聚一起。七天八夜的狂欢诠释了什么是真、善、美，过年般的感觉真是不愿和巧娘娘分离。难怪七夕之夜的送巧仪式上，沉浸在节日氛围中的巧女们竟然眼望化为灰烬的巧娘娘时泪水涟涟，不能自禁。

2017年的乞巧节正值雨季，时大时小迷迷濛濛的雨丝接连不断，可也阻挡不了乞巧女乞巧的脚步，也阻挡不了全国各地人们奔向巧乡赏乞巧的步履。开幕式上，观众打着雨伞身着雨衣，人头攒动，即使大雨也浇不灭人们的热情。主席台上，老牌著名主持人陈铎先生浑厚圆润的嗓音和抑扬顿挫的语音，穿过层层雨雾，深深地吸引了人们。著名历史学教授知性的开场白更是让人精神一振，"我们中国话里说：女儿的骨肉是水做的。今天女儿节来了，雨也来了，这是好事儿"。轻松优雅的一句话打消了人们对老天的埋怨，反而多了份乞巧的节日氛围。蒙曼教授涓涓溪流般的语言，就中华古典乞巧诗词的意境和美感娓娓道来，给我们阐释了千年乞巧.诗意西和的大美。她浸透在古诗词里面优美的语言，如轻风细雨，将乞巧文化根植于观众的心中，给人以无限的美感，不经意间散发出文以化人的巨大能量。

古典美与现代美的结合更能碰撞出时代的火花。

年年乞巧望秋月，古韵新风扑面来。乞巧是巧女们最美的绽放。但乞巧过后，妇女们仍回到低调内敛的生活中去。姑娘们读书写字做家务循规蹈矩，彬彬有礼；家庭主妇们相夫教子，德良贤淑，出得起厅堂，下得起厨房，里里外外从不偷懒。因乞巧而来的心灵手巧、聪明贤惠、能歌善舞、满腹经纶淹没在琐碎的生活细节中，但掩饰不住她们重视文化敢担当，吃苦耐劳爱动脑，做人做事讲品德，诚信友爱求团结的优良品质。善良美丽的巧女们把自家打造得纤尘不染，井井有条，温馨而和谐，她们不管到哪里都知理识节，大度从容，甘愿默默奉献，再苦再累了也从无怨言，这不就是传统文化精髓的体现吗？这不正是社会主义核心价值观的生动体现吗？乞巧女儿不仅有水一般的柔情，在大是大非中也有摧枯纳朽的勇气和胆识。

这因巧娘娘带来的和谐美好能让人忘记吗？于是，在近年人工修建的晚霞湖畔，人们塑起了"杏仁眼睛樱桃嘴"的汉白玉巧娘娘像，面对着烟波粼粼、纤尘不染的巧娘娘永恒的微笑，那么高大那么美，伴随着十里荷香，聆听着池边蒹葭的私语，是那么的温柔动人，湖上九曲回廊上赏景的人们总是络绎不绝，新词迭出的乞巧歌久久传唱，直唱到人心底。

> 张红霞，女，甘肃成县人。现为陇南市文联党组书记、主席。中国摄影家协会会员，甘肃省摄影家协会副主席。

两当文学之夜

刘满园

五月的两当，先是一片火红，这红色不仅是两当漫山遍野的杜鹃玫瑰装点的，也不仅是这座天然的园林城市里的石榴和月季映衬的，这一片片红色，就是中国革命的本色，是新民主主义革命时期，老一辈无产阶级革命先烈策划"两当兵变"、长征途经两当和解放两当留下的红色足迹，是中国革命传统和革命精神的传承和彰显。如今的两当，已经成为了红色的福地，革命的圣地，绿色的家园。有着"中国深呼吸小城""中国绿色名县"之称的两当，这时候也正是山山岭岭绿意浩荡的季节，无论您从哪个方向进入陇南，进入两当，立即便被满目青山和层层碧绿所包围，心头瞬间便会充满舒畅惬意和无限遐想。绿色乃是我们新时代的主基调，是新理念的代名词，是我们迈向高质量发展的美好未来和中华民族复兴的伟大梦想。红色和绿色，就是走进山水两当、书画两当、多彩两当带给我们的第一美好印象，令人振奋，满怀希望。

就在全国上下正在深入开展党史学习教育，正在迎接党的百年华诞到来之际，5月18日，由广东省作家协会党组书记、专职副主席张培忠带队的广东作协一行7人，不远千里来到甘肃省陇南市两当县，缅怀革命先烈，弘扬革命精神，开展调研学习，开创文学新局。陇南两当市县文联作协，也想珍惜这个难得的机遇，诚请广东作协的领导和作家诗人给我们举办一个文学辅导讲座，或者对我们两当县的文学工作进行现场指导。广东作协张书记一行综合考虑行程时间安排，确定18日晚上在两当召开调研座谈会，为两地的作家诗人和文学工作者们搭建一个互相交流对话的平台。这样，才有了这次两当文学之夜，才有了广东和甘肃文学的美丽结缘，才有两地文学的绿色之梦。

那天张培忠书记一行中午从兰州出发，下午八点半才到达两当县城，夜幕已然降临。第一眼见到张书记，觉着他是一个工作干练的人。下车办完入住手续，他只是简单地洗一把脸，不到十分钟就下楼了。他说同行的同志和两当的同志们都饿坏了，赶紧吃饭。吃饭时，他也不让别人夹菜盛饭。他叮嘱我们别客气，天下作协一家人，一家人不说两家话。并要求大家抓紧时间吃饭，两当的作家诗人朋友们还等着座谈呢，这都快10点了，听说人家已经等了两小时，心里委实过意不去。看到张书记这么真诚，这么接地气，这么体谅我们基层的文学工作者和文学爱好者，我们十分感动。

座谈开始后，我主持时，本来早已写好了文稿，打算要好好介绍一下陇南先秦以来历史文化遗存和以两当和哈达铺为代表的陇南红色文化资源，还准备自我陶醉一把，夸夸陇南有着肥沃的文学土壤，据专家考证，《诗经》中的《秦风》等作品，都是采自陇南的民歌或民谣，唐代大诗人李白和杜甫都有描写陇南的千古名作，近年来陇南的文学创作比较活跃，精品佳作不断。但我还是长话短说，没有再啰嗦，毕竟时间太晚，远道而来的客人们一路颠簸，已经累得疲惫不堪了。当然我还有个私心，我们这是小巫见大巫，要尽量听听他们的辅导和指导，多多向人家请教，人家来自改革开放和现代化建设前沿，有更多值得我们学习的东西。

没想到张书记一行对这个座谈高度重视，拉开话题，他们一个个精神饱满，全然忘却了乘车8个多小时的全部疲劳。张书记首先热情洋溢地交流了此行的目的和走进甘肃的真切感受，对我们的热情接待表示衷心感谢，特别对广东作协和甘肃陇南两当深厚的历史渊源和红色文化情谊，发表了自己独到的见解和感悟。他说这次两当之行，非常值得，也难以忘怀，这里是一片红色的热土，绿色的厚土，文学的沃土，这里山清水秀，历史悠久，文化璀璨，人杰地灵，是一个前程似锦的好地方。我们当地的文学作者，要充分开发利用好"两当兵变"这个红色资源，用文学的方式传承好弘扬好中国革命的伟大高贵精神，努力创作，不断提升自己的文学创作水平，同时要不断提升作协的引领服务工作水平，组织做好文艺评论工作，积极推介当地作家的优秀文学作品，推动文学事业的高质量发展，为社会主义现代化建设和当地的经济社会繁荣做出更大贡献。

之后，张书记就两当文学作者在现实题材创作、长篇小说创作等方面存在的困惑，进行了现场辅导。张培忠书记是中国作协第九届全委会委员，著名作家，发表小说、评论、报告文学150多万字，出版长篇纪实文学《文妖与先知——张竞生传》《海权1662：郑成功收复台湾》，以及报告文学集《人比月光美》和文学评论集《批评的实验》等；担任总撰稿人，联合12位广东作家，创作出版首部全面讲述广东小康建设辉煌成就的100万字大型纪实文学《奋斗与辉煌——广东小康叙事》。他在现实题材文学创作方面，积累了丰富的经验。张书记语重心长地跟两当文学朋友们分享说，文学创作是一辈子的事，不要急功近利，要把它当成终生的事业去坚守，去奋斗。创作现实题材的作品，或者创作长篇小说，首先要关注现实，扎扎实实深入到生活中去，要善于积累生活，积累素材，积累经验，积累思想。特别是想要创作大部头的东西，必须做好充分准备，不要随意或者轻易动笔。同时，知识必须广博，要有百科全书那样的知识储备。收集素材时，得下更大功夫，要吃得了苦，不怕吃更多苦。搞好文学创作，必须付出代价去做，要像挖一口深井那样，倾尽心力去开掘现实生活中最有价值的文学富矿。选材要选有价值的题材，注重选择重大的、具有时代感的、更加为人关注的现实题材。

张书记跟我们交流时，总那么平易近人，非常随和，就像在跟朋友聊天。他还一再坚持，要我们两当的文学作者多多发言，多提一些意见建议。张书记还点名让两当作协的同志，一一对现场的十五六个作者进行了介绍，详细了解了两当文学创作状况。他对两当已经退休的原文联主席李兴林同志更为关爱，耐心听取他的发言，真情收藏了他的散文集《素影云屏》。听到两当这个5万多人的小县有这么多文学作者和爱好者，有这么多的文学人口，张书记十分高兴，并要求随行的广东作协社联部、组联部的同志，今后要跟两当文联和作协加强联系，在一些文学活动和文学培训中，要更多倾斜和关注到陇南的，特别是两当的文学作者。并表示，今后广东作协会像走亲戚一样，常来多来陇南两当学习，更多关心关切两当文学事业的蓬勃发展。

广东作协主席团成员、《作品》杂志副主编郑小琼，是一位在陇南和两当都有很多粉丝的打工诗人，她座谈时总是笑意盈盈，极为放松，针对两当文学作者创作中的问题，交流了自己的创作体会。她说创作不要有过多的杂念，不要去想作品写出来怎么走红，怎么被社会关注，一下子得到认可这些事情，这样你会把一些更纯净的纯文学的感受错失掉。也不要自怨自艾，要善于找出自己的差距和不足，要努力打开自己，善于挑剔自己，要勇敢跟那些名家去对比，要多读名著经典，要研究性地去读。你喜欢哪种文体，你就要读一些从事当前这种文体创作成绩最为优秀的名家作品，读得深刻透彻一些。读书写作都要有耐力，有规划，不要随意去写作。要提高和突破自己，就要用心，用情，用功，要像打工吃尽苦头那样下更大功夫。要经得住自己和别人的质疑，不要光想要别人的怜悯。搞文学创作，要耐得住寂寞，能够坚守，这一点至关重要。同行的广东作协调研组其他同志也先后真诚交流了这次来到两当的感悟和体会，也从各自的工作职能入手，畅谈了一些今后如何加强跟两当甚至陇南开展文学交流的构想。

随着发言人数的增多，我担心时间太长，耽误大家休息，张书记看出了我的顾虑，当即表示，座谈会可以延长到12点，有话就讲。在他的鼓舞下，好多同志都踊跃发言，现场气氛十分热烈，融洽。座谈会结束时，张书记还意犹未尽，分别跟在场的同志们合影留念，直至过了12点，才在细雨蒙蒙中，回到宾馆休息。

这一夜，不愧为两当的文学之夜，这一夜在两当的文学工作历程中，也算浓墨重彩的一笔，值得纪念，值得回味，这个红色文学之夜，也是绿意荡漾的，充满期盼的。

第二天一早，天公作美，晴空万里，被雨水滋润了一夜的两当县城，坐落在蓝天白云下，掩映在青山绿水中，更像一块晶莹剔透的绿宝石，清新纯净，靓丽无比。来到两当兵变纪念馆，广东的客人们一个个心情愉悦。进馆以后，张培中书记带领广东作协的同志们，为老一辈无产阶级革命家敬献了花篮，表达了深深的缅怀之情。随后跟随讲解员逐个展室参观学习，缅怀革命先烈，接受革命教育，传承红色基因。

从纪念馆出来，与两当的文学同行道别后，张书记一行登上中巴车，往东直奔下一站延安而去。

（刊于《广东文坛》2021年5月31日，篇名有删改）

> 刘满园，甘肃省作协会员，甘肃省文艺评论家协会会员，郑州小小说文化传媒有限公司签约作家，陇南市文联副主席。作品散见于《百花园》《萌芽》《飞天》《天池小小说》《短小说》《文学月刊》等报刊，有精短小说集《乡村情绪》散文随笔集《陇蜀情怀》和纪实散文集《梦中的橄榄树》（合著）出版，主编有《陇南文学作品选·小说卷》。

武都的夏天

祁 云

　　武都是陇南市首府，武和都两字组合，显然就是个关隘要塞、军事守备形成的城市。秦蜀咽喉，陇蜀古道，是北方向南方过渡带，山高、谷深、江涌就是这里的特点，高大的山峦与低下的河谷，气候交融。每到夏天，山上风吹清爽和城谷酷热难耐，相容共生，声名远扬的甘肃小火炉。近几年，大家感觉气候渐变，夏雨多起来，两个热天一夜雨，热不起来了；冬春和煦，夏天不酷，秋季清凉，物产丰富的陇蜀之城终成养人的好地方。

　　源于甘南高山河谷中的白龙江，一路惊涛拍岸，穿关渡险，穿越武都城区的低凹河谷时就温柔下来，经过南北大山环抱，江与山拱卫守关，古来就是边陲重镇。唐更名阶州，阶者台阶，地壳折皱、江河过往形成的几块区域的台阶之州，是闻名史册的"得陇望蜀"之地。沿着峡谷关隘，南头连接四川盆地，东头进入关中，西头进入甘南，可入河西走廊，北接陇右天水。在古代视为畏途的鸿沟也是赖以交流的通道，其意义在今天已经失去攻城略地的武备之色，高速、火车加飞机，人类已经可以轻捷地跨越这片高山深谷，短短两三个小时，就可以完成孔明出祁山、邓艾奇袭四川五六个月的艰苦行程。不知是这些过往之人行军打仗能吃苦、习惯成自然的原因，还是不喜欢记载这些酷热之事，历史的典籍里，没有记录下武都的夏天酷热，现在人们却怕起夏天的热来。

小时候父亲就告诉我，他战斗过的一个地方叫武都，夏天很热，父亲是解放武都时期的礼县游击大队，扫退武都残军后就留在武都公安大队，那个时候是军人建制，提起武都就是"三宝三高"，武都三宝"热、臭、咬"，三高是"山比云高、水比城高、人比门高"。

这个"热"主要是说夏日的气候，人总是拣极端的事情说事，冬春暖和，秋季舒服却没人说好。可以想象，那时没有煤气油电，一切用材、用柴都去山坡砍伐，父亲入驻的那个时期到处光秃，连个遮风挡雨的树都少，出门就是火红的太阳，光秃的河坝、秃溜溜的破岩砂石，放眼是高耸入云、挡定风速的大山，能不热吗？"臭"是指的排水，长期的堆积使得白龙江堤防比城里高，江水不能进，城里的水排不出，吃喝拉撒聚锅底，人从高出走，门在凹下立，能不臭吗？"咬"当然是"热"与"臭"的派生物蚊子，传说中武都的蚊子体大厉害，那是聚众会餐的快乐。来看望的父亲战友都是坐吉普车的领导，幼时心里暗怨父亲为什么辞职复员回乡呢？埋怨他革命意志不坚定。后来我理解了，三五天痛失一双子女，父亲引母亲到武都缓解情绪，母亲不服武都"热臭咬"就病倒了。我老家是高山林海的林区，清凉不热，与武都是截然两种气候，难以适应。爷爷奶奶年事已高，一双儿女夭折，山高路远，妻子多病、气候不适，就只有辞退复原回家一条路了。难怪父亲口里的武都，多数是战友情谊、扫除残余的故事，比试臂膀力量的荣耀，就是"热、臭、咬"了。我理解父亲的性格，"热臭咬"对于他，根本不算啥。如果母亲能忍受武都的"热臭咬"，陪伴一段父亲，在部队里已经有了威望的父亲也是不会悄然辞职回家的，武都夏天的热度，于父母和我来说是一种幼时的情结。

幼时情结加重了心理负荷，以至于每次武都来办公或者开会，身上就热起来，多数是穿得太厚太热。武都区四山弯上居住的农村人也说武都太热，山上厚点的衣服正好抵御早晨的凉爽与清冷，进武都太阳高悬，一下子热起来，厚衣缠身，只有怨热的心情。一半是天气确实热一点，一半是自己穿衣不合时宜形成的心理之热。夏天一热，武都城住的乡下人都打轿回乡。今天，就有一个邻居回山上的家住了一段时间归来，明显穿得厚了，满脸大汗在电梯里怨恨天气的热。他看看孙子，连夜又回大山坡弯清凉的农家，四周的武都山区人都不服城里的热，小火炉的热一直充斥着四周人的内心。

在武都，感觉一年是两个季节，冬春秋三季是一家，夏天单独成一家，而且夏天热过的人就记住了武都，身体上受点热罪，记得最牢；正如我，故乡最好的季节是夏天，庄稼盛长，树木茂密，日烈风吹，学校放假，信马由缰；记忆最深的却是冬天的厚冰寒冷，脚指头常冻得红肿的。快乐能把时光缩短，难受能把岁月拉长，武都苦夏几天日子，却把冬天的和煦、春天的温暖、秋千的清凉都遮盖得瞬息而过。客人多把武都的好处忘了，记得武都夏天的热。

最让人不理解的是，历代文人不知写了多少春花秋月，冬雪冰景，却极少有写夏天的影子，武都的夏天更是没人爱写。大概是春日融融，秋波潺潺，冬天花开还温暖。而夏天呢，提起就热，总是在苦咸的汗水里，总是烤在炙热的太阳里，有闲情逸致的人自然不喜欢这种热得出名的季节与劳苦汗流的旋律。此时武都高山坡上却是财源入户收获的季节，夏热随着樱桃、枇杷采摘，慢慢升温，到收庄稼、摘花椒进入最忙时期；分布在南北二山，溪流江畔，各式各样的农家乐，也是生意最红火时期。照片上美女摘花椒很美气，实际上采椒农立在满身是刺的花椒树里，一粒粒摘取，有的只是太阳烧烤的辛劳。采椒山坡上，椒红日烤人，不过价格高，满是好心情，生意兴、收入好，武都的农村这个季节激情与快乐。

多少个炙热的夏天，干着让人忌惮的工作，暗里却怀着一副文化人采风心情，驰车盘山深入的高山腹地，去过马营最高的山梁，去过米苍山坳里的鱼龙，去过三仓五库的山峰，三河五马的农舍，坪垭藏族的高坡……发现那里的农人热情饱满的摘花椒、晒花椒、土豆除草、收割庄稼，务操果树；路上的民工依然挥汗如雨打水泥路、修桥、砌石，好像太阳就是照亮的明灯，没有怨言一句夏天的酷热，古铜色的脸庞在夏日之下是那么的美！我惊讶地看着炙热阳光下依旧夺目的风景，有这些农人的场景才更美，更充满精气神。习惯了武都的夏天，懂得了蒸笼般难耐难熬的酷夏本身就是挑战生命、促进生命旺盛的一个组成，酷热与清凉合在一起，不正是地球生命完整的一轮吗！细想简单无忧的童年，根本没有留下夏天的热和冬天的冷，只是到了有私心欲念增多的成年，有了制冷制热的选择；才有了沉重的人生酷夏，才有了人传人喧的武都的夏天。

刚来武都的时候，住在武都旧城区一个绿化很美的旧小区里，楼后面是藏在钢筋水泥丛林里的老街，有着各种诱人的小吃和惹人变肥的味道，武都人做小吃敬业、精致、味美、种多，麻辣、酸甜、香脆、舒心。再热的天气，依然每天早、晚、中午扑面而来的就是热闹、喧嚣。人来人往，夏天穿着，男人简单，背心、短裤、拖鞋；女人洋气，太阳镜、遮阳伞，飘逸短裙，尽显曲线；百货店铺、特色美食，热闹非凡，街道两侧的水果蔬菜小摊，都给这条老街增添了不少的生命力。斑驳低矮的小店面，显示着它的久远，没有华丽的装修，几张桌子几条板凳，一碗热气腾腾的炒荞面叶叶，时而火焰喷起的小炒，不紧不慢的电风扇吹飘着朴实的老味道，吸引着行人的味蕾，热和香味是拌合在一起的，而这种厚重的朴实只有在老街才能感受到。

小巷里一旧小区门口小屋，有一位老奶奶正在做纯手工的布鞋，单衣短袖，布裤上放着皮垫，穿针引线，那动作多么像我鞋匠的岳母。有时若无其事地用扇子扇扇，安然自如，没有一点酷夏的味道。这种鞋子费时价低，对于老一辈的人来说，这种布鞋是非常熟悉的，不经意的年轻人来讲，不穿这种鞋子，也就视而不见。这条街就像岳母城里的那条鹿家老街一样，承载了太多的记忆。夏天对她们已经习以为常，就像农人没人怨恨酷热的太阳。那个时候，我就感到，热是一种适应的心境，是一种对自然的适应和安然，如果把热度心里放大，人归息，鸟窝藏，那就啥也停干。

最深刻教训的也在武都的夏天，有次趁着开会请县上的来人，预先说好确定十多人的餐桌，结果来了两人，其余散会早点，各路四散回县，电话过去，都一个声音，嫌弃武都夏天的热。那次丢人伤脸的约饭，让我明白"夏热"在武都人是平静的，在外地人是逃离的。我慢慢发现，这些勤劳而自然的武都老百姓的夏天，不是用电风吹走的，也不是用扇子扇走的，夏天的酷热是他们自己用淡定的心情融化掉的。在热的季节里缺少淡定容热的武都心情，所以你请客的热心就成了自伤的火焰，从此我学会了热天里的冷静。

自那以后，感知武都的夏天，当地人已经淡然，让来客心里放大调成高温度，要学会武都居民的安然，安然式地降温。从此，不会长时间在室外停留乱窜，回屋洗个澡，打开窗户，放开风扇，换上短裤和背心，正常读书工作，慢慢心里安然了，竟然舒服起来。如今，已经化为安静过夏的故人，感受到的近十年，是武都绿化、亮化、公园化，夏凉化，白龙江畔岸美化最显然的十年，追怀起来，越来越想到武都夏天的好处，当初感到的一切坏处，也已经变成很有味道的一些纪念。

这几年，武都的夏天确实不酷热，而是凉热有度起来。夏天是怎样不热的，有人说气候大转化，实际上气候不会大转化，还是得益于发展，得益能源结构的变化，山的颜色变了，河谷风光变了，农村庄稼变了，收获方式变了，气候跟着变了。我对云气的理解越来越深刻，武都人是敢吃苦，改变山川云气的人，武都的精神在山上，美在山上，这里的有些地质，几乎到树不能成活的地方，都栽满了树。退耕和还林在武都尤其难，难在还林上。过去人类就靠天地生长过日数万年，尤其武都南北二山，古来就没有长树生草，父亲的记忆山上是光秃秃一片，树都砍尽，连草皮都挖起做饭，树叶扫得净光，何谈地气接天？如今郁郁葱葱，云气连片，就有了天风与地气的交合，就容易下雨起来，那是武都人吃苦改天换气的精神感应。

慢慢体味武都美在夏天，韵味独特：大山之美、江流之美、活力之美、陇蜀之美、生态之美，五美武都才是她不同于其他城市的风韵所在：大山之美：山大柔深，人庄在山上，物产在山上，精神在山上，风俗在山上，故事在山上，灵魂在山上。江流之美：滚滚白龙江穿城而过，既是武都的激越流逝之美，带来武都风吹清凉，又是武都温柔婉约之气。江岸夜色是武都最秀丽之处，在南北二山农家院里看武都夜景，市区万家灯火被一条流动波光的白龙江串连起来，大珠小珠一线穿，夏日江岸赛神仙。每当夏夜临江而立，就有感叹：逝者如斯白龙江，不知何处是故乡。活力之美：武都人直爽热情，真诚开朗，好奇而没有世故之溺。"你复杂世界就是迷宫，你简单世界就是童话"，直爽轻松武都人的世界就是童话，白龙江一线，跳舞唱歌几十摊人马，山歌扇舞，流逝的老调都唱出来，秦腔社火，古曲新味，笑颜吖吖，这里的民风包容，能歌善舞的不扭捏，感受强烈的人气满满与活力之美。陇蜀之美：漫步在武都的街头，时而飘着火锅的味道，操着四川普通话的语调，感觉就是四川麻辣的城市。有时又看到高大的身躯，摆着新疆的烤肉，堆满酒瓶，喝得涨红的脸面，高声大气地划拳，不时传来一段豪气苍茫的秦腔之声，又提醒是陇上的风格。生态之美：在泛着蓝色波光的白龙江岸散步，一边是温柔的江水，一边是辉煌的城市灯火，那条路是武都人的散心路、健身路、观景路，那些阔叶林、高耸的芭蕉，满目的橄榄树，四季都有开花结果的树，这里植物的多样性在全国之前列。如果你驱车深入武都的乡镇，可以改观你对武都在认知，山上绿树成荫，花椒林、橄榄林成片，各种果树相接成长，清流石上，金丝猴逗戏，鸟鸣山林，茶树青青，老屋古村，生态诱人。

发现武都的夏天之美，就淡化武都的夏热，深深爱上武都，老婆也顺我调入，安心武都，已经很快适应她的生活，比我转化还快，入了旗袍秀，不是立墙练功，就是练习形体。也怪，到了武都，酷热的夏季反而成就自己。每到酷夏，总来旺盛的精气神，抗压力、创造力、思考力是最旺盛的季节。我想，这一定是那些父母自小传导给我，曾经武都经历人生酷夏的反作用，锻造出我这个反常的性格习惯。我好多的自信故事都是酷夏的办公场所，用汗湿、酷热、孤独浇灌的结果，人能心气平静地熬过酷热的孤独，好多事情就水到冰融。于是，我内心充满对酷夏的崇拜，我明白了，武都的夏天，饱含里面的看似苦涩和艰辛，甚至还有点唱秦腔的悲壮，又是一种能量的热耗，是能量淋漓尽致地发挥。

　　武都的夏天，也让我懂得安然地融化，明白潜心地接受，就有心境的自然转化，就有了面对夏热的温适自然，顺遇安然。懂得几十天的酷夏，绝不是自己感受到的暑热折磨，田野里还有勤劳的武都人顶着毒日当头、抓紧收获，默默地坚忍与拼搏的快乐。其实，学会了适应夏热，学会安心待热，就懂得看待人生冷热，人生的力量，全是环境压力给的，要把所遇的压力用内心的抗力承受溶解开来，吸收溶化到自己的骨头里去，转化为自己成长的营养。每年武都的酷夏，我都一边享受着酷暑，一边尽力地工作，一边写出一些带着热火的文字，我崇拜武都精彩的夏天。

祁云，男，甘肃礼县人，甘肃省作家协会会员。出版散文集《生命的背景》《忘却的月亮》。现供职于陇南市某机关。

苍翠绚烂官鹅沟

甘 宏

在宕昌县城的北面山麓和距县城十二华里的雷古山,即现在人们常说的官珠沟和鹅嫚沟。这两地以神山雷古雪山为依托,方圆绵延近100公里,映入眼帘的是:终年不化的皑皑白雪,耸入云天的擂鼓石山,四季常青的苍松翠柏,滚珠浅玉的清溪河流,凌空飞泻的漫天瀑布,色彩娇艳的寒极冰花,以及四季分明的娇嫩植物……这里藏羌族民风淳朴,文化厚重,在党和政府的领导下,藏羌族群众的吃住行发生了翻天覆地的变化,每到藏历年,藏族群众虔诚礼佛,制作经幡挂在神山神树前祭祀,向佛殿供奉酥油长明灯、松柏枝、酥油、撒浇糌粑、炒麦粒、人参果等,每天在自家佛龛前换净水,叩头膜拜,煮上带有红糖、碎奶渣、糌粑的青稞酒。随着生活环境向好向美向富裕的演进变化,他们更加珍惜眼前的幸福生活,珍惜来之不易的人居环境,他们对赖以生存的一山一木一石一水更是倍加呵护,用热情欢迎前来踏青登山观景的每一位贵客……

神奇的雷古山

此山山峰除高耸入云外主要是它高海拔而寸草不生,终年岩石裸露,一年四季它像一位风度翩翩的少年,在太阳日照变化中飞快旋转,在烟雾缭绕中盛装或卸装，早晨云彩簇拥，中午蓝天托顶，傍晚夕照闪烁，神秘的面纱总在气候大师的指挥下反复展演，又因了周遭皆翠绿掩映而令它格外撩人顾盼。

高山草甸

雷古山雪域以下便是草木茂盛的一个去处，可能是积雪最先溶化后的水分富集这个缘故吧，各种植物依海拔高低而生，远远望去，整个山坡被簇簇蓬松美娘的秀发所遮盖，埋膝的草坪举步维艰，但丽日当空的惬意，云蒸霞蔚的壮观却令人舒畅至极，再看那一丛丛红白相间的杜鹃花，一团团乔松疏竹，一棵棵纤细的红柳或挺直的桦树，着实令人感悟到生命的顽强、伟大和生生不息。

烟雨苍茫

极目远眺，官珠沟和鹅嫚沟由若干个高山草甸连接起莽莽林海而形成，广袤的山野令人心旷神怡，四季温湿度使它不停地嬗变，春天嫩绿攒头，夏日草飞莺鸣，秋季层林尽染，冬上冰雪挂枝。把人们对景区的无限遐想由一个个蔚为大观的景致呈现在天南地北游客的眼帘，使他们寄托梦想，亲近自然，物我两忘。

清流潺潺

以雷古山主峰为依据的鹅嫚沟和官珠沟风景区最大的魅力莫过于水的有形于无形中，山顶出水，林海冒水，石缝喷水，那河流、瀑布、小溪、泉水，但凡踏足其中，总能让河流的流淌声，瀑布的喷涌声，小溪的潺潺声，泉水的叮咚声与您交流、对话、耳语，倾听自然与人的心语，人与自然生物链的似曾相识和打断骨头连着筋的交集；倾诉人与自然陌路相逢的认识、认知，把心与情、灵与肉，良善与邪恶，一股脑儿地挥洒出来，在托付中得到洗礼，在熬煎和鞭挞中得到安生。

原始魅力

走进原始森林，我们即刻被那斑驳的树影笼罩，一阵又一阵清凉沁人心脾，抬头仰望，只见古木参天，林荫蔽日，在脚底下厚实松软的腐叶上我们只觉得原始原来是这样的——它沉淀了太多的岁月积累，枯木衰草败叶就在参天大树的脚下静静地躺着，一任腐烂化成泥土……让我们眼睛一亮的是，泥土的芬芳已然催生了欣喜的新绿，那松涛呼鸣，赶不走的清香四溢，那山脊上、路旁边、土包中、悬崖处虬枝盘根倔强生长在罅隙间的不就是挺拔伟岸的、勃勃生机的新一代凌波仙子吗，她们的枝杈像筋络一样粘连着，一条条长短不一垂吊的枝条，像婀娜多姿的少女的裙摆，风儿轻拂，她便飘然起舞。

任性的瀑布

绿色和水是景区名胜的基本构成要素，而水则是她的灵魂所在，雷古山景区以它独有的气势磅礴、绿荫蔽天，水系多样而为世人所称道。刚刚踏进她的怀抱，你便看到的是中国山水画上的清泉石上流，那哗啦哗啦的流水声与水间奇巧石头的碰撞声，产生音符中的跳跃和鸣，她像巨大的磁场一样吸引着你亦步亦趋走向她的深处。一忽儿，便看到青山绿水间一排又一排介于天然和人工形成的大小不等的一汪汪湖泊，由上到下，每层都有整齐划一的瀑布倾泻而下，发出巨大的声响，水点又好像拳头一般大小，她们彼此间相互挤对着，怒骂着，或嬉戏着、相拥着、欢唱着将瞬间的美奉献给观瞻者。还是一路走去，到她的深处，便是绿荫掩映的巨大山峰，在那密不透风的绿叶间，那极顶而下的瀑布当着你的面飞泻有直喷式的、开枝散叶式的、天女散花式的，雾剂式的，像琼浆玉液，百娇千媚，张扬着个性，凸显着灵气，把活水的迷你天性挥洒至极，令人赏心悦目，流连忘返。

藏羌生活

宕昌藏族据考证原系魏晋南北朝之际北方各民族出现大迁徙、大动荡和大融合到宕昌至今，先后经历了"逐水草而居，罕务农耕"而后逐渐向农耕经济为主社会转化的历程，在长期农牧兼营中农作物品种以青稞、豌豆、油菜为大宗，春小麦、蚕豆、荞、燕麦次之；居所周遭林山阳坡多盛长冷杉、云松、油松、华山松、桦、杨等乔木，阴坡地多以灌木为主。居住区既是野生动物栖息地，也是多种名贵中药材盛产地，现在的藏族群众生产生活条件得到极大改善，居住条件宽敞明亮，每一家农户房前屋后都有特定的小巷、菜畦、庭院、石墙、石台，青、赤、白、黄、黑的建筑色彩在房梁、屋脊、檐下十分醒目，尤其按照当地宗教信仰以历史为依据，把当地苯苯教、崇拜天地、山林、白福禄羊的神鬼精灵和自然物、跳神、占卜、禳解的祭祀有机结合起来，其建筑与山水民居有机结合，极具藏羌民族文化内涵和民族风情，粗犷雄浑，成为人与自然完美结合的古羌族观光胜地，吸引八方来客考察学习旅游。

鹅嫚秀色

在整个风景区，那枝繁叶茂的云杉、冷杉、刺柏、雾松或各类阔叶、针叶植物，相互包容生长，成为千姿百态靓丽的一道道风景，她们枝枝相抱，叶叶聚拢，在静谧的氛围里或卧或跪或站立，按照各自的属性和性情，率性而生，姿肆而发，春天把嫩绿和蓓蕾孕育，让绿开始发芽抽穗（蕊），夏天把斑斓的色泽或红或黄或粉白等精美华丽的民族服饰一应着装穿戴，远远望去偌大的森林花园莽莽苍苍，在那浑圆有致的大山脊梁之中，那百花园里不知名姓的各种山花、草药花、木本植物花怒放盛开，时令进入秋季，则由红、黄、绿浓墨重彩的三色展现出这方山水江山如画的瑰丽景致。

| 甘宏，甘肃省作协会员，陇南市档案局原局长。

槐花十里不胜香

袁兴荣

清明时节，古城阶州的江水边、溪水旁、沟壑间、崄梁上，一株株或高或矮或粗或细的槐树上槐花开始绽放。洁白的槐花缀满树枝，晨练的男女总会在槐树下放缓脚步，深吸槐花的清香；薄暮时分，俊男靓女，轻踮足尖纤手捻，悄藏娇蕊沁侬家。清风吹过，满城弥漫着淡淡的素雅的清香。且不说热爱生活的饮食男女如此痴爱槐花，就连那蜜蜂，也从遥远的他乡如约赶来……

春风一夜庭前至，槐花十里不胜香。阶州古城醉了！

槐花盛开时，春光正好。早春，人们只记得杨柳的鹅黄嫩绿；稍后，樱花如雪，桃花夭夭，梨花粉白，芸芸众生哪记得素妆的槐花？布谷声里，樱花华丽转身成为晶莹剔透天下第一鲜果樱桃，而桃子、梨子还处在襁褓里；山川变为深绿之际，貌不惊人不声不响的槐花悄然成了这个季节的主角。晨风里人们寻槐而去，夕阳下人们拈花而归。布谷催春春又回，槐花依旧笑春风！

千百年来，不知有多少文人雅士歌咏过槐花的妩媚和清香。白居易在《闻新蝉赠刘二十八》中深情写道："蝉发一声时，槐花带两枝。只应催我老，兼遣报君知。白发生头速，青云入手迟。无过一杯酒，相劝数开眉。"而陆游在《夜坐小饮》中描摹的槐花又是另外一番景象："零落槐花已满沟，江湖又见一番秋。"其实槐树在华夏大地是最普通最常见的树种，大江南北天涯海角随处可见。槐树木质坚硬，花蕾、果实和根皮都是凉血、止血的良药。因易栽易活，槐树成为市井乡间处处栽植的绿化树、行道树、蜜源树。其变种"龙爪槐"，又称为"蟠槐"，因其造型独特，枝条屈曲下垂，成为赏心悦目的观赏树种。在物质匮乏的年代里，槐花曾为多少人果腹充饥；而在人们崇尚自然注重健康的当下，这有着浓浓乡土气息的天然食物，更是人们一种精神的寄托。因其天然原生态无污染，槐花成为人们最青睐的食材之一。经过一番煎炒蒸炸，槐花疙瘩、槐花三鲜面、凉拌槐花、槐花蜜丸、槐花茶等赫然成为餐桌上的特色菜。当下最火爆的纪录片《舌尖上的中国》中那对从事甜蜜事业的四川职业蜂农，驱车千里，撵着槐花，携蜂迁徙，让千万蜜蜂酿造世间最纯最净最甜的蜜……

在陇南山区，槐树随处可见，随意栽植在江水边、溪水旁、屋舍后、沟壑间，堵水患，挡沙石，遮阴凉，率直任性，无怨无悔。它本本分分，撑起绿伞，溢满清香。它不劳烦主人浇水施肥，更不需要扎篱笆立防风柱，倍加管护；槐树自我保护意识强着呢，它学着花椒树的样，长出三角形的小刺，致顽童不敢近身，牛羊望而却步。几度春夏，槐树节节长高，身子骨硬朗了，树干粗壮了，转眼间，挂满成串沁人心脾的槐花……槐树以自己的方式，默默奉献，不与名花争宠，不与群芳争艳，坦坦荡荡，随遇而安，接地气，不矫情，溢香四溢，挺立于蓝天下……

| 袁兴荣，甘肃康县人，甘肃省作协会员，现任陇南市委党史办副主任。

手擀面

赵 殷

六七岁时，母亲开始教我擀面。脚下垫块松木墩，身体被加高几公分，就像个大人了。母亲教我擀面的第一要领是和面时要水吃面，不能面吃水。水热了，面越擀越硬，水凉了，面越擀越软。只有水与面的温度比较吻合才能让二者融为一体。第一次和面，面粉沾满衣袖衣襟，案板裂开道道水渠，散开的面怎么揉都是粗糙的，揉到手掌发疼，才叫我把面掇在盆里行一行。"行一行"这话是母亲说的，我不知道面是行，还是醒？像人走路一样，在它生长过的地头田间走一走，还是从头到尾想一想自己的成长经历，再从走出去的路上走回来，回到我家的案板上，静静地眯上麦子的眼睛回味一些遗憾与满足，待它想完心事，面就成为行（醒）好的面。倘若面还没有行（醒）好，打开面盆，面团僵硬，露出被打扰的不满情绪。母亲会说："面还没行（醒）好呢，再等一阵。"那时，我一直弄不明白，母亲怎么知道面还没行（醒）好呢？

我将面团揉成厚厚的不太规则的圆，拿起擀面杖使劲从圆心擀开，母亲笑了，说她擀面向左，我却朝右，与母亲擀面方向相反的女子会嫁到很远的地方。母亲让我赶快改过来，而向左就再也不会擀了，擀出去的面不断缩回来，费力擀开一大圈，面边缘裂开的细缝像众多嬉笑的小嘴，面皱巴巴泛着灰暗的光。我低头站在案板前等母亲说教。母亲笑笑说："刚学擀面就那样，多擀几回就好了"。下地回来的父亲　把面条夹起来看了看，问今天的面是谁擀的，听说是我擀的也笑了,二哥和小妹则大撅嘴巴给我脸色看。

在固城,一家人吃饭时,小方桌放在火炕正中,桌上摆放野韭菜、雪里蕻、醋泡洋姜、苦钙菜,四碟小菜散发各自的黄绿色。野韭菜和雪里蕻是隔年的,调进碗里提升面条的味感。苦钙菜腌制时,装进瓦坛封口,深埋地下,到次年挖出打开,坛里会生出黄黄嫩嫩的芽儿,浇热油上桌,是最为经典的下饭菜。醋泡洋姜腌制时间在五六年至十一二年,时间越久,颜色越接近褐色琥珀,纹路越舒展,吃起来越是脆嫩。在四种历史悠久的野菜旁,摆放西红柿状的食盐、辣子盒,醋装在长嘴小白壶里。女人把隔年的肉臊子放进热锅,待油化开,放豆腐丁、木耳、干黄花、海带丝、五香粉、豆油、盐炒出香味,加水用文火炖,炖到汤表面溢一层黏黏的油膜,再给汤里打两个鸡蛋,外备葱花一碟。火炕上方坐最年长的老者,两侧依年龄顺序落座,全是清一色男子。女人在厨房煮饭,女儿媳妇们出出进进端饭。

炉中的柴火烧开锅中的井水,提起面条抖落干面粉,面条如根根银丝顺锅中升起的白雾,从手指间滑进水中,用筷子轻轻拨开,盖严锅盖,大火煮起,点几滴冷水,捞进碗的面条前后折叠齐整有序不沾不连,光鲜发亮,一根不断。舀汤时放细末葱花,葱花经滚汤烫过,顿时香味扑鼻,撩人胃口。这也是我家每天都有的生活场景,以前坐在炕正中的是94岁的爷爷,现在是76岁的父亲,坐在炕上最小的是8岁的小侄娃。在我的记忆中,母亲从擀面开始,吃面结束,身边总有挥之不去的麦香味。

学擀面成为与我学习语文、数学同等重要的一门课程。调好面,揞住面,我时常坐在门前的石头台阶上等面行(醒)好,数大柳树上飞来飞去的小鸟,时光不停地向未知的地方流逝,我想面盆底下行(醒)走的面,它已走了很长时间的路,从我看不见的路上回来了。母亲喊我:"面行(醒)好了。"我揭开面盆,果然,面团像走乏路的人,软软地坐在案板上,面庞渗出晶莹剔透的水汽,似在表白,它已行(醒)好了,再也没有理由让我等下去了。我熟练地将面揉成一个厚厚的圆，圆在擀面杖下越来越薄，擀一下面团，圆变一种姿势，擀完一圈，面成一个固定的圆，圆越来越大时，将偌大的面卷在擀面杖上提起，迅速向案后甩去，从半空落下薄薄的面像一片白绸缎，柔软轻盈，待脱开擀面杖时仍在起伏颤动，轻轻颤抖中打开各种各样的折皱，平展展地铺在案板上，似麦面的再一次表白。面铺在长方形的案板上，如平静水面的涟漪，一波一波地荡开，一圈一圈地成长，与案板形成不对称的方圆世界。随着年龄的增长，我开始熟谙擀面的各种技巧，和面时，面随我心，行（醒）面时，我随面心，擀面时，相互融洽，切面时，游刃有余，吃面时，面以物质的形式，融入劳动者的血液，而融入智者的则渗入意识，上升为辩证法的细枝末节。

擀好的面晾在案板上，太阳从窗外照进来，一束黄黄的光打在上面，面呈现出温温暖暖的金黄色，光轻轻跳跃在案板四周，散发出缕缕土地醇香。凝视太阳光里不断变幻色彩的面，嗅它混合在光里的麦香味，想它究竟是光里的哪一缕？面晾好后，撒干面粉，从中折叠成两个半圆，再对折成四个直角，就是要切的面了，一个大圆在菜刀下被切成细丝，韭菜叶、宽条子、柳叶尖、箭头片，煮熟的面条，浇上汤汁，汤汁渗进面条，融汇成浓浓的馨香。

有一年暑假，家里修新房，来了许多帮忙的人，大多是因母亲的擀面而来，母亲却出乎意料地把二十多人的吃饭任务交给我，这多少让乡亲们有些失望。每天我都要擀二十多斤面，擀好面，能擀面，这是母亲让我将来当好家庭主妇的一次训练，也是对我近十年来擀面水平的大检验。母亲是带着自豪感的，她是想借此机会向四邻八乡传递我家有个好女儿的信息。房子修好后，乡亲们基本上是满意的，我也赢得了擀面能手的好名声。

临近中午，村子里响起一阵阵擀面声，声音忽高忽低，忽强忽弱，伴随女人们的心情，回旋在瓦房半空。傍晚亦是一阵交响乐似的擀面声。女人们擀面是谨慎的，也是隆重的。在村庄，擀面不是机械的劳动，是智慧与灵性。擀不好面的女人往往被人嫌弃，被男人用木棍抽打。村子里有几个女人擀了半辈子面还是擀不好，也有来向母亲讨教的，她们用同样的面，同样的水温，同样的行（醒）面时间，在同一张案板上，擀出的面，其口感与母亲擀的面仍有许多区别，女人们百思不得其解，我明白这个道理已年过三十。我一直认为自己擀的面没有母亲擀得好，而母亲却说她擀的面远不如奶奶擀得好。

面粉的秘密是十里不同天，十里内外、北方、南方的面粉其色泽、味觉、手感、擀法大有区别。有一年，我家买了一袋进口的加拿大面粉，一袋面吃完才摸索出适合它的水温与行（醒）面时间。擀面时间久了，抓把面粉闻一闻，看一看，对面粉的产地也能猜出八九不离十，四亩子地、安家凹、韭菜坡、玛瑙地长的粮食脾性各不一样，阳坡生长的面粉和面时，水相对多一些，凉一些。当面揉到要捂时，就像是孩子光滑的肌肤。阴地产的粮食和面时水少一些，热一些。糅好的面就像是成熟女人柔软的乳房。荞面、苞谷面、洋芋面性凉，均具备秋季的气候特征。擀杂粮面水要热，需要把秋天受过的凉补回去，也不用将面捂在面盆底下行（醒），因为它们已经在土地里走了漫长的路，经历了秋天的萧瑟冷风，再也经不起长时间的行走。四五分钟内要擀好，放下擀面杖，面还在冒热气。擀苦荞面的水还要再热些，两三分钟擀好，切好下锅的面还在冒热气，吃起来才爽口，若水凉，面会发苦难咽。擀洋芋面的水要开水，水一接触面，面就熟了，擀好的洋芋面，几乎就是粉条。擀秋天的杂粮面，手法要轻柔缓慢如花旦甩袖，身体前后摆动舞蹈般用温热的手掌轻轻抚摸。

擀面的过程是更像人对土地与食物的报答仪式。

在面粉的大家族里，麦面作为土地的至高，始终占有统治地位，乡亲们所说的吃饭就是吃麦面。在村庄，荞面、苞谷面、黄豆面、豌豆面，已是乡亲们吃怕的粗粮，它们就像村庄的兄弟姐妹开始进入城市寻找出路，城市里人总要吃些杂粮来调节身体的营养结构，这样一来，被村庄冷落多年的杂粮又重新大面积种植了。

奶奶在世时常说，面要擀好，煮好，吃好。三好中有一个不好，就是对不起面粉，就是造罪。母亲从八岁成为奶奶家的童养媳，教她的第一课就是擀面。要把她的手掌揉得通红，才能搨面，面要揉三回。母亲说那不叫擀面叫惯面，像哄自己的娃娃睡觉一样。浇面的汤要在砂锅里用文火炖一夜，不能煮透油花，香味是用时间慢慢熬出来的。母亲说先要熬香一间厨房，再熬香一座院子。母亲一再告诫我，擀面要心到面到。如今，我偶尔回一趟家，每次都要给母亲擀一次面吃，母亲也要给我擀一顿面条，母亲已73岁高龄，她吃我擀的面与我吃她擀的面都一样，机会已不是太多。其实，这个世界特别匆忙，很多的时机正在流失，而一碗擀面的魅力在乡间依然是无穷的，一个婴儿的诞生与一个老人的离世，都要用一碗精心制作的手擀面来迎接和送行。

黄昏，望着晚霞映红的田野，忽然明白，母亲擀的面不如奶奶的好，是因为母亲还没有活到奶奶的年龄，我擀的面没有母亲的好，同样也是因为我还没有活到母亲的年龄。我不停地想一个问题，除了能擀好一碗面，还要写好一篇文章，把村庄的一些事写在纸上留下来。譬如：1993年秋天，经常摧毁我家后院墙的固城河干涸了。

> 赵殷，女，甘肃礼县人。中国作协会员，陇南市作协副主席，著有散文集《回到固城》。

我想做一条幸福的小鱼

| 武　诚

一个凡夫俗子，总忍不住要说话的，激动了说说激动的事，悲愤了说说悲愤的事，反正无论怎么都是要说的。说高兴的事，是与人分享；说愤慨的事，是散发心中的不快。两者的愿望是一致的：言为心声，一吐为快。

人们自然还记得县城原来的样子，只有几栋楼，最高的也就四层。说是城，也只有一条狭长的街道不说，还坑坑洼洼，有人说它像鸡肠子，也有人说它像补丁。遇上逢场和交上腊月，一天就要得好几次"肠梗阻"，遇上雨雪天，行人就成了泥腿子；遇上刮风的天气，行人一个个成了眯眼子。不用多说，这些就足可以证明我们原来生活的环境了。但大家就这么过着，一天又一天，一年又一年。时间的长河可不论你好也罢差也罢，就那么流淌着过去了，一晃就是几十年，一代人去了，新一辈人出生了，岁月沧桑啊！

但这一切忽然成了历史，一座崭新的城突兀在人们的面前时，让人们猛然间……是在做梦吧？可这一切都是实实在在的。

是太突然了吗？这，是生活在这里的人们的福气啊！我们赶上了。

这一切，我们等了多少年？

这世上还没有一个人说他不喜欢好的环境，好的生活吧？所谓"爱美之心，人皆有之"不是专指美色的，自然包括衣食住行等等方面，人人都想过上好的生活，都有这样的奢望和梦想。

我自然原来蛰居于这个县城，与之朝夕相处，上班下班买菜什么的都要经过。我是1983年到康县的，县城的样子就是我在开头说的那样。我还没来之前，我的一位同乡就摇头不已：那啥地方，巴掌样大的县城，肠子样细的街道。还有一位老乡说，他来康县的时候，街上空无一人，除了政府背后的树上绑着一个大喇叭使劲地吵，寂寞如雪。的确，有一次我去给上班的妻子送饭，那天正好逢集，街上拥挤得就像一潭死水，想想，不到一千米的路程，竟然走了三十多分钟，我看着滞留不动的人群和车辆，感觉自己像一条快要窒息的鱼……对，人生活的环境它好比是水，生活在这水里的人就是鱼。水活了，鱼才能活，也才能做一条幸福的鱼。海阔凭鱼跃，天高任鸟飞。

　　现在，我们真能如鱼儿在水中快活地穿梭了。我新居的前面是一条河，我是一个喜欢阳光和光明的人，以至于晚上也不喜欢拉上窗帘，好让夜色涌进来，室内朦朦胧胧，那感觉可真好，尤其是有月光的晚上，临窗望月，自然另有一番情趣。由于有这嗜好，我把书房弄在了阳台上，这样，不但光线充足，而且临窗可望的东西也多了，山、水、楼群这一切尽收眼底，窗下还有一座吊桥，当然也看从桥上走过的女人，桥忽闪忽闪，女人也好像随风而舞，婀娜多姿，女人应该是人间最好看的一道风景。但看久了，城还是这座城，一切"风采"依旧，只有桥上走的人在变着，于是很有些失落感……

　　终于有这么一天，倚窗而望的时候，一座横跨两岸的"人"大桥就牵去了我的目光，我像望着情人似的深情地望着它，目光赤诚而热烈。桥上的人们悠闲地散步，真有"大路朝天，各走一边"之说，竟不敢想象原来那摩肩接踵的情景。河道被治理得也像一位淑女，两边有了人行道，栽上了一行行倒柳，给多情的人们创造了一个诗意的天堂。

　　大桥、新城……打个笨拙的比方，好像一位八旬老媪一夜回到了二八芳龄样青春四射，光彩夺目。而我，就生活在这焕然一新的小城里，深切地感受到了幸福与自己同在，我们是幸福的，能生活在幸福之中，谁不会怦然动心？这是这座小城的变迁，也就是说是它的涅槃，他从孕育到分娩，经历了多少的痛苦和艰难的抉择？

　　过了几年之后，这座美丽的小城愈加落落大方，方显美色。白云山公园到山上的路全铺成了石阶，加之这些年管理到位，山上的树终于长起来了，依阶而上听松涛，那是何等的快事，这么想的时候，我又把自己想成一条鱼，一条幸福的鱼。后来，西城的建设与开发，又一次给小城发展的机遇，也给游人新增了一个去处，充分感受文化与旅游融合的力量。

　　这当然是后来的事，我2008年3月调到市创研室，但我的父母还在康县，自然常回去陪父母，一起到处看看。父母年事已高，远了肯定走不动，得坐车。记得前年在兰州工作的姐姐回来看父母，一个朋友说去看桃花，于是开车拉上他们去了西城公园。父母很高兴，说现在的变化大得很，生活真是好了……我又把一波接一波的游人想象成鱼，是多么幸福的游鱼啊。

　　我还请父母看康县的新农村，在王坝的何家庄、大水沟农家乐吃饭。母亲在大水沟有一个亲戚，前几年那个亲戚遇逢场时一直进城卖自己编织的席子，进城之后常常匆忙来我家给母亲打声招呼就去看她的席子去了，常常是一身泥土，母亲把她叫姐，说是她姑姑的女子，中午母亲要给她送饭去，说她家生活困难。母亲去过她家，说她家在一个深沟，烂泥沟啊。后来那个亲戚由于有病去世也就再没去过，结果也很凑巧，我们去的农家乐正是她儿子开的。他看到我母亲后赶忙跑过来问候，我母亲也很惊讶，不相信地问这是你家开的啊？他笑着说就是，开了几年了。母亲：可惜你妈没享上福啊，……不过她也应当知足了，后人干得好。那个亲戚说这真是沾了共产党的光啊，新农村建设与旅游开发，带活了我们，现在的农村活了。

　　是啊，要得变，就得干，天上是不会掉馅饼的，一个地方发展的快与慢好与坏，是领导执政能力的体现。自古就有"为官一任，造福一方" 之说，但这么多年了，能有多少变化，为官者一茬又一茬，位高而无功，俸厚而无为者有之，千手观音者有之……群众的眼睛是雪亮的，心里都清清楚楚，心里的那本账上记着谁是功臣谁是罪人，有首歌说得好：老百姓的心里有杆秤。因为，老百姓是拿得到的实惠去评价功过的，旧貌换新颜，脚下平坦了，眼前亮堂了，心里畅快了，这便是百姓们得到的实惠，如鱼得水，鱼的幸福鱼知道，实实在在，我为生活在这里的人们祝福，我自然会常常光临，体验油然的幸福感。

敬意油然而生。

池莉有个中篇小说《有了快感你就喊》，我也有喊的愿望，很想一吐为快，算作与康县的巨变鼓与呼。

> 武诚，男，1966年生。现为陇南市文艺创作研究室主任，《陇南文学》主编，陇南市作协顾问、剧协名誉主席。从1984年开始文学创作，先后在《剧本》《飞天》《文学界》《连云港文学》《朔方》等刊物上发表小说、剧本、散文作品。自2005年开始剧本创作，其中小品《手机病》2016年在央视三套"我爱满堂彩"及央视四套"中国文艺"栏目播出。新编大型秦腔剧本《许铁堂》（合作）获甘肃第七届戏剧红梅奖。

小城七月

唐秀宁

一

去两当县的显龙镇，我们赶上七月的好时节，大片的柴胡刚进入盛花期，没见过的人远远看去还会以为是三月的油菜花开得正美。

我就是没见过柴胡开花的这个人，乍见盛夏的阳光下金灿灿的花海，实在是惊奇不已。原来，柴胡是在夏季里开花的啊！原来，柴胡开了花也是蛮能和这季节的阳光相匹配的呢！阳光是金色的，花儿也是金色的。蜜蜂出入花丛，薄翼被阳光和花色浸染，一身金黄飞来飞去，是生了翅膀的柴胡花。

较之于春风澹荡里的姹紫嫣红，柴胡花儿在骄阳下的这份明媚鲜艳更为难得。还有它的花香，携一丝药味儿，飘一点点蜜味儿，都是能渗进人心里去的味道。像爱，容不得你拒绝，你也不舍得拒绝。就这么站在我从未见过的花儿面前，被它的美色和花香魅惑，有种轻盈明亮的什么东西从心底升腾而起，忽然不觉得生而为人的沉重和烦恼，甘愿为这炎炎烈日中的邂逅，丢盔卸甲放下所有。

二

我家乡的山歌这样唱：柴胡开花两面黄，一面姐来一面郎……

说的是柴胡花这青春的颜色，它的光芒由激情四射的红色和生机勃发的绿色混合而成，那么当黄颜色汇聚成海，甜蜜的馨香、迷人的光晕荡漾开来，爱情随之附着其上。两面黄是说柴胡花儿的密集，据说在伞形的柴胡花枝上，一枝极细的分枝最多可以开二十几朵花。那几乎可以说是一个花球了，又岂止是两面黄，它是明亮亮的一团黄。

这让我惊奇又迷醉的柴胡花儿，它密匝匝绽放在通往显龙镇的一条公路的下方，平整的田块外围，是一片葱茏的林木，像绿色的防护墙。有了它，人站在公路上往下看柴胡黄色的花海，才不至于因为眩晕而跌落花丛。

三

一片紫色！一大片紫色！一整个山坡的紫色！成熟又冷静，灿漫而神秘。

显龙镇的夏天，就在这一片紫色的花海中显出凉意来。

关于昆虫们的童话全部藏在山坡上这些像铃铛，像包袱，还像僧人帽子样的花朵里，小粉蝶轻轻去摇一摇桔梗的铃铛，那些紫色的花儿们立即在山坡上弹奏一曲《夏天的秘密》。

谁没有过关于盛夏的美好记忆？谁又不曾在夏季里做过浪漫的美梦！那些年少时单纯因为色彩而喜欢过的夏天，那些摘了桔梗花儿缀满发辫也不害羞的岁月，就在一瞬间全然回到眼前。

初至显龙，在对比强烈的两种颜色的花海中，我仿佛重新捡拾回来一段童心、一份少年的情怀。这是来两当前没有想到的意外收获。不过切莫以为显龙的这些黄色花儿和紫色花儿仅仅只能观赏，它们是镇上集中发展的中药材高效示范园。不远处的阳坡地里，黄芩也正在开花，那是不同于桔梗花儿的另外一种紫色，远远看去，像极了勿忘我。

也许之前，我们只知道中药是用来医病的，它曾经无数次被吃进我们的身体里去。这些吸收过自然四时之气、承载过日色月华的美妙植物，被我们用来平衡身体里的寒与热，水与火，升浮与沉降。然而当它尚未离开脚下的土地，当它以花开的声音赞美了夏天，当它用纯净的色彩装扮起天空……这一切却恰好让我们遇见，嗯，那就是它额外赐予我们的眼目和心灵以滋养，是我们的恩福。

四

作为太阳崇拜发源地之一的我们的国度，从古至今流传有许多关于太阳的神话。我们从《夸父逐日》和《后羿射日》的神话中，领略了干旱地区的先民对于太阳曾经有过的思考和猜想，也约略看出来当时人类的骄傲和轻慢。而"蜀犬吠日"的成语却隐含着蜀地人对于日照的渴望，对太阳的那份稀罕，被外人以"犬见日而吠"揶揄至今。因为需求不同，人们对太阳抱有不同的期望，替太阳想想，遇到人类，太阳它真是太难了。

终于，人类有了敬畏之心，知道太阳是不能征服的，也不是人类意志所能改变，于是想与太阳能有正常交流。图腾中便有了太阳鸟；创造一个大力神叫盘古，说太阳是他的左眼睛所变成；替太阳寻亲，找到它的母亲羲和与另外九个兄弟；人中间有了个出类拔萃的炎帝，就说他来自于太阳；感觉日子过得太快，一转眼便日薄西山，人以为太阳里有只神奇的黑鸟，因之又昵称太阳为金乌……但依然觉得与太阳不够亲近，后来敬奉一尊神在太阳上，尊称为太阳星君。怕人记不住，再定一个春暖花开的日子为星君的生日，到了那一天，沐浴焚香念诵《太阳经》，就这样，也才表达了人对太阳微不足道的一点感恩。

那么，就请太阳神来人间享用香火，保佑和赐福于我们。请这至高无上的神灵，住在月亮坡前的神庙里，听白日里古道驿站马铃叮当，听夜晚间广香河水追风逐月。这美妙的人间欢歌呵，太阳神与我们一同分享，劳作不再辛苦，愁烦容易抛却。

　　让我们把这神庙唤作太阳寺，太阳从此在人间就多了个住所。它带来的光芒与温暖，让这块土地上的万物生生不息变化无穷。它赐予的智慧和力量，激发人们想翻越秦岭去山那边看看的豪情，由此这儿被踩出一条由秦陇入蜀的故道，我们的心胸和眼界从此变得开阔。

　　商人们到这个有太阳神的地方来，成就了关于王百万的财富神话：那党参种到土里面，仿佛埋下了金条，一首往复循环唱不完的歌，是水磨在广香河上的吱吱呀呀。

　　光明桥前的《太阳赋》，红军街上的古槐树，槐树底下的石碾盘，各自用它们的语言，讲述当年那支迎面走来的红色队伍，是怎样在这里创造了翻天覆地的革命壮举。

五

　　车子一路穿行在两当北乡的青山之间，让人有种错觉，坐的不是车而是船，这船又像条鱼，无比畅快地游走在碧绿的海水中。这鱼又背负着我们，让我们在森林覆盖率接近百分之八十的天然氧吧深呼吸。

　　已经好久没有见过这么醉人的绿颜色了。是浆汁饱满轻轻一碰就能掉下水来的绿，又是蘸在笔尖极不易涂抹开来的绿；是刚刚想到"长郊草色绿无涯"的绿，立即又否定了，觉得更恰当还是"客路青山外，行舟绿水前"的绿。

　　说绿色给人视觉的感受是舒心宁静，很大程度上更是种色彩暗示，这象征青春与活力的颜色，它通过我们的眼睛给观赏它的人以生命的张力和强大的治愈力。

　　山那么包容，接纳一切想依赖它生长的植物，哪怕是鸟儿衔落的一小粒种子它都不嫌弃，山才能在夏季里活泼泼绿到天空里去。听到赞美，山也想看看自己的模样，山请阳光把它的影子投进脚下的溪水中，那一湾清浅的水域就被山的绿所洇染。栖在树梢上的小鸟，生怕溪水打湿了翅膀，无声地飞走了，留下颤动的枝条，划开浅水的涟漪。

六

寂寞的孤旅，有人写下这样一首诗：江月亭前桦烛香，龙门阁上驮声长。乱山古驿经三折，小市孤城宿两当。晚岁犹思事鞍马，当时那信老耕桑。绿沉金锁俱尘委，雪洒寒灯泪数行。

那是几百年前的名诗人陆游在报国无门的苦闷中途经两当小城时的情感抒发。

今天我们来这儿漫游，眼里风光无限，心中惬意悠闲。时代给了这小城最好的光景。绿色生态、红色旅游、美丽乡村、富民产业、族谱文化、风俗人情……时光在这里仿佛不会轻易老去，即便不留神让它溜掉，也会被张果老倒骑毛驴唱着道情拽回来。

人们说两当是一座慢城，那么，就让我们慢慢晃悠，慢慢欣赏，慢慢品味。慢慢地，发现我们爱上了这里。

> 唐秀宁，女，甘肃省成县人。甘肃省作协会员，著有文集《叮当》《田园之外》《近芳集》。现供职于成县文化馆。

在那高高的山上

| 贾摄新

一

是祭祀？是娱神？是教化？

几百年来，祖祖辈辈生活在武都以北高半山区的这些庄稼人，用自己的勤劳和朴实，智慧和力量，在这片高高的厚土之上，演绎着一部极具神秘文化色彩的高山戏。

这一演，就是几百年。

每一年，都该有一段动人的故事或传说吧。

因为热爱，也因为好奇，我在十五年前曾写过一篇《武都高山戏》的文章，发表后引起部分人的关注。之后就一直想写点散文或小说，让更多的人了解高山戏，以及与高山戏有关的人和故事。后来，由于种种原因，把创作重点放在了书法和绘画上，渐渐地从文学方面淡了出来。此后，对高山戏也就只有熟悉，没有研究。十多年过去了，与这片文化厚土有关的文章，也才写了《鱼龙初记》和《概说高山戏》等几篇。

二〇一七年正月十四、十五的全市作家深入武都鱼龙、隆兴采访高山戏的活动，让我又产生了为高山戏写点文字的愿望。

正月十四的早晨，去了鱼龙镇的安子村。到村口的时候，正赶上观音坝村的高山戏到安子村来演出。因前几天刚下了一场雪，天气异常的冷，一些作家们没有来过海拔在1800米以上的鱼龙，这样的冷让他们难以忍受，冻得直打哆嗦。虽然冷，但大家很兴奋，被眼前这独特的演出形式和别开生面的场面吸引住了。把式们头戴凉壳子，戴长胡子，上身穿着彩绸大襟袄子，下面穿着彩裙，裙角挽起，右手拿着草扇，左手拿着白手巾。旦角们都是男扮女装，黑包头戴花冠，两鬓插黄纸折扇，身穿彩衣彩裙，配饰花样繁多、手工精细，右手拿着扇子，左手拿着彩色绸绢布条。头把式后面是头旦，二把式后面是二旦，依次排下去，在锣、鼓、钹、铙的节奏里，把式跳着、摆着、点着头手绕着花子（有叫凤凰三点头等不同说法的）。旦角扭着、摇着，踏着小步配合着……走营（亦称走印）、圆庄、上庙、踩台……在戏场里，我们又欣赏了打小唱，感受了大身子戏，目睹了走过场（演故事）。走过场是高山戏的正式演出，今天走过场的节目是《清木灵》，其生动有趣的表演形式和唱词唱腔、故事情节，打动了台下所有观众。我们站在台下看演出，这时，天气说变就变，上午还有一点阳光，这会儿，太阳又不知藏哪去了，天空飘起雪花，肆意地洒落在人们的脸上，身上，透心的凉。但看戏的人们却看得认真，好像浑然不觉有雪落下，一直到演出结束才散场。在安子村，在这样的冰天雪地看观音坝村的大身子戏，有一种别样的感受。

高山戏的演出是通过戏母子一代一代口授心传下来的。在村与村之间，其演出之前的各种程式以及唱腔，服饰，道具等等虽大同小异但也不尽相同，各有特色。看完演出后，我们去了安子村的戏母子（传承人）张世杰老人家，老人从小热爱高山戏，对高山戏情有独钟，虽已是七十七岁高龄，但仍精神饱满。用村里人的话说，老人装了一肚子的戏。老人一家子人特别热情，给我们让座，倒水，装烟，敬酒。由于老人晚上还要参加本村高山戏到观音坝村的回访演出，我们没有过多地打扰老人。

吃完晚饭，安子村出灯，去观音坝村回访演出。我们便步行去观音坝村。

融融的月光下，零下五六度的夜晚，我们沿着河边的水泥公路行走，半坡和河沟未消融的雪在月光的照射下显得有些耀眼，一路上是一辆接一辆疾驰而过的小车，摩托车，全是附近村庄来看戏的人。等我们到观音坝村口，村子的巷道已挤满了人，场外的高坡、土坎、石堆上也站满了人，戏场内更是人山人海。山里沉寂的夜也因为高山戏而沸腾了起来。上庙，圆庄，走印，踩台，高山戏表演在哪，观众就涌到哪。正戏开始，场下才安静下来。人们看得仔细，台上演得认真，两个多小时的走过场（演故事），演完已经是晚上十一点多了。

这一夜，安子村的演员们回到家里已经是凌晨2点多了。

第二天，也就是正月十五，吃完早饭，安子村的高山戏接着又在本村演出……

二

昨天是正月二十四。在鱼龙，过完十五还要过二十三的，过完二十三才算把年过完。以前，有些村子把灯（高山戏）也留着，即正月十六过后歇几天，在二十三演一天后才正式倒灯，结束。

昨晚的武都下了一夜的雨，这雨，让温暖的武都又有了一些凉意。早晨起来，透过窗户，看南山半山腰以上，白雪皑皑。忽又想起鱼龙，这会的鱼龙，那该是一片雪的世界了。正这样想着，忽有鱼龙的朋友在微信上发了鱼龙下雪的照片，山、树、房屋、村庄、田野、路，全被厚厚的雪覆盖着。看着这一组雪的图片，忽而想起岑参的"忽如一夜春风来，千树万树梨花开"的诗句。当我们在城里感受一夜春雨带来的些许凉意的时候，在那高高的山上，昨夜的雪，却让这一片土地显得格外地妖娆，莽苍。高高的鱼龙，高高的山上，白茫茫的雪，银装素裹的世界，该是何等的美啊。看他们踏雪赏景的情景，很是羡慕。已经二十多年没有在鱼龙感受这样的雪中情了。

小的时候，打雪仗，堆雪人，滑雪冰，在雪地里踢毽子的情景，又一幕幕地在眼前晃动。那个年代里，我们冬季最好的娱乐活动除了正月看高山戏外，就剩这些了。

鱼龙，在武都以北，白峪河上游，属于高山丘陵地带。历史悠久，文化底蕴深厚。在北魏太平真君七年设孔堤县、西魏大统元年设孔堤郡。如今，在这片历史悠久的文化厚土上，最引人注目的就是国家级非物质文化遗产高山戏。

在儿时的记忆里，鱼龙，村村有戏台，村村演高山戏，村村有戏母子（导演）。那时候，鱼龙各村都不通公路，也不通电。信息落后，交通闭塞。村民们除了早出晚归的田地劳作外，在正月农闲时节演高山戏便是一年到头唯一的一次能集体参与的娱乐活动。村民们希望新的一年里国泰民安，风调雨顺，五谷丰登。通过祭祀神灵，演高山戏来寄托他们的心灵希求和美好的向往。正月初六后，村里只要有一个人出头联络，有几个人迎合，推选一个人做灯头，一会儿工夫，高山戏的演出活动就可以定下来。于是，锣鼓一响，全村出动，齐心协力，分担任务，出力的出力，凑钱的凑钱，少者十块二十块，多者一百二百，三百五百不等。置办戏衣，做纸活、绑狮子。经过几天的酝酿、准备，初九或初十后，选好时间，都可以出灯演戏。

那年间，人们物质贫乏，但精神不穷，提起办灯演高山戏，大家都热情高涨。演出服装不够的时候，就到别的当年不演高山戏的村子去借，记得我们村上有一个旦角，因村上演出服装不够，也没有借到服装，便自己借钱进城购置了服装。等二月二开集后把家里的粮食卖了才还清购置服装的钱。

高山戏的演出都是群众自发性的。这种自发组织，集资演戏的方式让我忽然联想起今年正月十四在安子村戏场边一堵墙上贴着的捐款光荣榜，在红纸上写着村子里捐款人的名字，最高的捐款三万八千元，也有二万四千元，三千，两千，三百，二百的。从这些数据可以看出，人们依旧热爱高山戏，热爱自己的乡土文化，一些人乐意用自己挣来的辛苦钱，支持家乡的文化发展。在这里，人们的传统美德没有变，精神追求没有变，几百年来的文化传承没有变。

高山戏的演员都是村里的村民，且大人小孩都能上台演出。在村子里，会唱高山戏的人都会受到人们的尊敬。尤其，头把式、二把式、三把式和头旦、二旦、三旦都是人们特别羡慕的角色。记得那时我们村里的头把式二把式，头旦二旦，还有一些身子（演员）都不识字，但他们演什么像什么，只要戏母子给他们讲清剧情，偶尔提醒几句台词，他们便即兴发挥，用自己的语言把故事情节演出来。故事演到开心处，观众便跟着快乐，演到伤心时，观众便跟着流泪。这时，观众的情绪完全被台上的演员和演出故事情节掌控着，他们对人物形象塑造得活灵活现，生动有趣，故事情节合情合理。台上演得投入，台下的观众看得投入，有些小孩看不见，便嚷着骑在大人的脖子上看。还有一些小戏迷们，总是挤在戏台前面，甚至有人趴在戏台两角边沿上，任台上的人怎么赶也赶不下去。他们是被演员们的演技彻底征服了，也对他们羡慕崇拜到骨子里头。

那时，我还小，也喜欢高山戏。只要村上办灯演高山戏，锣鼓声一响，便饭也不吃就往戏场里跑，打打鼓，敲敲锣，拉拉二胡，摸摸板胡，哪儿有空闲就往那儿凑。在村里，戏场是极其热闹的地方，人没到戏场，但家家户户的板凳已摆满戏场，一排排，一行行，只等演出正式开始。有时候，后面来的人家，为了看高山戏看得更清楚一些，趁前面人家还没有来的时候就偷偷地把自家的板凳挪在前面，把人家的板凳挪在后面。前面的人来了在原来的位置上找不到自家的板凳，当在后面发现自家的板凳后，便不免会吆喝几声："那个不要脸的把我家的板凳挪到后面了"。心里明明知道是谁换了，却不明说，换了板凳的人也清楚是在说他，却也心安理得地看戏，不理睬。说归说，闹归闹，但大家都不往心里去，依旧在一片祥和的氛围里开心地看着戏。

高山戏在演出前有很多程式要进行，炮手是必须的，用的是三眼铳。炮手的角色很重要，出灯，上庙，走印等等环节都要放炮。炮手还有一个作用，古时没有喇叭，第一声炮响，是提醒身子们（演出人员）尽快吃完饭去出灯的地方准备穿衣服；第二声炮响督促演员们尽快穿好衣服，要准备出灯了；第三声炮响便是正式出灯。开始接灯官老爷，接狮子，上庙，圆庄，走印等程式，完了才是踩台，开门帘，打小唱，这些结束，正戏开始（即走过场也叫演故事）。这时候，戏场已是挤满人群。有条件的人家把火盆也抬到戏场，架上木炭或无烟煤取暖。村里在外面有亲戚的人家也把亲戚们接来看高山戏。也有四邻八村的高山戏迷们，因为本年度本村没有演，也跑来看。因为高山戏在这一带，一般有唱三年歇三年的讲究。高山戏的演出最早叫走过场，演故事。又叫神灯，即给神耍灯，因此，高山戏整个演出过程充满着神秘的文化色彩。

正月里的鱼龙，哪个村里只要有高山戏，哪个村子就热闹，而戏场便是最热闹的地方了。有卖糖、瓜子、水果、玩具之类的，有卖蜂糖水，米酒、糖葫芦之类的，还有卖凉粉，麻花等小吃之类的，很是热闹。高山戏的演出内容都以教化育人为主题，也有一些自编自演的节目。唱词、语言，演员们可以临场发挥，只要不脱离剧情，怎么演都可以，关键是观众喜欢就好。

早些时候，我们那里没有通电、也没有电视，没有其他娱乐活动，一到正月里，若遇到本村不演戏，我们便到周边有高山戏的村子去看戏，几乎凡是有演出的村子都要去看。因为没有乡村公路，村与村之间要翻山，越沟，全是羊肠小道，遇上下雪，更是路滑危险。但无论怎样，也挡不住我们去看高山戏的愿望，有时候，白天看，晚上也去看，尤其晚上，山路难走，便拿上手电筒或准备好火把，看完戏，一般都在十一二点了，回家还得走一两小时的山路，常常因为山路陡滑而跌倒，手脚或腿蹭破皮是常有的事。疼是疼，但都是开心的，满足的。

90年代后，在鱼龙，看电视慢慢地代替了村民们其他的娱乐活动。因此，演高山戏的村子也越来越少，过年的热闹劲儿也减了不少。很多能演戏的老人们都相继离去，关于把式爷的故事，且角伯的笑话，戏母子的酸甜苦辣等等，也随着时间的推移慢慢离开了人们的话题。

近年来，随着国家对非物质文化遗产的重视和保护，全国各地都掀起了传统文化的热潮。发源于武都鱼龙、隆兴、甘泉、佛崖、金厂、马营以及西和、礼县与武都接壤地带的高山戏，在作家，摄影家，新闻媒体人的大力宣传下，也走出了武都，走进了全国人民的视野。高山戏在武都以北的高半山区又火了起来。

在鱼龙采访的两天时间里，让我感受最深的除了高山戏，还有鱼龙翻天覆地的变化。村子里的人们看高山戏可以骑着摩托车，开着小车，带上亲人去其他村上看演出。这一变化确实让我心里为之一动。是啊，时代变了，演戏的环境变了，看戏的方式也变了。但这一带人们的淳朴善良没有变，热情好客没有变，文化传承没有变，精神追求没有变。高山戏的教化育人作用依旧在这片文化厚土上传播着，延续着。

> 贾摄新，甘肃武都人，中国书法家协会会员，中国文艺评论家协会会员，甘肃省书法家协会学术委员会委员，甘肃省作家协会、美术家协会、摄影家协会、文艺评论家协会会员，陇南市书法家协会常务副主席兼秘书长、武都区政协常委、武都区文联副主席、作家协会主席等。

我的张坝梦

夏 霜

春天的万物就像豆蔻年华的少女，都是新的，怎么看都好看，淹没在桃红柳绿里的张坝古村落也不例外，在各种花儿的竞相开放中花枝招展地在迎接八方来客。

张坝古村落我去了不下十回了，诗人作家笔下赞美它的文字也看了许多，但我还是按捺不住说说我的真实感受。我十岁之前生活的小山村也和张坝差不多，依山傍水的村庄，弯弯曲曲的乡间小道，房子都是土筑的墙，房顶盖黛瓦。每家每户进门都有一个大火塘，火塘上挂有勾搭（类似于升降器），可以挂鼎锅煮饭，挂茶壶烧水。鼎锅的密闭性好，炖土鸡煮腊肉很美味，但那时物质生活相对比较匮乏，鼎锅里更多的时候煮的是洋芋。殷实人家火塘边会煨好几个大茶罐，茶罐里也各有春秋，一罐苞谷高粱小麦煮的黄酒，一罐加有香豆薄荷等调味品的面茶，火塘边的橱柜中有香酥的麻花一捆，金黄的土鸡蛋一小碗，香喷喷的核桃碎一小碗，逢年过节还会有一小碗煎得四面黄葱葱的豆腐碎做调料。我们家庭条件不好的孩子也就假装叫人家的娃玩，隔着门槛看看，闻闻香味，然后嗓子眼流着哈喇子离开，要是父母看到我们的馋相还会挨顿骂。我们的火塘里也有让我们解馋的食物，那就是灰里烧得外焦里嫩的洋芋，洋芋的吃法千百种，我觉得最美味的就是塘灰烧熟的最诱人，多少年来也最让人怀念。不经意扯远了，我还是说和古村有关的事吧！

周末我们在张坝搞活动，早上是参观，下午的研讨会，因降温的缘故，张坝古村会议室的火塘里也生了一笼炭火，房子里马上没那么冷清了。给我们生火的是村上一位六十多岁的老人，他说下午开会前给我在灰里烧几个洋芋吃，让我中午少吃点饭。一点半我们的研讨会准时开始，在大家发言发得热火朝天的时候，整个会议室被烧洋芋散发出来的香味弥漫。我偷偷往火塘那边瞄了一眼，老人给我打手势让我出去一下，我悄悄溜出会场，老人已把几个烧熟的洋芋摆在木头护栏上。我迫不及待地抓起一颗，才剥开一点小口，久违的香味已经钻进鼻孔，三下两下剥掉烧焦的外皮，我开始大口吞咽，老人说："慢点慢点，多着呢！看把娃咋馋呢！洋芋吃快了噎人，"他才说完我真就噎住了，吓得他赶紧在我背上捶了几下，一口气吃了三个烧洋芋，我都后悔中午饭咋没少吃点。洗净手打着饱嗝坐回会场，大家都瞅我，我估计大家都在羡慕我，那么诱人的味道他们肯定是闻到了，但烧洋芋到底有多好吃只有我领略了，心满意足的我突然心里偷偷地咕叨了一句："就馋你们"。

吃饱了的我在会场浮想联翩，做起了自己的张坝梦。我就觉得现在来古村游玩的人就像火车站停车时间下车抽烟的旅客，这站只停留那么几分钟，抽烟的人下得车来都没仔细看周围的环境啥的，只是一门心思地把那支烟冒完，烟是不是平时的那个滋味也很难说。现在来古村的游客也只是跟着走一圈，也没啥能抓住游客的眼球，土生土长的本地人不稀罕这些熟悉的东西，那些外来的游客看不懂这些东西，也许他们只会觉得我们好落后哦！游客转一圈走了，没有留下什么。既然我们没办法抓住游客的眼球，那我们是不是可以试着抓住他们的鼻子和胃。这就让我想起小时候水磨磨的苞谷面蒸的锅贴，那个诱人的黄色和香味，比现在农家乐加了好多料的贴饼子不知好吃多少倍。

要是在张坝村口修座水磨，让来客自己体验加工面粉，吃水磨面粉做的馍，肯定有人愿意体验一把。在农舍里支起磨豆腐的石磨，让游客自己磨豆子，看着豆子变成豆腐和豆花，那种神奇的蜕变，再加上原汁原味的豆制品带来的味觉上的冲击，哪怕比市场卖得贵一点也有人会尝试，毕竟这是自己亲眼看着豆子变成豆制品的，没任何添加剂，吃个放心。在那堆熊熊燃烧的火塘里我们也可以做点小文章，鼎锅里炖上村民自己饲喂的土猪肉，或者是洋鸡土喂的散养鸡，光飘出来的香味就能把人拉到锅跟前，当游客十块或者二十块买到一块香气扑鼻的肉，或喝到一碗鲜香的鸡汤，他们能很快忘了张坝吗？要做到他们忘了，他们的味蕾和鼻子也忘不掉，不信试试。在火塘的灰里埋上洋芋，烧得外焦里嫩的那种，一颗两块保证有人吃，要是现在哪儿有正宗的烧洋芋一颗五块我都会吃，因为那种最原始的吃法能让人觉得洋芋真是好东西，怪不得自从明朝洋芋传进中国很快就普遍推广种植开来，成了我国主要的粮食作物之一。

这只是我开会间隙开小差胡思乱想的，至于张坝村要怎么走，那是专家教授研究的课题。不过都说集思广益，张坝的春天本来就不错，但是眼下还不够，张坝的春天还可以变得更美更好些，让那些来过张坝领略了张坝春天的人们，在冬天未尽的时候随时惦念着张坝的春天，产生再次一游的愿望和行动，这才会使张坝芳名远播、青春永驻！

我的张坝梦做完了，研讨会也结束了，回头看看墙角那排桃花，开得越发妖娆艳丽了，不知怎么总感觉张坝的桃花好像比别处的红火。

| 夏霜，女，甘肃武都人。现供职于陇南市文联。

高山戏，翻开鱼龙冻土的犁铧

| 王彤辉

　　初春的鱼龙，春寒料峭，天际阴沉，雪花飞舞，这里和白龙江边的早春迥然不同。行车路上，满眼的枯黄、鹅白飞逝于车窗外，寻觅不到任何春的踪迹，春的气息。一座座伟岸的大山，一棵棵延伸到山顶的枯树，一寸寸覆盖着积雪的田地，都沉睡在严冬的襁褓中。就连那些覆盖于树枝，潜藏于枯草的积雪，也在冬天的幽梦中安然熟睡。立春的节气，丝毫没有惊扰这里的一切。

　　顺着弯曲的仓河坝而上，沿着盘山路，便踏上面山而居的许家湾村。村庄四周群山绵延，青石板房和砖混房的屋顶，都被厚厚的积雪覆盖。高山地带冰冷的风顺着袖口、领口而入，寒意使人不停地哆嗦。

　　走进许家湾村，通村公路两旁高挂的红灯笼，用风姿和色调装扮着乡村浓浓的年味。噼啪作响的鞭炮声，临空绽放的礼花声，节奏咚锵的锣鼓声，三眼铳轰隆炸响声，声声入耳，一派年味十足的乡村元宵景。村民们迎着笑脸，为我们端茶倒水，上烟敬酒，山里人的热情、朴实、厚道，使人心生一股暖流，驱散了天气的寒冷。

　　出灯了。一家农户院落挤满了前来观看的观众，鞭炮声、咚咚呛呛的锣鼓声，响在院落，飘荡于山谷。头把式从门厅跳跃而出，摇摆着腰身的头旦紧随身后。院落中，灯头扛着写有风调雨顺、国泰民安的头灯走在最前列，彩旗队，锣鼓队，舞狮队，把式舞队，秧歌队依次紧跟。

开始圆庄，鼓点急促，狮子跳跃，秧歌扭动，旱船划动，演员们用地道的乡音，敞开嗓子唱了采花调、送财、十二大将等高山戏曲调，用发自肺腑的天籁之音，把新春的吉祥，元宵的祝福送给全村人民和各位观众。

头把式身穿鲜红绣花大襟衣，下穿花色配饰底裙，背佩大红花，头戴顶有红缨的凉壳子，嘴戴长须髯口，左手拿手帕，右手舞牛尾巴刷。他不停扭动腰身，左右摆头，双脚快速地跳跃变步，灵巧地挥动手帕和刷子，在身前身后闪出一道道弧线，这便是把式舞"凤凰三点头"舞步。跳起来脚下生风，落下去地上出声，头顶凉壳子上点缀的一根根红樱如细柔的小蜻蜓，时而飞起，时而落下，只见一片红色的细丝在头顶打旋。忽然，他挥舞起手帕一个转身，跳跃着向身后的头旦作揖行礼，示意开始传递"打背花"。

男扮女装的头旦心领神会，她头戴饰花䉵头，上身穿彩饰对襟的花衣，下身穿刺绣点缀的花色裙裤，模仿女人优美的身姿，左手挥舞彩扇，右手挥彩带，朝头把式行礼做示意，然后缓缓挥动彩带、彩扇，轻轻摇曳腰身，边扭边转身，把"背花子"的信号传递给面前的二把式。再依次传递给身后的其他演员，直至所有的把式、旦角依次表演完"凤凰三点头"。

一路上，所到之处，准备迎灯的村民，点燃的鞭炮噼里啪啦，礼花奔涌冲天炸响，在灰色的天际吐出一个个火球，或撒下朵朵彩花嗤嗤作响。空谷传响，浓烟弥漫，村民如此虔诚、热情地"接灯"，演员们舞动更卖力得了。德高望重的老人们，时不时地吩咐着，今年的高山戏演得好啊，给我们村带来风调雨顺，带来五谷丰登，带来吉祥幸福，也能使我们和邻村石家湾人民的友谊松柏常青万年长。

听到这里，内心思潮涌动，这应该就是高山戏演出的精神和内涵，初为娱天、娱神，现为娱心、娱人，还能架起友好往来的桥梁——娱他村、娱他人。

圆庄，便是给村子走一个大圈。这圈正如《西游记》中：孙悟空临走前，用金箍棒在地上给唐僧画的金圈，它能驱赶妖魔鬼怪，能保佑四方平安，各路妖神只能在圈外望而生畏。"圆庄"应该应有此意，一个神奇的圈、无形的圈，能把各路妖神，恶风暴雨，烦劳疾病踢出村外，保村里风调雨顺、五谷丰登、无灾无难、永享太平。

上庙后，演出队伍来到一块平坦的雪地中，在灯头的带领下，开始走印。

走印是高山戏很神秘的一个程式。走的路线，脚步都牢牢地装在灯头的心中，这手艺都是家庭传承为主，靠口传心授的方式代代传承。演出队伍跟随灯头的脚步，彼此心领神会，默契配合，给观众带来很大的视觉冲击和文化享受，一个个"打背花"犹如浪花翻腾此起彼伏。田地间，山谷中，丛林里，到处流淌着韵律优美，畅汗淋淋的高山戏曲调，歌声混着雪花也渗入了老百姓久旱的文化心田。观看的群众举着相机，拿着手机，不断地拍照、刷屏，记录下这30年来从未享受过的视觉盛宴。最后一个完整的篆体字——佛法僧宝，清晰地存留于地上，给村里刻印上了一个大大的印章，以保村子安宁祥和。

回到流光闪烁的舞台，三位把式为来宾用高山戏的独特方式作揖行礼，打小唱后，便开始高山戏演传统剧目《开门帘》。

边看边聊，一位年过古稀的老人讲，他们村还是30年前演的高山戏，后来再没演过。现在农村人经济来源以劳务输出为主，有劳力的年后就带上家人上新疆、下南方去挣钱，年底才回家，有些甚至几年才回一次家，只有我们这些不能动弹，快要入土的老人才守在家里。因为多年没有演出，现在村里的年轻人基本不会演高山戏、唱高山戏了，村里的传统都是手艺只家传，不外露，而且传男不传女。现在年轻人精神娱乐的东西很多了，也无心再喜爱、传承高山戏，这是高山戏文化莫大的损失。

如是这样，真可谓"前有古人，后无来者"了。听说现在村里掌握高山戏演出程式、技巧、拍戏的人已经寥寥无几了，幸好国家每年都对传承人进行培训和保护。不然再过几年，这些仅存的已迈入花甲之年或古稀之年的老艺人相继离世后，就损失太多了！

听到这里，为之感叹，朴实勤劳的先辈们，曾经面对苍茫群山、面对贫瘠黄土、面对风雨雷电及大自然的肆虐，希望靠自编自演高山戏来娱天、娱地来解读大自然，也期盼通过演唱，表达他们渴望美好、渴望幸福的生活，也希望以此改变"面朝黄土，背朝天"的传家模式，让子孙后代能跳出农门，走出大山。

台上表演依然精彩，台下依旧人头攒动、热闹非凡。我回过头，慢慢地挤出人群。风夹着雪花盘旋于身旁，脑海中浮现出，儿时伴我玩乐的高山戏，长大后愉悦我生活的高山戏。

高山戏，如同一块厚重的犁铧，不断翻开了鱼龙高山的冻土，也耕松了乡亲们久旱的文化心田。希望这块走过了700多年沧桑之路的"中国戏剧研究的活化石"，不要真成为化石，像山坡上的那些苍松一样，任凭风吹雨打，依旧青翠久远！

> 王彤辉，甘肃省作家协会会员，武都区作家协会副主席。现供职于陇南乡土建筑文化研究所。

绿色陇南

> 王有库

陇南对我来说，是梦一样的地方。

这个梦是绿色的梦。我从出生就生活在这个绿色的如梦的世界里。

我常常躺在山顶上，周围是茂密的树林、茂密的草；是啁啾的鸟语、嘤嘤的虫鸣。低头呼吸的空气是含着草的清甜、花的芬芳的；仰头看到的天空是蓝色的、云朵是洁白的；心的世界是纯洁的、空灵的。

我爱绿的山、绿的树、绿的草。夏天，我舍不得砍倒一棵青枝绿叶的树。一棵树在夏天生机勃勃、光鲜亮丽，在阳光下欢笑，在微风中起舞……我在树下踌躇再三，迟迟不忍砍下刀斧。

我舍不得摘下一片油绿的泛着水汽的张开脉孔正在呼吸的树叶。这片树叶在太阳下颤动、在微风中欢跃，像个小精灵。我舍不得摘下她来，轻轻地拉她到鼻尖上，轻轻地嗅她带着水汽的清香，再轻轻地放开她，让她继续在阳光下颤动，在微风中连同其他树叶一起欢跃。

我舍不得踏倒脚下的一棵小草。我怕踩疼了她，我怕她受了伤。

写过一篇《大山深处太阳下》的短篇小说，（其二）中的开头，有这样一段关于自然和谐的描写：

"陇南的天空下，全是山，绿色的山。站在最高最高的山峰望去，无处不是山，绿波翻滚，绿浪滔滔。山间有轻烟淡雾，宛如山之魂。村庄坐落在大山湾里，山与山又相挨得挺紧，看去，连人烟的影子也不见。五月是盛夏季节，是陇南的山们的青春季节。大山们流光溢彩，洋溢着勃勃的生机，全似乎陶醉在太阳奉献给它们的爱情的美酒里……

大山深处人迹罕至，这里是森林的天地，是花与草的世界，是虫与兽的乐园。它们是太阳的孩子，全躺在太阳温柔的怀抱里，接受着太阳慈祥的亲吻。

草真茂密，茂密得令人恐怖，使人担心那下面隐藏着带毒牙的蛇；那草又茂密得实在令人怜爱，草叶儿嫩嫩的，繁花杂布，鲜美极了。蚊子似的那种虫儿真调皮，它们瞅准机会单往人眼睛里钻，这时候别用手揉，眼睛眯会儿睁开，它就飞逃了。大黄蜂真可爱，'嗡'的一声从远处来，绕几个围儿，轻轻地落到一朵紫色花上，足未停稳，便又拖着胖胖的身子飞起来，到另一朵浅白的花上去逗留，不到一秒钟又飞起来，它饶有兴味地在嫩草尖上这样逗留再三、盘桓再三，最后才在一朵花瓣上栖落下来，薄薄的羽翅停了颤动，嘴上的触须蠕蠕地动。它的肚腹胖胖的，金黄的。蝴蝶几乎小铜钱那么大，三三两两结伴而来，它们总是那么性急，从天而降，又轻飘飘乘风而去……"

陇南是绿色的。陇南的绿在山。可是，陇南的山曾几何时并不全都是绿的，米仓山一带、高楼山一带、白峪河流域、白龙江流域曾经是光秃秃的黄土山。一座座土黄、灰白的不长一棵树的山，干涸焦灼地裸露在太阳下。经过历届党委政府几十年如一日地把"植树造林""绿化荒山""改善生态"作为一项重要工作来抓，如今，白龙江两岸橄榄成荫，白峪河流域花椒飘香，米仓山、高楼山松涛阵阵、绿浪翻滚。

陇南的绿，有执政的心血，有播绿者的汗水。在莽莽苍苍的绿色中传唱着感人的故事，矗立着人民的丰碑。

陇南的绿，绿在树。橄榄树、花椒树、核桃树、苹果树、樱桃树、桃树、杏树、梨树等这些人工种植的果树遍布田间地头，春来花团锦簇，装点的陇南大地妖娆多姿；夏日浓荫匝地，为陇南人遮下万顷荫凉；秋日硕果累累，大大鼓起了老百姓的钱袋。

陇南的绿，绿在树。珙桐、红豆杉、银杏、水杉、独叶草、香果树、鹅掌楸、连香树、金钱松等等国家重点保护的几百种野生植物，分布在白水江自然保护区、礼县香山自然保护区、两当白皮松自然保护区、武都裕河自然保护区等各类自然保护区。这些树种不仅有益于生态发展，而且具有重要的经济价值和研究价值。

陇南的绿，绿在自然保护区。陇南仅有2.7923万平方千米的土地上，拥有省级以上各类自然保护区就有15个之多，总面积达42.23万公顷，涉及9县一区的66个乡镇和557个村，森林覆盖率达到全市总面积的41.87%。也就是说，陇南几乎整个儿就是自然保护区。

我爱绿的水。裕河的水、官鹅沟的水、阴平天池的水、家乡望天峡的水，她们是绿色的，绿得常常让我着迷。面对清澈透明、干净碧绿的水，生活中杂乱得纷繁闹心的事，这一刻被过滤了，被净化了。心于是变得很安静、很纯净。

掬一捧裕河的水在手心，一星太阳的光点也来到手心。一捧水在手心里晃动，一星太阳的光点也在手心里晃动。掬到手心的水没有绿的颜色了，我把她放回水潭，她又恢复了她那灵动的纯洁的绿。

陇南的山是绿的，陇南的水是绿的。陇南的山山水水充溢着绿的生机、绿的希望。

陇南是绿色的。陇南是一幅生机盎然的绿色画卷。

绿是一种财富，"绿水青山就是金山银山"。生活在青山绿水间的陇南人，坐拥金山银山，这是陇南人的幸福。

"让陇南的山更绿水更清天更蓝"这是陇南人的追求。

"城在山水间、家在绿深处、人游图画中"这是陇南人的奋斗目标。

曾几何时，我们做着绿色的梦。

曾几何时，我们已像鱼一样生活在绿色构筑的梦的海洋。

> 王有库，甘肃省作家协会会员，甘肃省民间文艺家协会会员。现供职于武都区文联。

走进花桥

> 赵立琼

到达花桥已是中午，阳光在乌云散开的密林山间，如一场音乐会的开场，渐渐推开浓雾，让大地山峦露出了点点绿色。

花桥是近年来康县乡村振兴初见成效的地方，更是我向往已久的地方。

走进村子，薄雾在瓦舍间留恋，炊烟在门前盘旋，干净的乡村小路边，生长一丛丛野草，开出一朵朵小花，一片片蓝色的马兰花，表露着自然生命的心声。遇到一位大娘坐在门前摘蒲公英，大娘面前的菜篮子里的蒲公英，很多都开着金灿灿的花朵。我问大娘："大娘，开了花的蒲公英能吃吗？"大娘抬起头说："能吃，蒲公英开的第一朵花可是宝贵得很，把蒲公英焯一下，晾一晾，炒一炒，泡水喝能治病。"听了大娘的话，我可真是开了眼界。大娘笑眯眯地说："现在，我们农民的条件好了，老汉身体不舒服就去医院治，住院费国家给报销得多，我们自己花的钱少，政府好啊！"大娘笑容满面地说着话，我的眼眶却湿了。

长坝河滋润的花桥，是安静的，是朴实的，是凝聚着乡愁的。河水两边的红灯笼，散发着暖意。长坝河上有座老旧的铁索桥，桥两边的护栏上面，悬挂一盆盆漂亮小花，花影倒映河水，河水多了一份亲切的陪伴，便缓下了匆忙的流动，将花的倒影变幻成美妙的涟漪，给走在桥上的人看。人站在桥上，可一览花桥村全貌，桥对面山势渐高，传统的康北瓦房间点缀现代小洋楼，美花嘉树在房与楼间隙隐现，乡村的新与旧仿佛两位古稀老人，在面对面地交流倾诉，诉说着花桥村传统与现代的历史变迁。

近年来，康县践行"绿水青山就是金山银山"的发展理念，立足县情，走出了一条脱贫攻坚与乡村振兴统筹推进的可持续发展之路，绘就了一幅"天蓝地绿水清、村美院净家洁"的乡村秀美画卷。

我们在花桥外围走走看看，河水流在古老的河床，石头还在原初的地头河边，老树长在自家门前，孩子们还在河边嬉戏玩耍，曾经的一切都好像没有变。当我们走进一户户农家，手机、直播、电商，还有人们的理念，一切又都变得和原来的乡村不一样。

午饭时间，走进村里的农家乐，门前有棵柳树，倒挂的嫩柳芽儿散发着鹅黄柔光，树枝间挂红灯笼，春柳与红灯笼衬托出的意境，将我的思绪推向很远。进得院内，顶出一菜园的小菜苗，将简朴的农家院落装点得温馨温暖，小菜苗见到远方的客人，好像都睁开了小眼睛。

陇南山区的野菜最为美味，我们刚点了几样野菜，女主人就麻利地端上露天餐桌。四盘野菜被主人焯去浮躁，留下翠色，拌上花桥的人间烟火，带着山野的清香，摆在我们面前。我问女主人能不能给我们烧一罐花桥的面茶喝喝？女主人像见到亲人那样，红着脸高兴地说："你们来得正是时候，我昨天才炒了面，砸了核桃。今天早晨，我家的母鸡正好下了两个鸡蛋，我这就去给你们烧去。"

当女主人端来一汤盆散发着薄荷香的面茶时，我们已经把几盘野菜吃完了。

听主人说，康县面茶食材主要为绿茶。烹饪时，先将绿茶投入锅中的热油，茶叶在油中似白菊花般盛开时，将茶叶快速捞出。再放生姜、红葱根、香豆梗、薄荷叶、花椒，一起炒出香味后，加盐添水，再把提前炒熟的面粉和茶叶，装入瓦罐放在小火炉上熬为糊状，方成面茶。

一盆热气腾腾的面茶上桌，土豆丁、豆腐丁、鸡蛋碎、葱花分放四个小碟，就可以自舀自调自喝了。当我在女主人的热情帮助下，舀了一碗面茶，调好四种新鲜作料，吹开浮在面茶上面的油花，喝下两碗花桥面茶，体寒的我顿觉久违的温暖回到身体，一阵面红耳热，我好像被花桥的面茶喝醉了。

吃罢午饭，农家乐的男主人告诉我们，花桥村后头有一棵千年菩提树，是花桥村的救命恩人，传说在三百多年前的一个深夜，一场特大暴雨引发了泥石流，即将冲毁住在菩提树周围的几家人，菩提树伸开庞大的树枝树干，保护住了树下面的人家。暴雨结束后，人没有受伤，房屋也没倒塌，菩提树却受了重伤，树身一边被暴洪给掏空了。而菩提树依然奇迹般地活着，年年枝繁叶茂，果实飘香。

走进一个花桥何尝不是走进无数个花桥？我们生活的时代如此和谐美好，自然生态、传统文化在人们的生活里延续，乡村振兴让农民过上了好日子，这正是无数花桥村的意义所在。

| 赵立琼，女，甘肃礼县人，作品曾发表于《飞天》等刊物。现供职于陇南市文联。

天人合一的最美卷轴

杨艳辉

东边的第一抹晨曦把黎明送走时，我穿过绿树掩映的盘山公路，一身潮湿地站在郭家沟金徽矿业的停机坪上。

此时，空旷的停机坪静悄悄地，扑面而来的空气中充满草木的清香，绿地毯似的草坪仿佛刚从水中伸展出腰身，鲜嫩而充满生气。八卦图一样延伸的步道、朱红色的长亭、悬在空中的观景台，都染着清晨的湿气，慵懒地躺在那里享受着最后一刻的清静。远处的树林里传来"啾啾啾"的鸟鸣声，接着"扑棱棱"几下，一群鸟儿飞向高空。停机坪的寂静被打破，我听到露珠儿从十万草木上滑落的声音，很浩大，就像为迎接新的一天而举行的一个庄严仪式。

初夏的风轻轻地从身边吹过，天渐渐亮堂起来，清晨的阳光像婴儿的小手一样柔柔地抚摸着我的脸颊，空气中的湿气开始散去。眨眼间，停机坪上阳光普照，放眼四野，是一片片茂盛的树林组成的天然屏障，里面的植物种类繁多，各种颜色的花儿开得正当时。我沿步道慢慢往前走，在观景台驻足，眺望远处，连绵起伏的高山上覆盖着无边无尽的绿。这是秦岭南麓的山脉，葳蕤的森林是它常年的外衣，在初夏，绿是它的主色调。这种得天独厚的生态造就出秀丽山水的同时，还使它怀抱里的土地更加富饶。陇南徽县的东大门柳林镇就身处其中，而且更得上天厚爱，不但拥有秀丽山水和肥沃土地，还蕴藏着丰富的铅锌矿。只是，有得必有失！富余的矿产给当地带来了令人欣喜的经济效益，却也因为开采、建厂而造成不可估量的植被破坏和环境污染。物尽其用？物尽不能其用？这是矿藏开采与植被保护之间一直纠结的矛盾，无论怎么做，都不能两全其美，总有遗憾存在。

世间的事情总是发展变化的，何况哲人早就说过"矛盾是事物发展的根本动力"。收回放远的目光，俯瞰脚下的天地，那里可以找到矿藏与植被都能物尽其用的答案。它，就是位于柳林镇郭家沟的金徽矿业。

金徽矿业？矿业所在之地，不是尘土飞扬，机器轰鸣，满山疮痍吗？而眼前，几幢排列有序的高楼之外，到处绿树成荫，花草密集，假山林立，喷泉飞扬，俨然是一处幽静的公园。如此说也没有错，这里本来已赢得国家4A级景区的称号。但是，它确实也是亚特集团投资建成的地下工厂、地上花园的金徽矿业，被工信部评为全国首批、全省唯一的"绿色矿山"。

金徽矿业的投资者于2010年采用先进的探矿技术，揭开郭家沟这座特大型铅锌矿床的神秘面纱后，就将"中国一流，世界领先"定为目标，按照生态、环保、安全、自动化的矿山标准，把绿色发展理念融入到了设计的各个环节，始终坚持尊重自然、顺应自然、保护自然的做法，以求达到资源开发与生态和谐相统一的最终效果。有心人，天不负；有志者，事竟成！在超前理念的驱使下，由最先进的科学技术做引领，建成之后的金徽矿业年采选矿石量150万吨，在开采技术上真正达到了"中国一流，世界领先"的高峰，面向全国解决了近千人的就业。当然，最得益的还是当地人，不但收获了经济效益，还享受着优质的生态效益。最让老采矿工感叹不已的是它大断面全机械化进路式充填的采矿技术，所有的操作都在地下完成，不但提高了安全系数，还实现了资源回收再利用，变废为宝，避免了污染，让这方土地因为资源开发而变得更加美丽。这里，无论地上、地下都已被安全监控网络全覆盖，井下还建有紧急避险硐室，可供上百人百小时的应急生活需求，矿山应急救援中心、消防、保安等机构都很完善。我脚下的停机坪也是为了应对矿山的突发事件而建。厂区的绿化更不用说，投入四个亿，建成的樱花大道、迎宾瀑布、劲松迎客、森林栈道，都是一道道赏心悦目的风景。

初次到金徽矿业的人，是不会把这个山水环绕、鸟语花香的地方与矿山联系在一起的。真正深入了解它之后，会发自内心地叹服，还没离开，便想着一定要带着家人朋友再来长见识、赏美景。

走进矿区，遇到的员工都身着干净的工作服，一个个精神焕发，一点儿也找不到矿山工人的痕迹。这得归功于矿业"以人为本"的企业文化。为了让上班的工人有以厂为家的归属感，金徽矿业在建设之初，就修建了设施齐全的公寓宿舍楼、桑拿房、健身房、篮球场、图书馆，并一直免费为员工提供一日三餐和住宿。地下上班的工人下班后，可以先洗个舒服的桑拿浴，换上清爽的衣服再出现在众人面前；喜欢读书的人，工作之余可以去图书馆挑选自己想要阅读的书籍；热衷于运动的人，篮球场、健身房就是最好的去处；对风景情有独钟的人，要是在金徽矿业工作，那真是去对了地方，不但厂区里处处是风景，偌大的郭家沟山水相依，一步一景，美不胜收。难怪金徽矿业的员工只要说起他们的厂子，就笑逐颜开，很幸福的样子。在就业极度困难的时下，能在这样一个安全而温暖的绿色矿山工作，怎么说都是一种幸运。

不断的有人走进停机坪，观景台也显得有些拥挤。我悄悄退后，把地方让给了和我一样想要一睹金徽矿业风采的游人。我很庆幸，昨晚宿于矿区，一夜好眠，才能起个大早，独自享受了金徽矿业清晨的幽静和美好。

杨艳辉，女，笔名冰曦，甘肃省作家协会会员，徽县作协主席。在《散文诗》《飞天》《北方文学》《甘肃日报》等报刊发表各类文学作品一百多万字。长篇小说《殇之锦》获第六届甘肃省黄河文学奖。现供职于徽县文联。

姚寨沟

> 周二军

姚寨沟，被誉为"武都的后花园"。据说"蜀有九寨沟，陇有姚寨沟"，人们把姚寨沟和九寨沟相提并论，说明姚寨沟和九寨沟可以相媲美。只是九寨沟是众人皆知的大家闺秀，而姚寨沟只是深藏闺中的小家碧玉。"姚寨沟"就是武都人眼中的"九寨沟"。

姚寨沟的美就美在有山有水。

武都多山，这里是山的世界，也是山的海洋。一座山连着一座山，一座山依偎着一座山，座座高山入云端。武都城区周围的山，有青石山，有黄土山，但山上少绿植。尤其是十多二十多年前，武都的山光秃秃的，冬天是光秃秃的，到了夏天，也是光秃秃的，偶尔有点绿色，也是山头淡淡的一抹。由于少树木，到了夏天就感到干燥闷热，城里人就犹如在笼中汗蒸，闷热难耐。如今，经过十多二十多年的退耕还林和植树造林，武都周围的山也渐渐绿了起来，气候也变得温润起来。但比起姚寨沟的山，还是逊色许多。

姚寨沟的山比起武都城周围的山，要青绿，窈窕，俊朗，秀美许多。因为姚寨沟的山长满了树。大大小小各种各样的树。树是山的魂，一座没有树的山，是没有魂魄的山。

山，没有树就少了魂魄，但没有了水，就少了灵气；姚寨沟的山美，就美在有树木蔽日和绿水环绕。

山，孤独地站在大地上，静默安详；水，静静地在山涧流淌，恣意喧哗。

水，没有山，就少了气势。山靠水养，水绕山行。有山有水就有了美景。

姚寨沟的水清澈干净，涓涓细流在山石间流淌，青石长满了绿色的青苔，更显出水的清、净。

水以物形。水沿着沟里的石头赋形，形成了流泉，气势磅礴；水在宽阔平缓处，聚集成众，形成湖泊，赋名象山湖；水在山头高高落下来，形成瀑布，赋名九天银河。

二十多年前，我曾经去过姚寨沟，那时的姚寨沟还是土路，山也感觉破破烂烂的，水是浑浊不堪的。据说过去为了温饱，姚寨沟人以砍木头，割竹子扎扫把，到城里卖木头卖扫把艰难生活。到了80年代，沟里人开起采石场，主要是为水泥厂提供石头，为建筑工地提供沙子。也有人用小石头烧石灰。村子里许多人买了铁牛大型拖拉机和小四轮拖拉机，专门搞运输，发财了一部分人。但是十多年时间，结果把绿水青山变成了浊水荒山。开山采石给沟里带来的环境污染与生态破坏日趋严重。许多人戏说，这里下雨天就成了"水泥路"，晴天就是"扬灰路"。人从沟里走出来，就成了"白头翁"了。十多年前，一场大暴雨下了三天三夜，从沟里冲出来的泥石流淹没了庄稼，还冲毁了许多沿河的房屋，许多铁牛拖拉机和小四轮拖拉机被泥石流裹挟着冲进白龙江。幸好没有人员伤亡。面对大自然的惩罚，人们看到，开山采石只能短期内养活人，长期来会造成滑坡、泥石流等灾害。山总有被挖空的一天，还破坏环境，难以持续发展，自然灾害不发生没事，一发生就无法弥补。泥石流灾害引起镇上和县里的重视，决定从此以后关停采石项目，花大力气清理了河道里的碎石垃圾，鼓励村里人栽树，发展绿色环保的乡村旅游产业。

俗话说"绿了荒山头，甘沟清水流。"如今，人们在沟里建起凉亭，修了人工湖泊，鼓励村民开农家乐。经过十多年的植树造林，绿色发展，如今姚寨沟山绿了，水清了，到了夏天山岭叠翠，碧波荡漾，成了城区人消夏避暑的后花园。

　　看着如今的姚寨沟美丽的风景,不由让人感慨万千,自然的伟大是因为自然能生万物,人的伟大是,在自然中,只有人能改造自然。

|　周二军,甘肃武都区人。自由职业者。

满城绿色醉河池

肖 娴

有这样一座小城,城内两座名山遥遥相望,一曰凤山、一曰吴山。城南一湖环绕,杨柳依依、波光粼粼。城北有一幽谷,名曰高坪,花树林立美不胜收。如果你有幸生于斯长于斯,那么恭喜你,你是有福的了。

这座山清水秀、集历史名胜与绿色生态美景于一体的小城就是我的家乡徽县。

一直以来在我的心中或文字中,我都喜欢称这座城为"河池"。河池,这个从西汉流传下来的古名,犹如它的昵称,带着氤氲的水汽、江南的灵秀,入诗、入画、入心、入梦。在繁花似锦的春天,小城便成了一幅流动的画,生活在小城的人便犹如游走在画中。这样的时节,每有闲暇我常常会去登临城东的吴山、城西的凤山。在吴山感受吴家军的英雄气概、在凤山探寻神奇的传说,或约三五好友去寻访泰湖。在湖心亭,感受家乡青山绿水的灵秀。的确,凤山、吴山、泰湖,就是家乡人窗外的原生态风景,精神上的青山绿水。

今年春天,有朋自远方来,为了让朋友见证家乡的"美好生态",我带着朋友对吴山公园、凤山公园、泰湖公园等几处县城景点进行了全方位的走访。那天春雨初霁,我们沿着一条小路向吴山走去。清晨的吴山热闹中又呈现出一种静谧。朝阳从参天的古柏中流泻而下,使吴玠墓更加庄严肃穆。画眉在苍翠的古柏枝头婉转地鸣叫着,树下有人吹着长笛、有人在吴玠墓前凭吊。不远处的广场里一些人正在跳着广场舞。她们奔放的舞姿像春风拂过的花枝，呈现出个体生命与大自然的和谐，更展示出美丽的园林山水给家乡人带来的"幸福感"。

站在吴玠墓前面的平地上远眺，视野的尽头便是县城西面的凤山。满目苍翠的凤山，桃花犹如红云间杂其间。凤山顶的栖凤阁在绿色屏障中若隐若现，像极了一只凌空欲飞的金凤凰。有凤来仪，栖居河池。相传凤山就是因为有凤凰在山顶筑过巢而得名。凤凰是百鸟之王也是瑞鸟，凤凰栖居在那里，那里便是青山绿水中的祥瑞之地。

离开吴山，我们便向凤山走去。不一会儿载着我们的车子，过了凤山中的碑林公园，在凤山顶最高处的一处路段上停了下来。一抬眼，碧波环绕中的栖凤阁便远远地出现在了我们的视野里。我们踏着正在修建的通往栖凤阁的步道向山顶走去。我边走边环望四周，除了欣欣向荣的春色，还有那些一如银蛇般盘曲掩映在林荫中的水泥路。曾经那条仅能容一人攀爬的崎岖难走的黄土路，全都被这些两米多宽的道路给代替了。步道两边那些富有野趣的扶栏仿佛把人带进了唐诗宋词的意境中。说说笑笑间，我们已来到了栖凤阁前面，经过修旧如旧的栖凤阁更加富丽堂皇。重檐翘角、廊台环绕、黄瓦红楹，屹立在凤山之顶有一种插天拔地的高古气象。

站在栖凤阁前，一览众山小、春山满目翠的辽远与壮阔，使人心胸有了大海般的广阔与宁静。再看透迤延绵的群山将县城安守怀中，城中各种建筑鳞次栉比、天桥横跨南北、街巷交错，行道树绿色云朵一样浮动其间。城中，我熟悉或不熟悉的人恬淡地生活在这一座烟火漫卷、祥瑞宁静的城池中，而我有幸也在其中，心湖里竟有了一种春风吹过湖水的惬意与对这一片土地的感念。忽而记起《浮生六记》里的两句话："布衣饭菜，可乐终生。"原来古人的生活所指，竟和我心中所向往是那样的吻合。但我觉得我比《浮生六记》中的芸娘还要幸运几分，因为我所拥有的快乐中还有这几处抬脚就到、可游可居的城中原生态胜景。朋友也感受到了我的家乡陇南，绿色生态与诗意政声的完美的融合。

顺着栖凤阁后面的林中步道石阶而下，我们又由西向东寻访了金徽亭、朝阳轩、江洛亭、和观禾亭，这些亭台大多都有一个与自然生态相结合得非常高妙的名字。尤其是濒临西面的观禾亭，在《徽县志》里都有记载。温馨的文字记载着明朝年间当时徽州知州王时雍 建观禾亭时所作的《观禾亭记》："凡官之公署，必延袤深邃，然后可以远尘氛、崇重也。徽守旧宅，在州治内东北隅……．我和朋友走进亭子里坐在亭子间的条凳上，望着眼前一望无际的绿，我想象着那个叫王时雍的县令，如果他知道今天的徽县古时的徽州，现在已成了一座今非昔比花园式的县城，他又会做何感想呢？

正午时分，我们从碑林公园离开了凤山。车子盘山而下向着泰湖驶去，暖阳下的凤山，那些树木枝头的绿又似乎向上舒展了几分，包括那些山中缤纷的花树，也更加明艳更加绚烂了。远远望去在我们视野里轮廓越来越清晰的县城，也更加绿意盎然。在这样的情景里我心里突然跳出了这样一副对联：满城绿色醉人，两山一湖入画。眉批是：生态河池。

> 肖娟，女，甘肃徽县人。甘肃省作家协会会员。在《散文世界》《飞天》《甘肃日报》等报刊发表诗歌、散文、小说、评论300多篇（首）。其中散文《母亲的银手镯》获《飞天》全国诗歌散文大奖赛二等奖、陇南市文艺奖铜奖。《叶落黄昏》获省作协举办的"王府杯"散文征文优秀奖。小说《烹雪煮酒》获2018年宁夏回族自治区成立六十周年"荣光杯"主题征文三等奖，出版作品集《一个人的青草山》。现供职于徽县文化馆。

我眼中的云屏

| 王彦青

云屏，地杰人灵。

小的时候，云屏在我的心目中如天堂一般，充满了神往，期盼着有一天能去云屏看看。因为在那个饥饿的年代里，能吃饱饭已经算是最奢侈的生活了。前河里（指城关、金洞、杨店、西坡等河川地带）庄稼十年九旱，有时甚至颗粒无收，生产队分的粮食少得可怜。为了吃顿饱饭，庄里人大多去泰山、云屏等深山里弄口粮，父亲和母亲也经常去，或换或赊，总要弄些粮食回来，不然一家人就要饿肚子。也许是老天的偏袒庇护，前河里的庄稼瞎得让人心碎，但云屏寺却收成不错。后来，庄里好多小伙娶的媳妇都是云屏寺的姑娘，个个清秀水灵得让人眼馋，我大伯娶的就是云屏寺元山村的姑娘，这大概是我对云屏最初的印象了。

第一次去云屏是1990年的春上，我因公去云屏下乡，当时两当县城去云屏还是坑坑洼洼的砂石土路。单位的面包车像一个巨大的箩筐，不停地左摇右晃，车里只有我和司机两个人，车后扬起一堆堆尘土，如腾云驾雾一般。汽车从火车桥下钻过，两条河相撞后一起流向下游，这是云屏河与嘉陵江交汇的地方，原先叫"斩龙巷"，叫到后来便转了音，成了"站儿巷"。车过白家咀和柿树坝，山的颜色变得生动活泛起来，一边是高耸入云的大山，一边是静静流淌的小河，山上的桃花、迎春花和许多叫不出名字的花把大山装扮的色彩斑斓。前行的路况越来越差，路越发窄小，越发凸凹不平了，颠簸得越来越厉害了，屁股几乎很少有机会安分地放到座位上。路沿着山脚下的河向前延伸，山势越来越险峻，似乎随时都有倒下来的可能，山巅上岩石的缝隙间攀岩而生的松树挺拔傲立，让人觉得不可思议，它是靠什么生长的呢？面包车像一个疲惫的老牛，摇摇晃晃，顺着山势一直向上蠕动，到乡政府时已是临近中午，乡长张志强接待了我们。

此时县城早已春意融融，但在云屏却是另一种景象，站在乡政府的院子里，对面的山青翠欲滴，半山腰弥漫着云梯式的烟雾，姊妹峰悄然静立，一阵阵冷风吹来，让人感到丝丝寒意，真正体验了一回"春寒料峭"的滋味。夜宿云屏乡政府，半夜里山风更大了，树梢在风中发出悠长的吼叫声，犹如一只只吹响的哨子，回荡在峡谷之中。也许是不习惯云屏山风的寒冷，工作之余我多数是蜷缩在房子里。大概真应了古人那"不识庐山真面目，只缘身在此山中"的佳句，第一次去云屏，确实没有给我留下太多的印象。后来也多次踏入云屏的灵山秀水，但每次都来去匆匆，无暇细赏那如诗如画的风景。

要说真正全面地了解云屏，那还要感谢曾在云屏乡担任过五年乡党委书记的常玉成先生。颇有诗人气质的常玉成书记在云屏任职期间，那里的灵山秀水触动了他的"灵感"，踏遍了云屏的山山水水，饱含着对云屏山水的无限热爱和激情，写下了题为《彩云翠屏山环水绕，人杰地灵蜀道通衢》的文章，刊登在县委政研室主办的《政策研究与生态建设》内刊上。第一次提出了"云屏三峡"这个具有标志性的名字，并详细介绍了云屏三峡内三十多个景点，如数家珍，睡师卧龙，重石望夫，天门锁云，姊妹竞秀，天狗望龟，龙洞玉潮……那一个个引人入胜的美丽传说，揭开了云屏——这个深闺娇娘的神秘面纱。云屏寺是远近闻名的佛教、道教、儒教三教合一的千年古寺，1999年重修时，大殿门庭之上的对联"祥云托佛祖净化三界，玉幰弊龙族中兴九州"便是出自常玉成先生之手。离开云屏之后，他仍然痴情不改，在进一步考证完善的基础上写下了题为《"云屏三峡"秀，人在画中游》的文章刊登在2008年第二期《广香河》文学期刊上，用文字生动形象，完整朴实地描述了"云屏三峡"全部景观，为云屏的旅游开发留下了一笔宝贵的精神财富。如今的云屏三峡早已声名远播，省内外人士频频涉足，成为两当的旅游胜地之一。

云屏人李兴林、李秀明带着对家乡的无限深情，写下了许许多多脍炙人口的鸿篇华章，先后在省、市报刊频频亮相，把对云屏真挚的爱流淌于笔端。由李兴林作词，母建军谱曲的一首《我爱你，美丽的云屏》传遍广香大地，"青山滴翠是她绿色的希望，五彩云霞是她漂亮的衣裙"唱出了一个美丽的，神话般的云屏；"梦回莺啼是那天庭的山歌，勤劳善良是我故乡的山魂"唱出了云屏人的心声，唱出了两当人的热情和豪迈。李秀明撰写的文章《两当号子是怎样走进北京的》，用一颗颗朴实无华的文字把历史和现实进行了完美的对接，再现了云屏地域文化的魅力和深厚底蕴。

家住张家乡的本县学者王安瑞（笔名：戈爻、天翁）老先生多年来潜心研究云屏的历史文化，可谓如痴如醉、呕心沥血，写出了以《话说西姑庵》《飞来峰下》为代表的几十万字的有价值的研究性文史资料和文章，向世人展示了云屏悠久的历史和古老的民俗，特别是云屏明清时期繁华的历史和文化，对云屏历史的挖掘、研究与传承真可谓功德无量。正如王安瑞老先生在《飞来峰下》一文中谈到的"恐怕没有多少人知道今天看到的那些矗立在头二、三滩周围的奇峰峻岭竟然会是外来'居民'——飞来峰。据说这样的飞来峰在与三滩相邻的云屏乡境内就有七十二座。"作为一个土生土长的两当人，我为他们的精神所折服、所感动。如今的云屏早已今非昔比，神采飞扬，"山水画廊""长寿之乡"等一个个美誉也许已经不能十分准确地道出云屏的美丽和神秘。

在我的眼中，云屏的确是美丽的。云屏的山层峦叠嶂，千姿百态，或仰天横卧，或高耸云端，或你搀我扶，或独立远望，展现着大自然的骨感、刚强和博大。云屏的水缠缠绵绵、清澈妖娆，滋养着大山深处的万物生灵，养育过多少仓促坚毅的生命；那潺潺山间溪流，让你真切体会"明月松间照，清泉石上流"的诗画般的享受，彰显着大自然的文静与和谐。云屏的历史更是充满了神秘和诱惑，那星罗棋布的景点里蕴藏着多少不为人知的故事和玄机，让人们苦苦探寻，流连忘返；那错落有致、高低迥异的高岭险滩和碧潭小溪中到底还有多少没有被发现的秘密？

云屏是美丽的，她的美丽在山、在水、更在神秘的历史和文化。云屏是一块等待开发的处女地，云屏是一个刚刚拂去面纱的青春少女，她美得娇艳，美得妖娆，美得神奇，美得醉人，美得让人怦然心动；云屏的美丽之处还有很多很多，也许我们至今还没有发现，还未曾领略到那万种风情。

青山永在，绿水长流。愿来自祖国四面八方的有志之士关注云屏，开发云屏，建设云屏，让这颗深山明珠焕发出耀眼夺目的光彩。愿云屏的明天更加美丽，更加繁荣兴旺！

| 王彦青，甘肃两当人，现供职于两当县卫健委。

春到张坝

> 王得虎

三月的春风，柔柔的、暖暖的，入夜时分，吹进西秦岭腹地千转百回的沟壑中，在连绵起伏的余脉皱折里，拐了九十九道弯，细雨如酥的某个早晨，终于在张坝的村郭边暂时停住了脚步。

春风如约，季节而至，从峡深谷幽、峰回路转的两河峡口，流出的大团鱼河，沿大姚公路，会同麻子坪山系的水磨河，欢快地流过村子，所流经之处河堤两旁，将排栽的杨柳千丝孕绿，迎着风，婀娜多姿，河滩上野花点点，田园中油菜花儿金黄，村舍周围的山间沟壑、土坎上，百花怒放，杏红李白，争先斗妍，不时地听见清脆的鸟叫声嬉戏在花间。是在丝丝细雨的清晨，或在阳光明媚的午后，总之，整个张坝村早已沐浴在一片春光之中。

张坝——这个陇南之南的村子，是当前琵琶镇最美最富的村子，它处在省道212线和五阳公路的交叉点上，武罐高速公路穿村而过，两条河流在此交汇，两河口、阳土坝、张坝、水沟子、麦秆山五个自然社，分布在河道两旁，形成自然的三点一线，鼎立之势，这里交通便利，水系发达，自然资源条件优越，特别是跟张坝新村一河相隔的古村落，更是古朴美丽，历史悠久。近年来，当地政府，以精准扶贫项目支撑，抢抓机遇，全力保护古村落遗留下来的老房子、老物件，深入挖掘历史人文，保护自然环境，充分利用自然资源，着力打造原生态乡村旅游，大力宣传，吸引游客，带动周边农副产品销售，拓宽了群众收入，如今这个全省保护最全，离市区不足50公里的古村落已大有名气，已不是几年前，藏在深闺人未识，秘境中的小家碧玉，它的神秘，它的原始留存，它的得天独厚，引来上级部门的关注和大力支持，前来休闲观光的游客络绎不绝。

此时，古村落里杨柳依依，桃花灼灼，杏红梨白，春意盎然。走近她，首先映入眼帘的，是那一座座古老而陈旧的老房子，错综有序地修建，花圃菜园，随处可见，磨房圈舍，坐落其间。沿村前拾级而上，那很久不用的麦场边，废弃的石磨盘上，坐着八十老翁，习惯地披着满襟粗布棉袄，抽着旱烟（当地自产的土烟叶），悠闲地哄哇着孙儿，尺余长的烟斗，在他的嘴角，随着吸力的嗞嗞声，冒着缕缕青烟，那烟雾袅绕在戴着黑色巾帕的头顶上，缓缓地飘进古村落的深处，留下了那浓浓的旱烟味，弥漫在乡土气息之间，这份安静，这种休闲，让人向往，让人迷恋，如果你不来春日的古村落，你永不会看到、感受到这份超脱世俗的神态悠然。

与其说春到张坝，不如说春到古村落，在古村的各处，处处可见盛开的杏子花和水桃花，那诱人的粉红色，把黑白相间的村子，点缀得万种风情，一条山间小溪，从四方山的深处流了下来，把古村落分为两半，在那清澈见底的潺潺流水上，一座古朴简陋的木桥，联系着上下两个村落，在溪水旁，村子最高处，一棵三人合围的千年菩提树，生长在一座香火很旺的观音阁旁，迎着春风，像卫士一样屹立在村子里，守望着这里世代子孙，上千年的生长历史，见证着这里的兴衰繁荣，也见证着张坝村先人们的勤劳与朴实。在现代工匠，仿古修建的古村落接待中心文物展示馆内，你会了解到更多关于这里的一切，过往的那些奇人义士，神话故事，还有那古老的传说。根据考证，张坝的祖先，是元末明初"湖广填四川"移民垦荒时的政策，从湖北孝感、麻城迁徙而来的张氏兄弟，安居在这里，垦荒耕田，修身养息，从原先的七八户人到如今百十户子孙，经历了岁月的沧桑和历史的交替变换，在历代战乱中，自然灾害变迁中，张坝人始终靠智慧的头脑，勤奋的双手，改变着自己命运和幸福的生活，迎接每一个充满希望的春天。

张坝，地势平坦开阔，植被覆盖面广，空气清新宜人，河水清清，环境优美，是一个纯天然绿色氧吧。如果你是城里人，请选择一个春日的某天，放下手头工作和琐事的羁绊，来古村落小住几日，和这里的村民一起，早出晚归，体验一下农忙时期的辛苦，相比坐在宽敞明亮的办公室里，不怕风吹雨淋的生活，你会感到前所未有的满足感，庆幸自己，比上不足，比下有余。有饥饿感时，吃吃地道的农家饭（荞面节节、点清饭等），尝尝新鲜的山野菜，用纯净的山泉水烧开，沏一壶正宗的裕河明前清茶，饭饱茶足后，吃厌山珍海味，饮惯普洱、龙井茶的你，会感觉到，其实真正的美食就在饥饿后的平凡之中。如果你还想跟这里的人民交朋友，那么，请你任意选哪一家都行，他们个个爽直好客，朴实厚道，更重要的是，淡泊名利，与世无争，时间久一点，你会觉得，人生一世，三餐清淡，只要身体健康，什么房子，车子都是身外之物；生活规律，只要心情乐观，什么金钱、名利一切都是浮云。如果你厌倦了城市的车马喧闹，人情世故，那么，你来张坝古村，小隐几日，过一下"采菊东篱下，悠悠见南山"的田园生活，一方小木桌支在小院的桃树下，一盘凉拌椿芽，半樽本镇佳酿"麻崖大曲"，也可点一炷禅香插在桌前，吁一口小酒，品一丝春味，闭上眼，在静幽中感受一下这份休闲，在宽恕中洗去心灵上的世俗尘埃。

时光荏苒，春去春又来，张坝的春天，在满山遍野的桃红李白中醒来，在耕种忙活的回牛歌声中醒来，也在梁下紫燕的呢喃声中醒来，这个让人精神抖擞的季节，这个充满希望的季节，重新开始，一切都是新的。

> 王得虎，字建斌，号小川居士。1981年生，武都区琵琶镇人。中国作协诗刊社子曰诗社社员，陇南市作家协会会员，陇南诗词学会会员，武都区作协理事。

辑四　诗意画卷

秦仲与《车邻》（外一首）

| 秦 戎

"有车邻邻，白马为颠。
未见君子，寺人之令。"

你看，西垂大夫秦仲的马车何其威武
铃声响处，一辆辆马车疾驰而来
绝尘之处，额头一抹白色的骖（cān）马
雄赳赳气昂昂，犹如闪电一闪而过

如今，私人小汽车广泛进入寻常百姓家
城镇有楼房，家中有小车伴随新一代年轻人
宋词里所描绘的"宝马雕车香满路"
已经成为陇南山区靓丽的风景

"阪（bǎn）有漆，隰（xí）有栗。
既见君子，并坐鼓瑟。"

山坡上的漆树，依然生长茂盛

陇南山区的人家，过去户户都有木制漆桶
成县沙坝镇修梯田时发现，尖川秦汉墓葬群
出土的漆碗漆盘髹漆马车，云雾缭绕漂亮如新

山背后的栗子树，依然年年开花结实
一千二百多年前，大唐诗人杜甫在同谷流寓
"岁拾橡栗随狙（jū）公，饥寒日暮山谷里。"
一千二百多年后，宕昌国喜好文旅的马昱东
独家的"糖炒栗子"，每年秋冬必会大赚一笔

"阪（bǎn）有桑，隰（xí）有杨。
既见君子，并坐鼓簧。"

曾记否，徽成盆地的蚕桑业和缫丝厂
改革开放之初，盛极一时
"5·12"灾后重建，领导视察过的蚕桑地里
康县长坝镇蚕桑文化博物馆，保存着珍贵记忆

历史如长河，往事如云烟
我们向往着，秦人的一统业绩
我们传承着，秦人的开拓进取
我们创新着，秦人的自强不息

襄公与《无衣》

"岂曰无衣?与子同袍。
王于兴师,修我戈矛。与子同仇。"

不要说没有衣服,我和你同穿一件战袍。
君王发出征战的号令,咱们赶紧磨快那戈那矛。
这就是两千五百多年前老秦人尚武好战的精神
这就是当年秦襄公帅师与犬戎交战时的情景

"岂曰无衣,与子同裳。
王于兴师,修我甲兵。与子偕行!"

何谓"步调一致才能得胜利"?
何谓"一鼓作气,同仇敌忾"?
两千五百多年前诞生于陇南的《秦风·无衣》
为我们勾勒出一副磨刀擦枪舞戈挥戟
共赴国难共同杀敌的英雄主义气概

> 秦戎,本名高天佑,甘肃省作家协会会员。现供职于陇南市人大常委会。著有现代诗集《迎风而唱》《踏歌而舞》,学术专著《杜甫陇蜀纪行诗注析》《陇右诗选注》,连环画《西和乞巧》脚本,主编"得陇望蜀诗丛"第一、二辑等,另有陇南地方文史学术专著多部。

雷鼓山情思

毛树林

我是雪松里的一团火
你就是黄昏里的一声呼唤
我是修行的松柏
你就是羊马城里的青稞
我是苯苯教里的官珠
你就是宕昌国里的公主
我是外出打工的羌哥
你就是鹿仁寨里吹口弦的卓玛

你是网红桥的影
我就是一线天的岚
你是珍珠滩的细雨
我就是通天峡的苔藓

我心中滚烫的大海
在到达你的路上净化
从脉络到思维

就是雪花到达我的山坡

我潮汐的叩问

穿越岩石，探索亿年

到达不了你的怀抱

我苦涩的大海

绝望地悬挂于一座座山崖

是粉身碎骨还是飞珠溅玉

竟变成了人间的奇迹

变成一行行流淌不尽的哈达

每当霞光抚摸我的山巅

当我要靠近你的微笑

血液里的风暴雄鹰一样盘旋

我的目光飘过青藏高原

我的脚步随羌水远行至长江

我们血脉相连却永不相见

你是我的母亲吗

我以手为钎在地书峡凿满经文

祈祷母亲到达另一个世界的路途

不再经受人间的风雨苦难

你是我的女儿吗

我用一座岷山的慈祥

为你缝制一件百花的嫁妆

你是我的爱人吗

我在冰瀑宫殿里等你

请你饮一杯寒凉烈酒

邀请神仙精灵云聚

邀请鱼虫鸟兽和树木花草

挥动法器

邀请诸子百家，用他们的经典吟唱

演奏一场天籁地籁人籁的交响

你是我的爱人吗

我请你在天池泛舟

袭袭微风飘渺轻纱

树叶颦笑引领群群蝴蝶

天空倒影，在无垠的幻境

在虚与实里，如临万仞

我们要在一层蝉翼般的玻璃上

见证正义与邪恶的博弈

见证天堂与地狱的较量

你是我的爱人吗

我请你牵着太阳和月亮

在多维空间涅槃

请你每天含一颗露珠

我们在露珠里建一座家乡

让八个蜜橘抬着我们去叩谢

天空无数祝福的灯盏

我请你在银河欣赏暗物质与暗能量的交替

在宇宙庭院观看牛郎织女一年一度的相会

这一切都是我的幻想

是我的灵魂牵着你的梦

在微观世界里逃逸人生

在现实世界里如履薄冰

在宏观世界里孤寂飞行

有可能是我自己分裂又聚合

是我自己跟自己在哲学里无尽地纠缠

其实我是一座无法行走的山脉

用地下河的双手

捧起十三个圣洁的海子

做前世的忏悔

做今生的聘礼

做来世的路标

我更想请天地点化

让我们成为鹿仁寨两小无猜的少年

一起走过石板屋

一起上学，慢慢长大

你给我点一缕炊烟

我给你种三亩玉米五亩当归

你给我做一双布鞋

我给放牧百只牛羊万只蜜蜂

你给我诵《诗经.秦风》

我给你采摘百合玫瑰和山楂

你给我生儿育女

我给你种植一千亩高山杜鹃

你给我的诗行注入一道彩虹

我就去摇醒一片天涯

你给我的人格加入钢铁

我就去清理一沟游人的忧愁和贪婪

你给我的灵魂镀上善良的黄金

我就与你地老天荒

直到官鹅沟的面庞有了爱的模样

直到夜空的群星

溢满三月桃花的馨香

> 毛树林，1966年生，甘肃文县人。中国作家协会会员，曾任甘肃省作家协会第四届副主席。著有诗集《铜之歌》。

秦风在大地上吹拂（外一首）

蒲黎生

我对礼县知之甚少
虽然那里是我的故乡
背起书包离家出走时
我还是青葱少年

秦人一直生活在历史的上游
时间让人忘记了一切
秦人的魂魄
一半被西汉水带向远方
一半在大堡子山上沉睡
旺长的芦苇太过普通
十万亩苹果花将春天重新铺排

西汉水瘦了还是肥了
它始终从高处流向低处
雄伟的宫殿归寂于一堆瓦砾
而柔荑的芦苇还在生长

壮观的日出与凄美的落日

都经不起水滴石穿的浸蚀

辉煌的业绩

只能从锈迹斑斑的青铜器中辨认

美好的东西往往在彼岸

让人无法靠近

秦人的都邑西犬丘

怎样从人们的视野里消失

礼县大堡子山

如何迎来人们的明目善睐

西汉水之湄的芦苇花开

它还能成为爱的信物吗

在水一方的伊人可见

我有登临彼岸的资格吗

秦风在大地上吹拂

蒹葭再一次点亮人们的眼睛

那位心怀圣洁的少年

归来时已双鬓如雪

四角山

我在夏天的某一天

登临四角山

羊肠小道直通山顶

长满了无边的野草

山花烂漫

沙棘碧绿

在四角山顶

我看到的天空是一个巨型的圆

大地则广阔无垠

西汉水由东向西奔流

在阳光下波光闪耀

夏日炎炎

我被炙烤得汗流浃背

恍惚间

秦人的战马膘肥体壮

这个寻找太阳的部落

以梦为马

正奔跑在西迁东进的路上

登临四角山观光

我只用了一天的时间

秦人在四角山祭祖

却用了550年的历程

战争是硝烟掩埋在荒草丛中

岁月让杀伐征战的呐喊归于寂静

在举行祷告先祖的盛大活动之后

这个称霸天下的帝国消失的无影无踪

河山依旧是原来的模样

野草让群山变得郁郁葱葱

我只有拿起铁锹

翻开脚下的泥土

去寻找秦人沉睡的秘密

蒲黎生,甘肃礼县人。二级高级法官,现任陇南市中级人民法院副院长。甘肃作家协会会员,中国新文学学会乡土诗人分会会员,国际诗词协会会员。著有散文集《走过心灵的田园》和诗歌集《透过心灵的阳光》。

在碧口古镇（外一首）

| 小 米

山蹲着，站累了，
水无声，等旧了。

我来了。我知道我来得太迟了。

船歇在岸边，
暮色困在山头。谁会载我
把时光追回？

一个人让我醒转来，
两条江让我别走开，
三壶酒让我醉盈怀。

为已逝去和必将到来的所有岁月，
干了这一杯！

在马家山茶园

马家山已开启办公楼的门,
每一株茶树都沏好了热茶,可是
茶叶,还没有上班。

低头查看身边的茶树时,
我想:茶叶不会是请假了吧?
不可能罢工的吧——顶多是迟到。

抬头才发现马家山头戴一顶
白色冷帽,它脸上刚刚扔掉一团雾,
忽又飞来一团雾。
未至清明之境,
山上所有的茶树就只能排好了队,
跟我一起等春风。

小米,原名刘长江,男,1968年生,甘肃文县人,中国作协会员。1986年开始在《大家》《人民文学》《青年文学》《中国作家》《诗刊》等报刊发表各类文学作品多篇,近百余篇作品入选数十种诗文选集和年度选本,著有诗集《小米诗选》《十年诗选》。

年年乞与人间巧

| 南山牛

年年都在麦子收割后

年年都是秋田长得正旺

年年都见苹果红了

年年都是人来人往的忙

年年有个七月七啊

年年七月七　中国的

女儿们就开始乞巧　乞巧

我的神一样的巧娘娘哟

给你一路可爱的巧姐姐巧妹妹

将五千年最神圣的巧

手把手儿一寸寸的赐教

教她们怎样过上好日子

怎样在日子的残缺处

掌握好分寸　怎样

在漏风漏雨的生活上

恰到好处的穿针引线

缝缝补补

……只有一点点

我对你一直耿耿于怀心有不悦

年年乞与人间巧

年年都将个牛郎给凉着

至今他还在凉凉的南山里

一边做务着二亩土　　一边

想入非非的东张西望

不过今天还算幸运

你轻轻地招了招手

他就突然的心头一热

踩着巧姐姐巧妹妹的乞巧风

一路赶在了鹊桥会上

与一位大妹子

比肩而立　咔嚓　咔嚓的

拍了两张照

还接受了一个

心灵手巧的好妹妹

赠送的一个轻轻地搂抱

于是他含着满脸的幸福

给人说　今天啊

沾了巧娘娘

不少的光

> 南山牛,原名王振宇,甘肃礼县人。中国作家协会会员,陇南市作家协会顾问,礼县文联副主席,礼县作协主席。著有诗集《家在甘肃》《犁铧翻开的春天》《然后,再亲亲我的祖国》,散文随笔集《在蓝墨水的上游》《厚土高天人如歌》等。

八峰崖参禅（外一首）

| 波 眠

天蓝云渺
枝盛花繁

我从自己的旧窟里出来云游
来看看我的旧菩萨们
红尘中他们似乎
和我一样变得体倦肢沉
笑容苦涩

所有的花树都心生欢喜
贪念太重的我一时僧袍穿得太厚
坐在一块无字碑前
任空谷的风吹来阵阵清凉

其实八峰崖每一座山都是一尊佛
陡峭开示放下
沙石路提醒恭敬

石凳让人谦卑

云朵让人看开

只是来的人急于跪求参拜

反而忽视了这些

金沙寺访碑

当初这块石头皈依此处

不知经历了怎样的阵痛与挣扎

终于在磨平的身体上打上了偈语

作为离佛最近的石头

开始了它的般若波罗蜜多

每一颗字都是向善的莲花

每一颗字都是慈航的念珠

可是它也不能僭越命运

它也有因缘聚散的无常

最后成为一块块残石

散落在荒僻的墙角

我在金沙寺旧址上见到一块

院角又见到一块

时间的怪兽把它们弄得七零八落

石头的肉体已然断裂

但留下的字还活着

仿佛一粒粒的舍利子

> 波眠，男，本名胡询之，甘肃西和人。曾在《诗刊》《中国诗歌》《诗选刊》《散文选刊》《飞天》《星星诗刊》《清明》《诗神》《中外诗星》《甘肃日报》等报刊发表诗歌散文500余（篇）首。著有诗集《黄雪地带》《黑树上的花色》《波眠乡村诗选》《最好的奖品》等五部。获《飞天》十年文学奖，《诗刊》优秀诗集奖，曾两次获黄河文学奖。中国作家协会会员，甘肃作协、书协、美协会员，陇南市作家协会副主席。

在窑坪小镇漫步（外一首）

勇 康

这个小镇我来过
已经记不清了
但今天我一下子就爱上了她

我爱她身旁那条纤细的河流
爱她落上屋檐的一小片阳光
爱她街上的店铺　饭馆　人群
她俗世的生活

现在
我和你正悠闲地
穿过小镇
我迷恋这样的时光
一些细微的幸福与感动
让我有了隔世之恍
仿佛进入一部古装剧的情节　一幅
水墨画的意境

我希望回到唐代或者宋朝的一段

太平盛世

这临街的铺面其中就有

我们的一爿

经营一些茶叶　山货　土布　还有绣品

我们夫妻恩爱　情深意绵

白天　我下地耕田　你居家张罗

夜晚　你织布刺绣　我读书写诗

日子不拮据也不富裕

你是采桑的蚕娘　我是山中的樵夫

你是我美丽贤惠的娘子　我是你那落榜的秀才

在这临水的小镇

我愿意和你 结缘一万年

向阳的山坡

我们来到了这片向阳的山坡

山坡高处是大片大片的青枫林

我们脚下的菜地

油菜苗已经长出

绿绿的嫩芽

其实我愿意和你

就在这青枫林和油菜地的山坡

一直坐下去

像这个微微暖和的冬日之晨

被我反复说出

宁静　美好　恍若梦境

> 勇康，原名李永康，甘肃康县人。曾在《诗刊》《星星诗刊》《诗神》《诗潮》《诗歌月刊》《绿风》《飞天》《地火》《雨花》《延河》《小小说选刊》《散文》《美文》《甘肃日报》《中国文化报》《作家报》等作品报刊发表小说、散文、诗歌等作品。作品入选《2006年中国诗歌精选》《2007中国散文精品集》等权威选本，曾获陇南文艺奖金奖、铜奖。康县文联原主席。

红河湖的水面上，闪光的是那些古老的姓氏（外一首）

包 苞

站在红河湖边

深绿的湖水涌动

湖水连着的沟汉、峰峦就会涌动

湖水中，飘浮着的云朵

就会涌动

这并不是一泓死寂的湖水

夹岸而上，依次是高家、岳家、费家、花石吕家、街上赵家

再往上，就是秦公簋沁满绿锈红斑的纹饰

运有兴衰，城无恒主

但古老的血脉从未断绝

或一炷清香

或一身正气

或庙堂

或田间地头

不要在红河的地界大声呵斥

儒雅飘逸的不仅是湖面上的白鹭

风拂水面,群鸟翔集
那在湖面上闪光的,不是鸟群
是红河两岸古老的姓氏

一匹马,在盐官的大地上出现

一匹马,在盐官的大地上出现
时光,是否会在瞬间倒流

如果它腾蹄狂奔,千年的云朵
是否会像炸群的鸟,向它扑来
可千年的风,一定会是它飞扬的鬃毛

如果它低下头,用忧伤亲吻脚下的小草
西汉水,也一定会捧出白花花的盐
铺平通往泪水和悲壮的路

这是一个因盐而盛产骏马的小镇
这是一个因马而成全一个朝代的小镇
一匹马的出现绝非偶然

尽管岁月,为所有的骏马

准备了足够接纳的肉联厂

可总有倔强的一匹，还要越过千年

并用矫健的跑姿，啸傲岁月的屠刀

真正的骏马，是用肉和骨头奔跑吗？

肉联厂能把肉从骨头上分离

可它能把盐从生命中分离吗

就像岁月无法把盐和盐官分离一样

一匹马，从盐官的大地上出现

千年的风，会同时朝着它吹

并且，把它高高举起……

> 包苞，本名马包强，1971年生，甘肃礼县人。中国作家协会会员，鲁迅文学院第二十届高研班学员，甘肃省第二、三届"诗歌八骏"之一。2007年参加《诗刊》社第二十三届青春诗会。著有诗集《有一只鸟的名字叫火》《汗水在金子上歌唱》《田野上的枝形烛台》《低处的光阴》《我喜欢的路上没有人》《水至阔处》《留一座村庄让我们继续相爱》等。

在壬溪的两岸抒情（外一首）

樊 樊

在壬溪的两岸

应该有一个诗经走出的女子

当她歌喉婉转，必有百鸟齐鸣

一个村庄有一条河流

就有一部生动鲜活的乡村史诗

小麦穗子，逻卜缨子，都是重要的抒情

读到一个细腰的女子

黄昏就有了亮光

男人们开始心惊

一只在河流之上盘旋的白鸟

绝对不能省略

那是一部春秋笔法写成的逍遥经

就算李白杜甫居于其中

也不过是它的一介草民

当我把这首诗写得左冲右突

也就阻断了诗人们所有的归路

在太平盛世，来壬溪河畔做一个诗人

因为一首诗

土地上褐色，灰色的部分

还在以山丘，石头的模样沉思

土地上碧绿的部分

已率先举着野花的旗帜

把抒情的空间占领

关于天麻的记忆

叫它天麻

言谈间才不会错失

它亦是赤箭、独摇芝、神草、离母

或者木蒲、定风草和鬼督邮

那时候，它走出了线装的本草纲目

在陇南的大野

被三千年的药酒浸泡

被沉香的汉语，焙成药丸

以广阔的药理属性，贯穿至一枚满盈的圆月

辐射于万家灯火下的福寿和安康

和我一样，蓦然相遇的一瞬

你可能已错失了它芝草一样静静摇曳的幼年

错失了培育，成长守候和欣然相顾的欢欣与饱满

你依然是它的花，它的果，它仁慈而悲悯的

存在于荒岭和僻野的价值和意义

和我一样，你可能错失了舌尖上的微麻微苦

却邂逅了它性味中的温补和甘平

对它而言：你，是贫瘠和病苦

你，是幼时的惊厥难眠，成长中的破伤风

你，是人到中年的昏沉目眩，老年时麻木不遂

你从一扇侧门中

走进广阔的人世，对它而言

你是饭桌的酒饮上逆

和路途上纠缠不休的风湿和乏气

你也是人群中偶尔发作的癫痫

是生活中的头疼，反对着偏头疼

病理的一生多么漫长

每一种苦痛，都独特而具象

久病的人间，谁在深入，谁在挖刨

谁在烛光微照，药性弥漫的荒芜里

与之细细辨认，欣然相逢

樊樊，原名樊康琴，康县图书馆馆长。曾主持"名家访谈"栏目，并为特邀主编。著有诗集《樊樊诗选》，评论集《缪斯的孩子》。

走天池

| 陇上犁

洋汤天池,隔着高楼山,紧临
九寨沟,是隐藏在深山中的一潭深水
我们从仇池匆匆赶来,老远
看见山头的积雪,瓦蓝瓦蓝的白
不白的那块,发着黑,不长树木
走近,方知是垮掉的豁口
垒砌成一个巨大的堰塞湖名叫天池

天池背面,是黄林沟的苜蓿坪
沟壑纵横的原始森林,有小径可出入
一些树木自由自在生长,也在死亡
更多地在努力发芽、结果,水流淙淙
细水冲刷着顽石,磨去多少棱角
难道这就是生活?

泛舟湖上,寂静的湖水碧如蓝天
撩一撩清凉的湖水,滑腻如抚某人的脸

偶尔的落叶，在湖边飘零，被野鸭衔走
岸边花树的倒影，在荡漾

> 陇上犁，本名魏智慧，甘肃西和县人。甘肃省作协会员，中国诗歌学会会员，全国公安文联会员。著有诗集《每每有雪降临》《尘世的幸福》。现供职于西和县公安局。

晚安，阳坝（外一首）

赵 琳

有关的一切，仿佛一夜之间
消失在黎明

我先是独自去了梅园沟，月牙船上
没有你五彩披肩的影子
在珍爱茶山，没有见到你说的
——星辰煮酒，竹屋赌琴

我只在太平，借了一匹老马
在雨中，陪你去看看
晚安中，盛开的桃花

钟表
——参观两当兵变纪念馆

我在薄雾中，走进纪念馆
有一块铜制钟表

它转动的针已经停止

时间需要一点点堆积，在此之前
月光饮酒，大火煮饭
瓦房下简略的地图，有无数高山
需要攀登，翻越它们
风就能吹来欢快的号子歌

暮色深了，寒意还在
凌晨到了，灯火还在延续
一群人穿越田野
摇曳的玉米地，春天的秸秆在发芽

钟表清洗沙漏一般的时间
我眼睛盯着它，仿佛动了
那个夜晚，我看到一群人
仿佛和沙子一样，堆积出一座城池的黎明

> 赵琳，1995年生，甘肃陇南人。甘肃"诗歌八骏"之一。鲁迅文学院青年作家班学员。曾获第九届"包商银行杯"一等奖、第六届野草文学奖、第35、36届樱花诗歌奖、《青春》"先锋诗人奖"等奖项。

陇之南（外一首）

郝 炜

醉忆一纸轻梦

泊在陇上的水乡

走出的筏橹编著江流的自传

江水一样流动

不易迷途

为这一方水土

发明了一种漫行的沉着

携带星斗面容的远客

沿着祖先之水

春耕，筑岸

在晾风的山脊上

学那名樵夫放下听风的身姿

在挽留的林带里

观山下的鹭

像一位古僧

山中取水易安顿

水前拥山好漂泊

你说你迷路了

不知路的近道和远途

找一找那株橄榄绿吧

一树一树

披雾含烟

像这古老星球上

五月,新扎的羊角辫

怀念杜甫草堂

后来

一片野果清香的门口

神色俱厉的守门人

喂养了一条大青蛇

我再也不能翻墙了

遁地也不敢

那蛇会飞天

能让草堂门前的暗草

也长出一双双隐秘的眼睛

再后来

哗啦啦飞到天上

云霄里,做一个职业守门人

留下堂屋正中

一尊不吵不笑的汉白玉雕像

心系流水，漫草为歌

这些年我想起蛇

就抬头看天

看久了，想到了那座雕像

从不说话

他的话，只在诗中说

> 郝炜，男，1982年生，甘肃成县人。曾在《人民文学》《诗刊》《星星诗刊》《飞天》《芳草》等刊物发表作品，获《人民文学》《诗刊》征文奖，甘肃省第四、六届黄河文学奖，著有随笔集《茶与马：在山河的旧梦里》，诗集《说好的雪》。

天池情诗（外一首）

| 续 默

苦恼的青山

伤怀的碧水

你不来，失落的惆怅便辜负了

这满目含情的美

温一壶清凉的月光，今夜

让无眠的风儿，陪我醉

写就写这含情如眸的圣水

不写青山绿树

不写这里的蓝天飘荡着洁白的云朵

不写微雨初霁，阴阳转合

清凉的山岚漾动着鸟鸣滴翠的情丝

不写，不写糖栗子花开，俏美在花枝

孤芳的兰，在茂密的林间幽散着闲愁一抹

不写

不写晋国神寺，慈航普度

洋汤大帝，福佑一方

斗战天神，留下五指奇洞的传说

写就写

——这恬静千年含情如眸的一池圣水

只为等，心仪的我

> 续默，原名宋付林，甘肃陇南人，教师。曾在《飞天》《诗刊》《中国诗歌》等刊物发表诗歌作品，并入选《新世纪诗选》等选本。现任甘肃陇南市作协副主席，诗歌学会副会长。

在秦皇湖（外一首）

池 子

忧伤随着波纹，拍打
水中的残柳
端坐在岸边的石头，什么时候
画上了眼影

多少次来到这里
我的湖，碧波荡漾
我的苇草，在水中央

今天，苇草有了新的忧伤
苇草中的水鸟，有了新的忧伤
唱着乞巧曲的巧娘，有了新的忧伤

一滴泪，滴在了湖面上

在盐井祠

婆婆，你的泪，在盐官大地

砸出一个深深的坑

成就了一口井

秦地的子民，汲水为盐

复盘了一个王朝的兴衰

婆婆，这不是一口井

是你暗夜里难以愈合的伤口

一个王朝的兴衰与一个女人的伤口

我无法联系在一起

但就这一个伤口，那条铁链

在我到来时，还捆绑着你

婆婆，我乃盐官一小吏。无法面对

秦地的子民和那条铁链

演绎你的伤口，我真想

揪住他们的耳朵

在他们的伤口之上，撒把盐

驰子，甘肃礼县人。中国诗歌学会会员，甘肃作家协会会员。诗歌散见《诗刊》《中国诗歌》《飞天》《星星》《山东文学》《天津文学》《延河》《草堂》《甘肃日报》等网媒纸刊。著有诗集《小镇记事》《高原小镇》两部，其中诗集《小镇记事》获第五届黄河文学奖。

西秦岭深处（外一首）

| 张静雯

如果绚丽是指比人眼感光度

多出一种色彩

那一定是薄暮中

秋天的西秦岭深处

如果你恰好看到国道边

背大捆柴火歇脚的老人、

拿着镰刀

去收割黄豆的中年人

请不必惊讶

就像他们也不会惊讶于

你的，一种未知的生活

几只雪雀飞过天际

天地苍茫，而人世依旧

如果我爱你

我给你的一定是别人看不到的——
密林中的小屋，旧照片里
一只哭泣了20年的布娃娃
举出双手渴望的一个拥抱
小碗中可口的食物
一些糖和咧嘴笑时的龋齿牙
给你，我的童年和被打断的灵感
少女时代，无知与阴郁
暮年的皱纹，皱纹里含盐的辽阔
如果我爱你
我给你颤抖、泪水与双唇
我柔软的温度
背诵泰戈尔诗歌，声线的苍茫
辽远的故乡，对祁连山与戈壁滩的回忆
还有秋分过后
西秦岭深处的斑斓
我给你整个世界。风过后
西汉水边芦苇丛的全部静谧

可如今我不爱你，我只能与你
微笑、问好、握手
寒暄和道别

> 张静雯，女，甘肃陇南人。诗歌作品发表于《诗探索》《诗刊》《山东文学》《飞天》《视野》《阳光》等多家刊物和选本。著有诗集《未完：365首诗》。

白马关（外一首）

| 蝈　蝈

没有夕照，白马关落寞一人

最后的马帮从城门洞子穿过后再无消息

城头野草兀自飘摇，眺望的少女

在寸寸石阶与旧宅间凋零

它孤身一人绝望地矗立

斜阳箫鼓又能表述多少往事？

此刻唯有它独自苍凉

风吹过门洞，在廊桥上打着回旋

过往之人瞬间就成过往

马蹄声，铁匠的呼喝，盐的流逝

写进想象的脑海

从城门走出去，这关隘就开始蔓延

路人的双足带走传说

白马关，一些旧事嵌进城墙

一把茶叶拐走姑娘。一座旧城

带着遍布的伤疤变了模样

风起时，城门洞里会有汉字在呜咽

云台镇

古时候，我牵着老马路过此地

人们顾不上看我一眼，秋天赠我一片落叶了事

上世纪，我作为捕快之一穿过城门

摩肩接踵的百姓流连于市集

我只记得自己像是从古代穿越来的

灰头土脸，坐上通往新城的班车匆匆而过

在旧节点的未来，

我操着方言站在廊桥上，看风吹着

墙头的野草，它与我对视

这个不老的熟人仍在风中晃荡

它肯定看见了一个人的过往与死生

但它只是在小镇的城头发呆

颔首低眉，露出些许忽略之美

郭海滨，笔名蝈蝈，曾用笔名苇芒、小小，七零后。著有诗集《季节之书》《蝈蝈诗选》，散文集《大野之香》，中短篇小说集《幻梦》。中国作家协会会员，鲁迅文学院第23届高研班学员。现供职于成县公安局。

我在六十万亩苹果花里看见我的祖国(外一首)

| 李　璇

在秦的大地，我在苹果花里看见我的祖国

十里春风推着六十万亩花海

每一朵花正以春天的速度欣欣向荣

他们就要接近阳光的洁白

缀满枝头的子民高举幸福的花冠

心中怀春

春天般的日子便接踵而至

我看见一群人从山坡下来

他们吼着秦腔

满手心的花蕊金银般的光亮

听他们说

满川地、山谷的苹果花都开了

春天期望守住所有的秘密

让一枚枚花苞孕育出丰硕的收成

我就站在六十万亩花海的对面

感受他们以生命的厚重呈献给祖国的广袤
一切都是新的
山河的姿态用火焰一样的翅膀升腾

在六十万亩苹果花里看见我的祖国
此刻，我是自豪的
苹果花已经掀开了复兴的书页
我的祖国，在春暖花开中
绽放出慈祥的笑容

祖国

当我写出这两个字的时候
我的心，怦怦直跳
太亲切了，像一树树苹果花儿
总会有一部分，柔软而明亮

阳光缓步向上。一腔乡音遍地闪烁
春天裹着祖国
在六十万亩的秦地
开出一段段漫天花海的传奇

我要用心爱你
就如同爱我的母亲，爱我的年华
用你的壮丽抒写我的未来

把你的名字，装进我的心里

祖国啊，你的洁白一朵紧挨一朵
春天的火焰已经升腾
你比肩天空的万仞
让我一个热爱的人，倾心向你致敬

> 李璇，男，甘肃礼县人，1974年生，甘肃省作家协会会员。在《诗刊》《诗潮》《诗选刊》《绿风》《诗歌月刊》《山东文学》《飞天》《延河》等刊物发表诗歌作品。有诗入选《中国当代诗库》《中国当代诗人代表作名录》等选本。在中国作家协会、《诗刊》社、《飞天》杂志社、《星星》诗刊等单位举办的诗歌大赛中多次获奖。著有诗集《生命的根》《纸上行吟》等。现供职于礼县盐官镇东街礼县第二中学

陇南机场（外一首）

亮 子

在青泥河的时光中
在东河的渊薮处
多了一个年轻的伙伴

它从天而降展翅翱翔
它有玻璃般的身心
它有蓝天里深邃的眼睛
它有扶摇直上的清风

陇南机场
静静地坐落于高冈之上
每次下班途中
我都能看到从这里起飞的大飞机

它正驮着夕阳
它正身披霞光
它面朝着大海的方向

与我擦肩而过
却带去了不知多少暮色里的苍穹

让四月的成县
四月的陇南
四月的嘉陵江
沸腾起来

直奔着祖国心脏
或倾诉衷肠
我乐意在这片土地上
看落日涌上，大河如酒

高速公路环绕的故乡

从落日的脚畔横穿而过
带上红川烧酒
沿着西汉水或嘉陵江
重走北丝绸之路

往西可达天水、兰州和巴蜀之地
往东可通汉中、西安和湖北十堰
在这条环绕故乡的高速公路上
径直奔跑

不由得想起三国时期的古栈道

阴平古道、褒斜古道、下辨古道和子午古道

那些远去的历史犹如波涛浪花

在我们的脚下奔涌不息

那些陇蜀之道难于上青天的喟叹

在落日的余晖里散尽了容颜

只需常怀雨水般的玲珑之心

方可领略陇上江南

> 亮子，原名李亮，1987年生，甘肃成县人。中国作家协会会员。作品见于《儿童文学》《解放军报》《诗刊》《飞天》《草原》《草堂》《天津文学》《扬子江》《中国诗歌》等报刊。出版诗集《黄昏里种满玫瑰》。

在碧口想到家山（外一首）

嘉阳拉姆

多年前的早晨，风也这么柔软
阿爸扛着犁铧，阿娘赶着耕牛
薄雨后的檐下
蜘蛛织就它的王国

一些种子播在山上
一些种子撒在河边。
还有一些，种进心田
花要开了，树要绿了
地边的庵房该修补了

云雾从天边来
把自己种进泥土
太阳从山尖来
把自己种进泥土
年轻的阿爸阿娘
把心中的童话种进泥土

东山种得稠一些

西山种得密一些

那时的我们啊

不知忙碌的大人

为何总在这么美好的日子里

不停上山，不停下山

不停耕耘，不停播种

相见欢

清风喂饱两岸花色

柳叶涂于眉间，桃颜画上两颊

鹅嫚湖底　也生出了明媚

心事做诱饵，垂钓一壶月

你可泛舟，轻轻而来

对爱只字不提

只披清辉一身

三千烦恼，寄养在篱笆墙外

嘉阳拉姆，女，藏族，甘肃宕昌人。甘肃省作家协会会员，有作品发表于《诗刊》《青年作家》《飞天》《诗潮》等刊物。2019年参加鲁迅文学院甘肃省中青年作家培训班。

那些漂亮的云朵像极了月亮的眼睛（外一首）

| 金　勇

在西秦岭之南的黑马关上

奔腾的云雾自燕子河涧升起

那些漂亮的云朵像极了月亮的眼睛

她奔腾着，一忽儿离散

一忽儿又把另一朵云

落在炊烟深处

合拢又聚散，聚散又合拢

月亮悄悄地抬头

隐约其中

那些漂亮的云朵像极了月亮的眼睛

我这样反复描写着故乡

这是7月27日的下午

我写下天空中发生的一幕

仿佛走远而消失的河流

我看到了乡愁里的炊烟和村庄里的桃花源

在何家庄，老水磨咯吱咯吱地转着

环村的路，是沥青色的

它绕着绿水青山

绕着村庄的白墙黛瓦

村史馆就是历史的见证

老家客栈的民宿房

青石铺地，土色的墙上

写满乡愁的记忆

马兰花盛开，田园牧歌的蝉鸣声

歌声嘹亮

而灯塔似的天下粮仓

就坐落高处

瞭望台一眼望过去

诗画王坝，仿佛就是写意的水墨江南。

我轻轻走过，怕惊扰这一方世外桃源的宁静

我注定不是桃花源中人

却误入这故乡的桃花源之中

金勇，本名李金勇，甘肃省康县人，甘肃省作家协会会员。有诗歌作品和诗歌评论见《绿风》《金城》《北方作家》《飞天》《草堂》《诗选刊》《作家文摘》《家园》《宜宾文学》《延安文学》等。

在苜蓿坪，虚构一场爱情（外一首）

饶 剑

在苜蓿坪，我们做一对樵夫吧
有一间可避风雨的木屋
有一座房前屋后花、菜满园的小院
远处有山，山上有我们赖以生存的树木

春天的时候
一只翠鸟叫醒院子里的樱花
我们升起炊烟
开始新的一天

雨天的时候
我们围炉而坐
你打着盹儿煮着我们秋天酿好的青梅酒
芬芳的酒就是这世上最动听的语言

在这里
我们做最好的自己

白天劳作，晚上安眠

不写诗，不斗气

两人三餐四季

有风有雨，没有忧伤

在天池，做一条没有记忆的鱼

逃离城市的浮华

卸下铠甲

在碧绿的天池边清洗被岁月切割的伤口

有些已经自然愈合

还有旧伤添新伤

旷日持久

已经不疼了

站在这一池照见心底的湖水边

立誓　做一条只有七秒记忆的鱼

忧愁时，吹一串泡泡

快乐时，吹一串泡泡

以水草为食

不伤害同类

| 饶剑，女，甘肃康县人，现供职于康县公安局。

盐茶关（外一首）

| 河苇鸿

此处高迥
一条路闪电一样劈过垭口

片刻停留
让我突然望见
那一颗颗在体内赶路的盐粒
其实早已在尘世间历经了万水千山
还在不停地由一关口
赶往另一关口

关隘上
弯月如刀
寒风是一匹匹仰天长鸣的烈马
在寻找着昔日的主人

以盐活命
以命换盐

盐粒一样的白霜让万木萧瑟

盐粒一样的繁星布满岑寂而辽阔的夜空

我也偶然地踏上了一粒盐的路途

人世处处关隘

一粒盐有了思念和思想

一粒盐爱着人世

深怀渴意犹如无药可解的毒性

犀牛江

叙述一条河的今生今世

让你的嗓音满含泥沙

再说说她的上游——

蒹葭苍苍的诗经时代

那时有一人思念中星光遍野

只吹过几场风

头发就白了

西汉水流出了秦西垂之地

就改了姓名

但思念的人还在那场秋风里

依然年轻

你抽一口烟

接着说犀牛江的下游

入嘉陵江再入长江

一路滚滚东去

像是说一个人中年后的时光

仗剑天涯

身后唯有一轮明月照着

但请你停一停

悠悠流水日夜不绝

愿有一白衣女子

从此相伴

> 河苇鸿，笔名川渡，男，甘肃省作协会员。有诗歌及诗评发表于《诗刊》《诗潮》《读诗》《飞天》《甘肃文艺》《星河诗刊》及中国诗歌网等。曾获甘肃黄河文学奖。著有诗集《低语的芦苇》。

云屏（外一首）

| 陈文宗

云屏不是云做的，而是
一座又一座的山做的
这些山托着云
托得很高很高，于是就有了云屏

就像我们的生活，是被一群人举起来的
虽然，我不能一一叫出他们的名字
但我能感觉得到他们的存在

所以，此刻在云屏
风在吹，暖意却正从脚底慢慢升腾

两当号子

在草甸上奔跑着
在民宿里捉迷藏
在莲花石上打坐、参禅

在撩拨人们的情思

是的！在它的粗朴里，我醉了！

是的，在它的高亢和柔美中
人心跌宕起伏，山川渐渐辽阔

> 陈文宗，1987年生，甘肃文县人，教师。曾在《诗刊》《飞天》《草原》《散文诗世界》等刊物发表作品

碧口的桃花（外一首）

王银霞

车停在水蒿坪

山峰伫立，沟壑纵深

恐高的我在车窗前缓缓闭上了眼睛

唯有碧口古镇的村民

习惯了从低处走向高处

种茶，采茶

加工茶叶，手上沾满了密集的茶色

和味道

二月，满河谷的风

吹开碧口古镇的桃花

像神采奕奕的仪仗队，站在沿途

给去往马家山路上采风的人群

举行了一场隆重的

欢送仪式

古树茶

到了海拔1200多米高的云雾深处

就像个真正的隐士了

就想躬耕几亩茶园

呵护这不喜在喧嚣中落脚的嘉木

试想在一个从未涉足过的地方

能够扎下根

就没有理由不爱上这里的

喜欢茶树,是种瘾

喜欢茶树吞云吐雾的样子

喜欢茶树披星戴月的样子

也喜欢茶树骨木深处

越积越多的苦水

一株茶,只有从种下到长成古树

才会明白,为什么,要在最好的时辰

采下茶树上最嫩的部分

作为对你的

馈赠

| 王银霞,女,甘肃省西和县人,出版诗集《流水拂弦》。

官鹅沟（外一首）

赵君平

天下的山水
都是失散的姊妹

官鹅沟卓尔不群
每一条溪流个性鲜明
每一条飞瀑都是勇士
每一个湖有温暖的名字
每一座山壮志凌云

传说中流淌的爱情
家家打捞窖藏
兑上冰雪的纯良
酿制多年醉人的香

氐羌古韵
是泡开的"雀舌"
待字闺中的甜蜜

让饮者唇齿生香

三种颜色
不要轻易错过

走过了夏和冬
天下的沟
我已走完

鹿仁村

一些误入凡尘的云
在山坳里安了家

踏板房
百年风雨中洗净铅华

一个个脚印
一颗颗星星
顺着石板路一直延伸

雄皮帽子
至高无上的王冕
没有角的那张面具
住在众人心里的最高处

烟熏火燎的日子
是一块块腊肉

屋子黑了
日子火一样红

> 赵君平，女，80后，甘肃省西和县人。中国散文家协会会员，中国民间文艺家协会会员，甘肃省作家协会会员。作品散见于《中华散文精粹》《中国散文家》《华夏散文》《飞天》《甘肃日报》等报刊。

取水（外一首）

何书毅

水做的女儿

迎娶七月初，七天最早的水

水神赐予的西汉水

九眼泉清凉的水

"水神水，迎水神，我把水神迎进门

迎了一次还不算，再迎二次照花瓣"

清醇的水，女儿心里的油

好叫麦子扁豆生出芽

好给长高的嫩芽扎上一圈

乞巧的红头绳

灯光下，她们会看到叶穗豆芽

折射在盆底的图画，水神

昭示的未来，长发及腰的小姑娘

却不知道，水做的自己，才是
尘世上唯一的女神

晒太阳的麦子听到了
"裹肚子
绣花鞋
心上巧了样样儿来"

没有一只喜鹊

七月初七，西汉水两岸
喜鹊悄然而走，天空寂静无声

没有一只喜鹊迂回
没有一只喜鹊栖息秦皇祖邑的树枝
这一天，喜鹊起早飞过辽阔大地
翅膀挟风，搭一座跨越银河的天梯

女修，织女，巧娘娘
谁能厘清"巧"与善良尊贵的真意
忠诚的喜鹊，在天空拼命

这一天，不见一只喜鹊
只见唱巧的姑娘
泪珠滴落

击打着每个人的心扉

何书毅，男，甘肃礼县人，甘肃省作家协会会员。作品散见于《飞天》《开拓文学》《天水文学》《甘肃诗人》《秦都》《陇南日报》等报刊。现供职于礼县政协。

百牧林的鸟（外一首）

张文军

沏一杯茶，我们继续探讨
在百牧林，哪种鸟最先起床，哪种鸟叫声最大

毫无疑问，鸟儿是百牧林的主人
（至少也算个长工）
而我们，只是一些租客

在离鸟鸣最近的地方
我们甘做鸟类的偏旁部首

那些与鸟无关的悲欢
姑且整体打包，移交给过往

此刻，我们只需预言一件事：
头顶飞过的一只鸟，最终会飞向哪里

老房子

老房子其实还不老
它只是比我们多经历了一些烟熏火燎

在百牧林，一栋老房子
就是一个人的籍贯

主人搬进新时代了
老房子，又承接了新的使命

它既是农场宾馆
也是乡愁收集站

与老房子面对面
我的思念，多数时候，波光闪闪

注：百牧林，在甘肃省两当县张家乡二郎坝村，是一个集育苗、养殖于一体的生态扶贫农场。

张文军，甘肃省陇南市诗歌学会会员。作品散见《飞天》《甘肃日报》《兰州日报》《陇南日报》等。

我的大美陇南

| 邓文德

我来自陇南
来自甘肃的最南端
来自祖国版图的腹地
来自那个被誉为
"秦陇锁钥、巴蜀咽喉"的地方

米仓山的雪还没有融化
迎春花就迫不及待地开了
这些金黄色的精灵
开放出整整一条白龙江的喧嚣
开放出一个春潮涌动的陇南

神奇的万象洞
演绎了羌民族的历史沧桑
你听,羌王正在西关城楼上
挥起衣袖,抚琴舞剑
在北峪河的谷坝上

亲人们奏响了盛世的乐章

姚寨的路不长

满坡满坡的油橄榄

是给您的嫁妆

马帮已沿白龙江逆流而上

穿透云霄的驼铃声漫过棋盘关

就到了鸡鸣三省的姚渡

我于梦中，经常嗅见白马藏族

热血沸起的场面

只有洋汤天池的灵秀

才能孕育出文县的七十多个水电站

才能孕育出遍地黄金的碧口和高楼山

过了峰贴峡，邓邓桥，杀贼坡

就到了宕昌

在樱桃花的芬芳里

哈达铺，这个长征的加油站

成为我们再次相遇的理由

我决定，我将牵了你的手

收好官鹅沟的山水长卷

做一次刻骨铭心的旅游

耐不住寂寞的康县

摆起全域美丽乡村旅游的仪仗

在阳坝梅园沟的瀑布里被茶醉倒

让这方山水成为百鸟朝凤的殿堂

坐在茶马古道的窑坪廊桥上

我听见丝绸之路说

有康县的西北桑王在

根就在。如同花桥

铺在望子关和嘴台之间什锦大道

醇厚而清香

顺着西汉水来的方向

就是华夏八千年的文明

白马氏国的城池

荒芜了一段久远的文字

饮一口西王母故里的瑶池水

你就会在仇池古国怀孕

然后，在七巧节摊开的长袖上

画上巧娘娘的画像

大秦文化纪念馆前

那些战车，陶罐，一砖一瓦

随长剑挥舞处

划出一道道青铜器的光芒

西狭，这条承载陇南古代商贸的道路

在刀刻斧凿的印痕中

一次次崛起，一次次挺立

锻造了成县人坚实的骨骼和肌肉

乘鸡峰山上的石鸡尚未打鸣

杜甫草堂的钟声还未敲响

姑娘们已经下地

收菜籽，种白菜，锄花廊

在飘满酒香的徽县盆地

你可以叫醒吴璘吴玠来做护卫

闲暇时给你书写一篇宋代的文章

也可诗梦见杜康，遇见嵇康

一道青泥岭，就可以让李白

从唐代醒来

再一次迷失于蜀道上的花香

小陇山的最深处

呈现了三滩完美的自然之光

张果老倒骑着毛驴

从灵官峡回来了

用一把云屏做成的蒲扇

收集了两当山水的灵气

泼洒人间。红色的史页终于翻开

革命先辈播下的火种

从纪念馆开始燃烧，燃烧

终于烧红了两当

烧红了我的大美故乡

春天已经正式来到我的故乡

我的亲人们已经撸起袖子

挽起裤绾，甩开膀子

冲锋在发展的前沿

在迎春花开遍故乡大地的时候

我要唱，我要大声地对你喊：

陇南，陇南，我的大美陇南

已是百花盛开，谱就华章！

| 邓文德，笔名小艾，甘肃康县人，现供职于康县委党史办。

竹　园

| 焦　杨

在竹园，不要寻找竹子
根根挺拔在老农心中。
安静的棕沟河，
鱼儿跳出了水面。
丰收年的蛙，不甘于寂寞
欢唱着整个夏天。

一张挂满笑脸的墙，
诉说着：
楼房，大棚，鱼塘和
无字碑的心语。
大棚里的花菇，躲在金耳的身后
含羞带笑，盯着飞舞的蜂群
想着甜蜜的故事。

哪谁家的姑娘，对着整个村庄
大喊，爷爷的八十大寿

相聚一起。"二脑壳"里的

父慈子孝，都在面红耳赤之时，

畅所欲言。老人坐在堂屋的火塘边

笑着温酒，捋须言欢。

满山苍翠，蜜蜂飞忙。

神农氏专心研究着

魔芋或者大黄。

水车声声，竹亭茶香。

勤劳勇敢的竹园人，

在党的好政策指引下

沿着幸福路

一直向前！

焦杨，原名焦杨红，甘肃省作协会员。诗文散见于《飞天》《诗潮》《秦都》等刊物。

邂逅桂花庄

| 李正志

桂子花开　十里飘香
清风携裹着芳香
桂花庄，一个丰腴旖旎的村子
躲在繁华的后边
飘逸的千年金桂
日夜流香　吐纳着浓郁的芬芳

在秋日些微的凉风中
与你不期而遇
你深藏不露的美
让我心生暖意和向往

我只是个擦肩而过的旅人
而你周日氤氲的芳香
桂花茶沁人心脾
桂花酒醉倒了康南康北
闻香而动的人

都蜂拥而来

逗留 仰视 拍照

在千年金桂下

只想做一次短暂的长相依

只一次邂逅

桂花庄便成了我

永久珍藏的一瓣心香

李正志，男，甘肃康县人，甘肃省作协会员。作品散见于《诗歌报月刊》《诗潮》等刊物。现供职于康县教育局。

舞动的狮子（外一首）

阿　丑

锣鼓喧天，号声嘹亮
三眼铳骤然炸响

打开房门
有只瑞兽隐约身影
跳跃而出
张牙舞爪，东瞧西望

晃动着躯体
金色的毛发，随风飞扬
硕大的头颅和嘴
仿佛要吞噬一切邪恶

就在鱼龙许家湾
龙旗引导着向前的脚步
一只雄狮
站在山坡仰天长啸

我仿佛听到怒吼

穿越山林，镇住万物

期待着风调雨顺……

船行在山顶之上

鱼龙米仓山

是高山戏的故乡

所有村庄

都会在大雪纷飞时

张灯结彩，歌声悠扬

你站在山顶瞭望

四面村庄里

号炮齐鸣，锣鼓喧天

隐约有把式

带领村民高声歌唱

就在许家湾村广场

一艘华丽的彩船

高低起伏，左右摇晃

长胡须的艄公

卖力地划动着船桨

船姑娘身披霞装

面容娇羞

像花儿绽放

却是男扮女装

船曲儿在山顶上飘荡

这只有风雪

没有江河的山顶上

人海如潮

村民划动旱船

表达着对美好的向往

我肃然起敬

思想祖先

是怎么生活在深山

耕耘黄土地

却要体现在水一方

此刻，我站在现场

看船行在山顶

在船曲里，热泪盈眶……

> 阿丑，本名王晓辉，甘肃陇南人。中国诗歌学会会员，中华诗词学会会员，中国金融作家协会会员，甘肃作家协会会员。

蜕变：从"付坝"到"福坝"

段　靖

我们一方面要建设，一方面要
把乡下凌乱的生长剪裁出园林艺术
把一棵树一块石头重新给它摆放位置
要在一块石头表面刻上
决策者的思想和设计者的命名
请野草鲜花让道，牛羊鸡鸭挪窝
把一条泥水路变成水泥路

石头在本质上它只想做石头本身
它只是大自然的宠儿，只认风雨这双手
在它表面一点点浸蚀与剥离
缓慢如温水煮青蛙的过程，它十分享用
长在石头中间的村庄
不过是一粒饥饿炊烟的三个时辰

从"付坝"到"福坝"，去掉姓氏的村庄
是汉字寓意的提升，还是乡村活力的加持

石头是一切见证,从前与未来!

谁的意志也不能让——

一块石头突然开口说话,吐露时光的秘密

> 段靖,男,70年生,在《飞天》《诗歌月刊》《朔方》《诗选刊》《延河》《草堂》《诗潮》《四川文学》《金城》《文化博览》发表作品多篇。诗歌入选《奔腾诗歌年鉴》《甘肃的诗》《上升的岛屿》《2017中国诗人年度选》。

一个人在白龙江边（外一首）

赵马斌

江水迷离。阳光从空中落下来，每一道光线都有斑驳的影子

江水离我那么近，似乎侧耳可听
伸手可掬，时间的密语

江水浩渺。灰白色水鸟飞临其上，波涛
一声高，一声低，滔滔东去

江水离我那么远，仿佛隔着
永恒的距离

从白龙江到嘉陵江

从武都区石门镇草坝子村到徽县伏家镇，算是一次远游
从白龙江到嘉陵江，算是从一条河流走到了另一条河流

沿着白龙江，水走，我走

沿着嘉陵江，水走，我也走

我从来都不急。半辈子了， 我一直都缓缓走
越是缓缓走，就越靠近我胸中的河流

——它干净，澄澈
不声不响，流得慢悠悠

> 赵马斌，男，1986年生，甘肃武都人。甘肃省作协会员，作品散见于《诗刊》《飞天》《中国诗歌》等，现任教于武都区江南小学。

在黄石崖

| 马跃军

黄石崖水库
捧着一坛竹叶青
和马集村对坐而饮

风像一个偷窥者
忽而在左
忽而往前

安静的是槐花
以及弥漫着槐香味儿的山谷

最不守信用的是蜜蜂
他总是把这朵花的秘密
传给那朵花
像一个两面派

马跃军，笔名跃跃，书法教师。在《延河》《诗潮》等发表诗歌作品多篇，中国诗歌学会会员，甘肃省书法家协会会员。

乞巧的河流

| 魏　旭

在西汉水上游

在漾水河与燕子河交会处

在埋着秦人祖先的土地上

祭拜女修的乞巧歌

沿西汉水两岸传承千年

"千年乞巧千年唱,相望的伊人在水中央"

道阻且长,蒹葭苍苍

初秋的白露成霜

前生后世皆是苍茫

乞巧的故乡

星河照耀,蒹葭生长

风吹两岸茫茫一片

风吹两岸歌声忧伤

伊人在水之湄

在水之……

"小郎哥穿的红线衣,四十三天没见你。"

红河岸上起雾了

谁家的伊人烟雾一样忧伤

> 魏旭,甘肃西和人,陇南市评论家协会副主席。著有诗集《燃烧的绸缎》《感恩与朝圣》等。

哈达铺（外一首）

| 乔斌琪

夏季的哈达铺
天气有点热
晨曦铺满早晨的每个角落

游客和天南地北涌来的人
都看到了多年前的光

我们身体中
有多少寒冷，有多少无光的想法
如锈一点点正在掉落

站在院子里
汗滴涌出每个人的身体
感受着这里的气息

当我环顾周围
每一块砖露出身子，每一块瓦向房屋吐出舌头

舔食着阳光

从纪念馆走出的每一个人
都是我们眼里的哈达铺

鹅嫚天池

天空也有被为情所困的时候
累了,就在鹅嫚沟湖水爱情的驿站歇歇

湖里,可以看见每一滴水的内心
但,从行人的背影里
无法看见他们的面孔

那就让水和天空在这里静一静吧
不受絮叨的风,不受雨滴和阳光的干扰

你看,被那几只鹅
分开的水又重新挤在一起

小舟紧拽着自己的影子
在这里,一粒尘都是多余的

| 乔斌琪,甘肃礼县人,曾在《星星》《飞天》等刊物发表诗歌和散文。

陇南的春天（外一首）

| 顾彼曦

陇南的春天，没有靠南

疾风带着细雨，浓雾压低群山

路上行人打着伞，小孩在雨中奔跑

冬天残留的情绪，多么像去年我给你写的诗

一句挨着一句，都在说冷

陇南的春天，也有温柔的部分

比如，迎春花凋谢

油菜花接着大朵大朵地盛开

马路两边的艾蒿露出尖尖的脑袋

春天走在了时间的前面

农人赶出羊群，赶出群山之中的寂寥

失语者跑向春天，扛起锄头

种下声音，种下孤独而漫长的一生

天鹅湖
——写给康县阳坝

五年的时光瘦了下去
天鹅湖畔,草木欣欣向荣
想起曾经来这里写诗的一群青年

想起他们
在最美好的年华里,遇见
这迷人的湖光山色
激动不已

想起他们站在天鹅湖畔
用充满温度的诗句
表达
对理想和生活的热爱

我落泪了
我承认,我对天鹅湖的抒情
依旧来自
落日的温和
山谷的宁静

如果俗世的眼光和语言允许
我愿驾着一叶轻舟

做一介渔夫，用一生的光阴

细数天鹅湖上

晚风吹起的水花

> 顾彼曦，系甘肃省作协会员、陇南市诗歌学会秘书长。作品散见于《诗刊》《作品》《诗潮》《延河》《草堂》《星星》《飞天》《都市》《西部》《鹿鸣》《草堂》《散文》《美文》《诗歌月刊》《中国诗歌》《山东文学》《四川文学》《时代文学》等刊物。入选《2011中国年度诗歌》《2013年中国散文诗选》《中国诗歌精选300首》《2016中国诗歌精选》《2016-2017中国诗歌年鉴》《2017中国散文诗选》等选本。曾获《西北军事文学》年度优秀奖，《鹿鸣》文学奖。

祭祀（外一首）

| 李帅帅

四角坪
曾是始皇帝告慰先祖的法场
我在羊肠小道上溯游
在距离地表五十公分的格子间
打捞西陲的回音

在盛大的仪式上
他无非打了一通昂贵的官腔

我想起长眠故乡的父亲
也想告诉他
我的女儿开始学着叫爸爸了

捎信

陈列在博物馆的文物
都有一个复杂的名字

我记不住

也不愿去研究

就像不愿研究一个复杂的人

参观结束后

给女儿和妻子各买了一个香囊

我知道它叫什么名字

| 李帅帅，90后，甘肃武都人。冲锋号诗社社长，《冲锋号诗刊》主编。

大红袍，武都的一枚书签

| 王瑞玉

山崖上田野里抖动的翅膀

将绿叶锻打成金箔

提炼出色彩斑斓的主题

背一身蝉声　鸟鸣

大红袍

武都的一枚书签

夹在特色产业的拼搏与苟且之间

让巍巍的山与青青的禾苗

同你一起沉思

那斑斓的蝶色的梦

已美丽成温馨摇荡的诱惑

美丽如花

香气如兰

促使母亲和椒农们

情不自禁地用手去触摸

山那边古驿道的唇

被母亲粗糙的大手淹没

就在这个季节

椒果的爱情完全成熟

欲望张扬着另一种云彩

酝酿着怎样在我们的饭桌中

散发出香味

鲜亮的珍珠

曾让祖先们着迷

你鲜红的遗愿

千姿百态

在仲夏之夜

羞涩而从容不迫

充满了冲动与憧憬

在想象中等待

用响亮的名字和神秘的香味

招引四面八方的客商

多少年来

你在我的诗中闪现

让我写进每一首诗的意境里

在外婆和母亲的故事中剥落

你一棵一簇的发展壮大

直到占领一片山崖

一代接一代

守着山水

守着自己的世界

从不变味

| 王瑞玉，女，武都区教场小学退休教师，出版散文集《裕河茶语》。

赵杨坪梯田印象（外一首）

> 王海云

从梯田层层望上去，是云朵
从云朵上掉下来的是
麦苗青青，油菜花金黄，
苞谷、洋芋苗正将破土

四月，山梁披着耕植的彩衣
和赵杨坪村落相依相偎
远山衔着云岚，四面环抱
这云朵上的民族，是山梁的画师
勤劳的双手，正在描绘恢宏的画面

当小车在即将上山梁的土路转弯处打滑时
我感受到了，藏乡人民
曾经生活的艰辛

时光中,最美的相遇

花开,无言
花落,亦无声

一树的繁花,是内心美的倾诉

马鞍梁上, 立着酸梨树的妖娆
洁白的花衣通灵了我的眼睛
寂静的美与深山、旷野
同呼吸,与山风共相拥
数百年,依然

梨树花衣,寂静山空——
这一刻,孤芳与感知
成了时光中
最美的相遇

注:马鞍梁,坪垭藏族乡一山梁名。

| 王海云,女,笔名叶荷,甘肃武都区人。现供职于武都区农业农村局。

鹅嫚天池（外一首）

王亚亚

小舟傍水而眠。没有掌舵人
它的内心也会荡起涟漪。

亲爱的，雾气虚掩而来
此时正适合交换眼神，掩面而泣
或者握手言和，隔空指点山水。

爱以宿命的形式完成
正像鹅嫚天池，困住了一叶孤舟。

爱情谷

从官鹅沟出来
彩虹桥还横亘在两山之间
而我已经目光迷离。

爱就爱你内心的柔软,眼中的草木
爱也成了我心中横生的枝节。

幸福与疼痛各执一词
爱一次,便是经历了一次秋风
可终究改不了啊!

面对清风,明月,雾霭,溪涧
我徒有一颗为爱而生的心。

> 王亚亚,1989年生,甘肃省陇南市西和县马元镇人,2016年开始文学创作。有作品发表在《飞天》《诗歌周刊》《天水晚报》《开拓文学》《陇南文学》《泰山诗人》《金银滩文学》《文洲》等。

在碧口,我想做一枚茶叶样清丽的女子

李婷婷

远处的山头将浓雾拨开
投身于一汪碧水中
柳树和茅亭相继映出倒影
青苔是大地深处溢出来的幽密时光
流水坦白交代出河底的秘密——
鹅卵石硕大如斗

万千茶树中,我俯身亲吻
芽苞尖悬挂的晶莹露珠
素手调和过往鸟鸣
行至廊桥转折处
为山桃花点上朱砂痣
继而反弹几垂柳枝
给点点鹅黄标出轻音符

再回眸,万物清明
我手指轻捻,止不住心头的颤栗

我该怎么杀青、揉捻、翻炒

才能将枝头黄金芽的香气注入你口杯?

| 李婷婷,女,甘肃省西和县人,现供职于西和会议纪念馆。

芦苇荡（外一首）

| 张晓娟

我折下一朵芦花去寻你
你不来　　我是
河泽、木桥、飞鸟和牛羊
无论白昼黑夜
我依在秦皇大地
流淌、蜿蜒、低飞和拼命活着
你来　　我是一支芦花
用洁白的花束向你招手
风给了我足够遇见你的勇气
即使不带半点芳香
我依然要站在你对面舞蹈

你来或者不来
我都只有一个夏天的记忆
你的脚步哒哒远去
我抹掉了所有的欢愉、惊恐、痛苦和倔强
把愿望移交给下一波春风

熟练地藏起自己

不去惊扰一片雪花

我总是把一半时间花在去忘记

另一半时间上

遗忘　像安眠药一样容易上瘾

总强迫我做起美梦

西汉水

干瘪了

这流淌了几千年的洪流

像一具尸体

失去了鲜活的血液

一切关于它的辉煌

我都在道听途说

我企图在它的中央

找到秦马的足迹

那个强大的帝国

必定有足够的智慧

完成教诲后人的只言片语

去巩固他们千秋万代的统治

我的脚步太轻

寻觅不得秦人的扬鞭饮马

也忘记了归途

时间冲洗了这里

那颗握在手心的石头

像极了一首《蒹葭》

| 张晓娟,女,笔名悦尘,出生于甘肃庄浪,现供职于陇南市文化广电和旅游局。

春风十里,我在望子关等你

果 丰

崖畔上的迎春花悄悄开了
开在我送别的诗歌里
你刚刚从短暂的温暖里
依依走过年的韵味绵长
走过村庄叠印的故乡
翻过了许多山
越过了更多的河
朴素的花朵要在春风里绽放
酿造生活的蜂和蝶啊
我送你春风十里
再等你十里春风
就在望子关
静静芬芳

| 果丰,原名郭峰,甘肃康县人,现供职于康县望关镇政府。

天 池 记

| 曹 戊

坠入天池的波纹，山和水之间

倒映出雪山，蓝天，白云

在静谧的水面起伏，天池像一面镜子

包容世间凸起的部分

在两边的栈道步行，从树林间

收听从水面传来的鸟鸣

波纹起伏的两边，万物宠幸着行人

未可知的清修者临水而居

在神秘的水面叙述

一片叶子，如何偏安？返身上岸

| 曹戊，1998年生，甘肃陇南人。作品见《散文诗》《延河》《草堂》《散文诗世界》等刊。

住在花桥的，都是神仙

老 三

几座汉白玉和大理石
雕刻修砌的石桥
一座钢缆　铁架　水泥板
和木头结构的　索桥
连通　敞亮洁净
楼宇林立逍遥富足
用太阳能照明的村庄

上溯十五个年头
这个有桥的地方是花桥
上溯三十个年头　那时鸡鸣犬吠
稀泥烂滑　靠砍山取暖
用碾子水磨磨面煤油点灯的庄子是花桥
上溯半个世纪
那时藏匿在树林中刀耕火种
族谱始终高悬土木堂屋的山村就是花桥

上溯一千年这里是花桥

上溯三千年

这里的山还是龙王山

这里的水还是倒流水

这里的人却做梦都没有梦到

如今　居住在花桥的

无论怎么看　都像神仙

　　老三，本名朱聿星，甘肃省作家协会会员。上世纪九十年代开始诗歌创作，在国内各刊物、网站发表诗文五百余篇（首）。作品入选《甘肃的诗》《新时期甘肃文学作品选》（诗歌卷）《陇南文学作品选》（诗歌卷）；21世纪今选文丛《当代10名诗人诗歌今选》；陇南市文联建国60周年征文作品选《梦想与述说》等多种选本。作品《写给祖国》（外一首）荣获2010年《中国作家》金秋笔会参会作品一等奖。

寻秦，我们无限接近的文明

| 刘楷强

探寻一条发光的轨迹
是从先贤们的骨殖中开始的
铿锵的小篆，如秦人凛冽的刀枪
用杀伐之气，将一条西汉水锻造
成为乐府之内绕梁的弦音

今天，我们亲眼所目睹的一切
正如这脚下的山堡与河流
每一寸，都烙印着铜绿的铭文
古老智慧的兰仓人
用羊皮记录，用社火传唱
把一支铁血的文明延续千年

今天，我们亲耳所听到的一切
正如传说中幽灵般的盗墓者
一把洛阳铲，让我们接近文明
又让文明在一次次的贱卖中流失

该憎恶还是鸣谢呢,那些

在历史漩涡里腐烂发臭的焦土

都不及一尊秦簋的辩证

从烫金到青绿,整个涅槃的过程

牵引着人们的目光一直延伸

对封土里的世界抱有无限的遐想

当我们再一次领略博大的秦文化

一切的疑团便迎刃而解

青铜的养分喂活了漫山的果实

八月,人们将在丰收的喜悦里欢庆

把赤贫的脊骨从黄土中剥离

迎接一个崭新的黄金时代

> 刘楷强,笔名南希,1993年生,甘肃省成县人,作品散见于《鸭绿江》《星火》《萌芽》《读者》《中国铁路文艺》等多家报刊,著有长篇小说《拉萨乱雪》。

杜甫草堂（外一首）

| 董治明

看到的你，身着朝服
满脸安详。想象里
你应该比你现在花园里
一棵最瘦的竹子，还要瘦

你弯腰捡过橡粒的地方
如今建起了金碧辉煌的庙宇
你挖过黄独的山坡
被历代文人墨客的诗句
堆出了数不清的追念

今生，你已经够富有了
还急着走那么匆忙干什么
毛驴车的铃声还回响在
飞龙峡的风中
但不见你从大唐的冬天
带着衣不掩体，食不果腹的全家老小

折转回来

本该属于你的尊严和富贵
一直就等在原地

西狭的石头

一个个栈道孔
石头永远睁着的眼睛

一茬又一茬的苔藓
在千百年的记忆中
加注，更明显地标记

每一块石头，都是汉唐的文字
深刻，古朴，素净
阳光下，与世无争的岁月
一直这样静好

| 董治明，笔名老蕃麦，甘肃西和县人。甘肃作协会员，中国散文家协会会员。

盐井祠

田文海

在盐井祠

我满怀好奇

将一小杯刚打上的井水

试探着抿了些许

口腔内即刻弥漫开

浓浓的咸味儿

我怀疑脚下

隐匿着一片大海

而方才所尝

定是海水无疑

不然

水秀山明的陇南

何以有此咸涩水质

但身旁解说员

给我补了一堂历史课

眼前这口盐井

竟发祥于遥远的周代

诗圣当年从秦州入同谷

途经成州

留《盐井》诗云：

卤中草木白，

青者官盐烟。

官作既有程，

煮盐烟在川……

恍惚中

我看见盐官镇上空

烟气缭绕

一口口大铁锅置于灶间

灶塘中火焰熊熊

锅内盐水翻滚

制盐工匠往来穿梭

灶火映照着他们汗湿的脸庞

褴褛的衣衫

而街道骡马嘶鸣

载着金贵的盐巴远赴他乡

> 田文海，甘肃西和县人，在《少年文艺》《中文自修》《中国诗歌》《飞天》《诗潮》《延河》《诗选刊》《北方作家》等刊物发表作品多篇，出版诗集《遥远的恋歌》。

金徽酒　古战场

张巧红

瓦罐里甘冽的泉
麦芒锋利的刺
酒糟采集起地下的野火
还在我的身体里发酵

那个身披胄衣，与我对酌的人
说起仙人关，烽火台
黑云压城
将军令，声鼓正急
嘉陵江惊涛拍岸
铁马冰河处，两军对垒
一把大火，古栈道险象环生
酒窖井架上，血还未冷
众将士听令
举金盔，干了这金盔酒
为胜利，为山河永固，为家园安宁

铁血柔情的将军

葬衣冠于吴山

古战场,风吹过瓦砾下的荒冢

刻碑立传的人,相继跪拜过泥土

| 张巧红,笔名蓝雪,甘肃徽县人,中国诗歌学会会员,甘肃省作协会员。

大堡子山（外一首）

| 王　娜

秦人的墓葬就在脚下
踩着先人的遗骨，我们有太多的遗憾
盗墓贼也成了历史
但真正的历史还在考证

秦文化博物馆

秦人的祖先
拿掉曾经的雄心
只剩下一堆斑驳的青铜器和
编钟的回声

参观的朋友惊叹贵族的生活
可笨重的青铜器累垮了多少底层的人民
那件洗手的家当
需要两人托着
而我在想

底层的人们怎样洗手?

　　王娜,女,甘肃西和人。在《延河》《开拓文学》《黄河三峡文艺》《陇南文学》《天水日报》等报刊发表诗歌多篇。

西汉水

樊 斌

一条岁月之河从远古流到今天
从诗经流到楚辞、唐诗、宋词、元曲,直到红楼一梦
流过蒹葭、战马、陵园、青铜和方形祭坛
流经布满铁锈的旧时光。王朝的兴盛、凋零
流过炊烟、潮湿的衣衫和低垂的头发

波涛在水底放下石子、河床、铭文和骨头
丝绸织出晚霞、石榴裙、眉梢的皱纹
日光沉入水下,星辰从窗牖升起

一条河望了望身后,又这样流逝
一条河把一些结茧的往事还给历史

樊斌,陇南武都人,甘肃省作家协会会员,武都区作家协会秘书长。

在红河（外一首）

| 夏　沫

一只白鹭从蒹葭深处飞了起来
接着又是一只
把惶恐留给了天空

其实我们都知道惊起白鹭的
不只是杂乱的脚步声
更多的时候
是随风而起的微澜
和水面的云影

微风起，草木涌动
我想用长久的凝视救赎不安的内心

走在西汉水边

走在西汉水边，有人和我一样
徒有满腔的热爱和深情

脚步追赶着脚步

月光覆盖了月光

蔷薇飘香

蛐蛐的歌声一阵接着一阵

万物都有一颗柔软的心

而你一个转身就是我期待的回应

| 夏沫,女,甘肃礼县人。甘肃作家协会会员,发表诗歌作品多篇。

后记

"我们都在寻求美"!

一句歌词,道出了编者的心声。

近日,读到诗友的一句诗:"住在花桥的,都是神仙。"让人感触颇深。

诗中的花桥,是陇南康县前些年建成的集乡村养生养老、田园观光、休闲度假、民俗体验、乡村旅游培训及农特产品加工、展示、销售等产业链融为一体的美丽新村;村内楼台亭舍、白墙青瓦、奇石古树、湖光山色,一幅江南山水画卷;花桥,不是神仙居住的地方,也是人间天堂,美得让人惊叹。

如今,像花桥一样美丽的村子,已遍布陇南乡村。

在陇南,美,无处不在;在陇南,美,俯拾皆是。

寻找美,发现美,再把陇南的美,通过作品告诉一切爱美的人们,是我们的初衷;讲好陇南故事,讲好中国故事,我们一直在努力。

为深度宣传推介陇南,以文学的形式助力陇南"三城五地"目标定位的实施,努力展示美丽陇南新形象,市文联决定编辑出版三卷本"一带一路"里的美丽陇南丛书,《魅力家园》文学卷为其中一卷。

《魅力家园》从2021年底开始编辑。作品以近两年市文联开展的文学采风活动创作收集的作品为基础，又通过约稿等方式，共收集文学作品300余篇（首）。后经严格审稿筛选，其中110位作者的散文随笔、现代诗歌共计200余篇（首）编入该书。

　　为突出陇南历史文化、红色文化、民俗文化、时代风采的主题，该书在作品编排分类上分"秦山汉水""红色血脉""美丽乡村""诗意画卷"四大部分。"秦山汉水"部分，作品以陇南自然生态、历史文化为主，全方位展示陇南秀美的山川，悠久深厚的历史文化；"红色血脉"部分，作品重在展示陇南丰富的红色文化，表现陇南人民赓续红色血脉，传承红色基因的主题；"美丽乡村"部分，作品全景式展示陇南绚丽多彩的民俗文化、丰富独特的物产资源，展现美丽乡村宜居宜游、康养陇南，群众幸福美好生活的主题；"诗意画卷"部分，作品立足陇南自然风光、经济建设、脱贫攻坚和乡村振兴、乡土风情等方面，为人民抒情，为时代放歌，尽情展示作者们对家乡陇南的爱，对祖国的爱。

　　另外，该书由于主题和题材的限制，陇南还有许多优秀作家和诗人的作品没有入选，个别作者的长篇散文因页码原因只节选其中部分编入，还望见谅！同时，因编辑水平所限，书中不妥不当之处难免存在，还望广大读者们海涵并指正。

　　新时代的陇南，"绿水青山就是金山银山"的理念深入人心，经济社会发展进入快车道，城乡基础设施建设如火如荼，美丽乡村遍地开花，文化文艺事业繁荣发展，人民群众普遍过上小康生活。陇南的大地生态之美、历史文化之美、物产丰饶之美、乡村田园之美、群众生活之美、人们精神面貌之美，正发出耀眼的光芒。

　　"陇上江南"，魅力无限；大美陇南，"风景这边独好"！

相信广大读者,通过读这本书,在感受到陇南生机勃勃、大美和谐的同时,更会感受到陇南人民斗志昂扬、坚韧不拔、追求美好的精神力量,进而增强人们建设美丽幸福家园的信心和决心。

愿陇南的明天更美丽、更美好!

李如国

2023年7月